JOSÉ VICENTE ALFARO

LA ESPERANZA DEL TÍBET

Primera edición: abril 2013

Primera edición digital: mayo 2013

© DSt Producciones

© José Vicente Alfaro

Fotografía de cubierta: © Fotolia.es

Cubiertas y diseño de portada: © Juan Luis Torres Pereira

Para ti, lector. Gracias por compartir esta aventura conmigo.

TÍBET HISTÓRICO

INTRODUCCIÓN

Según la tradición tibetana, durante el siglo VII el rey Songtsen Gampo aunó los diferentes clanes salvajes y los feudos más remotos del Himalaya, haciendo al fin del Tíbet una nación unificada y tremendamente fuerte. Pero el mítico rey no solo trajo la paz y la creación de un idioma escrito propio, sino que además, y muy especialmente, introdujo por vez primera en la región el budismo procedente de la India.

Los sucesores de Songtsen Gampo continuaron su legado, y en los siglos subsiguientes se construyeron multitud de monasterios que favorecieron la difusión del camino del *dharma* a lo largo y ancho del llamado País de las Nieves, proceso que culminaría con la traducción del sánscrito al tibetano de la totalidad de los textos canónicos budistas. El culto alcanzó tal popularidad, que incluso las instituciones monásticas comenzaron a ganar poder en detrimento de las familias nobles que gobernaban.

La particular orografía del Tíbet, rodeado por inmensas cadenas montañosas, desiertos y pantanos de difícil acceso, lo protegía de forma natural contra las invasiones extranjeras hasta que, a principios del siglo XIII, el ejército del poderoso conquistador Gengis Kan se plantara ante sus fronteras.

En aquellas fechas, la superioridad territorial del imperio mongol lo convertía en el más extenso conocido por la historia de la humanidad, abarcando desde Polonia hasta el mar del Japón, y desde los bosques de Siberia hasta el golfo Pérsico. En el año 1207 el Tíbet es conquistado sin derramar una sola gota de sangre, merced a un pacto según el cual los tibetanos debían pagar un tributo a los mongoles.

Sin embargo, tras la muerte de Gengis Kan en el año 1227, los gobernantes dejaron de satisfacer el tributo y, como consecuencia de ello, el príncipe Godan, nieto del Gran Kan, invadió el Tíbet en 1240, destruyendo y saqueando cuantos monasterios, pueblos y aldeas fue encontrando a su paso…

CAPÍTULO I

Equinoccio

«*Como una madre arriesgando su vida vigila y protege a su único hijo, así, como un espíritu sin límites, hemos de amar a toda cosa viviente, amar al mundo entero, encima, abajo, alrededor, sin límites, con una bondad benevolente e infinita.*»

Suttanipata, 143-152

Al Karmapa se le apagaba la vida. Le había llegado la hora y él mismo, más que ninguna otra persona, era perfectamente consciente de ello.

Un puñado de velas arañaba algo de luz a la penumbra que bañaba la estancia, dejando entrever un hermoso fresco pintado en la pared dedicado a Avalokiteshvara, la divinidad budista más popular entre los tibetanos. El incienso quemado como símbolo de purificación arrojaba un aroma intenso y penetrante, e impregnaba hasta el último rincón de los amplios aposentos. El Karmapa yacía en su lecho de algodón, casi agonizante, con un *mala* en las manos y un mantra en la boca. El *mala* —el rosario budista— lo tenía enrollado en la muñeca y, al tiempo que pasaba las cuentas, recitaba el incansable mantra de su propia creación, el célebre «Om mani padme hum», sin apenas mover los labios.

El anciano líder budista aguardaba el momento de su expiración con una serena expresión en el rostro. Los ojos hundidos y las mejillas desvaídas se revelaban como los únicos signos de agotamiento de su cuerpo terrenal. El Karmapa había servido bien a su pueblo. La primera parte de su vida la había pasado recluido entre los muros del monasterio, formándose en las prácticas rituales y los oficios religiosos, aprendiendo los textos sagrados y meditando sin cesar. Pero la segunda la empleó en predicar las enseñanzas de Buda por todo el Tíbet y fuera de este de manera indistinta, tanto a los nobles y gobernantes como a los pobres y los desheredados de la tierra. La muerte de aquel viejo lama no sería una más. La figura del Karmapa, como cabeza de la escuela Kagyu, una de las más importantes del budismo tibetano, era venerada por cientos de miles de seguidores a causa de su incontestable liderazgo espiritual.

Junto al Karmapa, acompañándole en el instante final, se encontraban dos lamas, ambos con el cráneo rapado y la tradicional túnica budista de color azafrán.

Uno de ellos, Tsultrim Trungpa, contemplaba el horizonte a través de la ventana, a cuyos pies se extendía el monasterio de Tsurpu. Este se hallaba enclavado en mitad de un estrecho valle a más de cuatro mil quinientos metros de altitud, junto a la población de Gurum y a unos sesenta kilómetros de Lhasa, circundado por altas cumbres nevadas de apariencia casi sobrenatural. El *gompa* de Tsurpu era la sede del Karmapa. Esta auténtica ciudad monástica era un complejo formado por templos, escuelas y residencias, donde convivían cerca de un millar de monjes tibetanos. Tsultrim aguzó la vista tanto como pudo. Aquella mañana el *gompa* se hallaba sepultado bajo una densa bruma blanca, augurio indiscutible de la inminente muerte del jefe espiritual del linaje Kagyu.

Tsultrim Trungpa era el abad del monasterio de Tsurpu. De constitución gruesa y ojos saltones como los de un gigantesco sapo, mostraba siempre un semblante preocupado y nervioso, consecuencia directa de la carga que le suponía administrar un *gompa* como aquel, la cual únicamente lograba aligerar cuando meditaba o se recogía en la oración. Los pensamientos del abad giraban en torno a la delicada situación política de la región. Los ataques de los mongoles hacía tiempo que habían cesado, pero las noticias que llegaban de más allá de las fronteras contaban que dos nietos de Gengis Kan, Kublai y su hermano Ariq Boke, habían iniciado una guerra de sucesión para hacerse con el título de Gran Kan, y los efectos que para el Tíbet pudiera tener la victoria de cualquiera de los dos resultaban impredecibles.

El Karmapa interrumpió su interminable mantra para toser, y Tsultrim regresó de nuevo junto a su lecho. Allí se encontraba Kyentse Rinpoche, que no se había separado ni un solo instante del anciano desde que este anunciase su propia muerte varios días atrás, coincidiendo con el equinoccio de otoño. Kyentse era el principal discípulo del Karmapa; le había seguido durante los últimos quince años en todos sus viajes, empapándose de su sabiduría y absorbiendo sus enseñanzas. Con el tiempo, además de su discípulo más fiel, Kyentse se había convertido en su secretario y asistente personal, y en aquellos duros momentos una infinidad de recuerdos le rondaban por la cabeza. Kyentse se había ganado el título honorífico de Rinpoche por su reconocimiento como lama de gran estima y por su alto grado de realización. De facciones angulosas y cejas pobladas y muy juntas, el laureado monje gozaba realmente de una gran inteligencia y una inagotable reserva de energías. Kyentse Rinpoche se inclinó sobre su maestro y le preguntó si deseaba un sorbo de agua que le aclarase la garganta, pero el Karmapa negó con la cabeza y reanudó sus oraciones.

Tsultrim posó la mano en el hombro de Kyentse y después, tomándole del brazo, le condujo hasta la ventana. Tan solo pretendía separarle unos minutos del lecho del Karmapa y que despejase un poco la mente.

—Deberías descansar —dijo el abad—. Apenas has dormido unas horas en los últimos días.

—Ya habrá tiempo —replicó Kyentse con una débil sonrisa—. Cuando el Karmapa se haya marchado del todo.

La bruma se dispersó y permitió divisar los patios del *gompa* casi vacíos. Los monjes se hallaban congregados en los templos efectuando *pujas* de honra y adoración entre cánticos y reverencias.

En ese momento el Karmapa elevó un brazo con las escasas fuerzas que le restaban y captó la atención de ambos lamas. Kyentse y Tsultrim acudieron de inmediato y se situaron uno a cada lado del camastro. La mirada del Karmapa se había tornado vidriosa, respiraba con dificultad y su espíritu pugnaba ya por abandonar definitivamente su cuerpo. Entonces aspiró una bocanada de aire con la intención de pronunciar sus últimas palabras. Kyentse aproximó su cara a la del maestro.

Finalmente, con la voz desgarrada y casi extinta, el Karmapa manifestó:

—Yo soy el que busca refugio en el refugio.

A continuación reanudó el mantra que se había transformado en apenas un sonido gutural prácticamente imperceptible —«Om mani padme hum»— y se sujetó el *ghau* que le caía sobre el pecho. El *ghau*, un colgante de plata con incrustaciones de pedrería, contenía una diminuta caja de oraciones que solía albergar el mantra predilecto de su poseedor. El Karmapa entonces aflojó la presión con que sostenía el *mala* en una mano y el *ghau* en la otra, y se le fue apagando la voz en la misma medida que lo hacía el brillo de su mirada. Instantes después, tras cerrar los ojos como si los párpados le pesaran una tonelada, el líder Kagyu exhalaba su último aliento.

Días más tarde se celebró el funeral con todo el boato y la pompa que la figura del Karmapa merecían. A orillas del monasterio se erigió una *estupa* en cuyo interior se guardaron las cenizas del difunto junto a otras reliquias y objetos consagrados. El tradicional monumento, considerado como el soporte simbólico del espíritu de los budas, sería circunvalado en el futuro por monjes y laicos, siempre en el sentido de las agujas del reloj, siguiendo el camino del sol, para impregnarse de su bendición y acumular mérito en el camino del *dharma*.

Tras el funeral se abría el particular sistema de sucesión para garantizar la continuidad del linaje, según el cual se hacía preciso que los discípulos más próximos al Karmapa identificasen a su nueva reencarnación. Para la gran mayoría de los tibetanos el renacimiento era una certeza que afectaba a todos por igual y que no admitía discusión. Sin embargo, la reencarnación era un fenómeno diferente y mucho más singular, exclusivo de los grandes *bodhisattvas*, los cuales, debido a su elevado grado de desarrollo espiritual, podían elegir de forma consciente las circunstancias de su futura encarnación.

Todo ello significaba que algunos años después habría de aparecer un niño de características especiales, el Karmapa reencarnado, conocido por el nombre de *tulku*, que ocuparía el cargo vacante. De hecho, un comité de monjes sabios habría de ser designado para que, mediante el uso de su clarividencia, intuición, visiones y sueños, buscara señales concretas que les llevasen a localizar el lugar de nacimiento del *tulku*. Hasta entonces, los aposentos y pertenencias del Karmapa se preservarían intactos y en perfecto estado de conservación.

Kyentse Rinpoche y Tsultrim Trungpa mantuvieron una charla, en sus primeros compases amena y trivial, rememorando la compasión y la grandeza de espíritu del difunto Karmapa, muy querido por ambos, y en segundas tornas más grave y juiciosa, reconociendo la contrariedad que suponía para el Tíbet en particular y para el mundo budista en general, la ausencia de la cabeza visible de la escuela Kagyu. El conflicto con el imperio mongol requería de la concurrencia de todas las autoridades tibetanas, tanto políticas como religiosas, para procurar el mejor destino posible para su pueblo.

También conversaron acerca de las últimas palabras que pronunciara el Karmapa poco antes de morir. Ninguno atinaba a desentrañar su críptico significado. La expresión «tomar refugio» equivalía, en términos generales, a una suerte de bautizo, y hacía alusión al acto de convertirse al budismo. Pero la frase del Karmapa era tan breve como redundante, y resultaba igual de incomprensible para los dos.

—Cuanto antes encontremos al *tulku*, tanto mejor —declaró Kyentse.

—Confiemos —replicó Tsultrim—. Hasta ahora los presagios han sido favorables.

* * *

Seis años habían pasado desde la muerte del Karmapa, y en la vecina región de Kham, ubicada en el sudeste del Tíbet, una sencilla familia de campesinos escapaba del horror de los invasores. Pese a que oficialmente los saqueos mongoles habían cesado largo tiempo atrás, lo cierto era que algunos destacamentos destinados en las zonas más remotas del país, amparándose en la impunidad de que gozaban por su situación de aislamiento, hacían oídos sordos de cuando en cuando a las órdenes de los mandos superiores que se hallaban a miles de kilómetros de distancia y asaltaban, por pura diversión, las aldeas más apartadas y desprotegidas de su territorio.

La familia Norgay huyó con lo puesto dejando atrás toda una vida de durísimo trabajo. Urgidos por la situación, se vieron obligados a abandonar, en un abrir y cerrar de ojos, su hogar, su pedazo de tierra cultivable y los pocos animales que poseían. Las escasas pertenencias que lograron salvar las arrojaron en un carromato tirado por un yak y, sin echar la vista atrás, escaparon del lugar como alma que lleva el diablo.

Jampo Norgay, el cabeza de familia, había decidido poner rumbo a Batang, ciudad que los mongoles no atacarían y donde esperaba tener una oportunidad para volver a empezar de cero. Pero el largo viaje les estaba exigiendo un formidable esfuerzo: llevaban todo el día atravesando simas y desfiladeros por senderos pedregosos, mucho más peligrosos a causa de las copiosas nevadas que había traído la reciente irrupción del invierno.

Cruzaban las estrechas y sinuosas sendas de un puerto de montaña que rodeaba la cordillera. A sus espaldas habían dejado paisajes de ensueño, fácilmente visibles desde su privilegiada posición en las alturas. Las inmensas estepas se alternaban con cañones de rocas rojizas y lagos salados en cuyas aguas se reflejaba el azul prístino de un cielo despojado de nubes. Las corrientes de los caudalosos ríos discurrían de forma embravecida y bañaban las orillas donde los bancales se nutrían para engendrar el cereal. En el Tíbet cohabitaban, bajo un mismo y despiadado sol, la aridez de los campos sembrados de piedras con el infinito caudal de tierras ricas en pastos.

La familia Norgay respondía a los tradicionales rasgos tibetanos: caras anchas, ojos rasgados y pómulos altos. Jampo, curtido en las desagradecidas tareas del laboreo, era robusto y vigoroso. Hombre de pocas palabras y parco en muestras de afecto, se desvivía en cambio por que en su hogar no faltase el sustento diario, aunque para ello tuviese que molerse el espinazo como una mula y robarle horas al sueño antes del amanecer.

Jampo caminaba junto al yak, palmeándole la joroba que le nacía sobre los hombros. Desde luego, sin la bestia, el único animal que habían podido salvar en su precipitada huida, les hubiera sido imposible acometer semejante travesía. Aquel yak macho le ayudaba con el arado y ahora le servía para tirar del carromato que transportaba a su familia. Poseía un pelaje generoso y tupido de color marrón que le protegía del frío, y cuernos largos y pezuñas grandes adaptadas a los terrenos montañosos. La bestia domesticada no se había quejado ni una sola vez, a pesar de que no habían efectuado ni una parada durante todo el recorrido.

—Malditos sean los mongoles —imprecó Jampo por lo bajo.

Acomodados en el carromato, junto a los bártulos, iban la mujer de Jampo y sus dos hijos pequeños. Dolma era delgada como un palo pero sorprendentemente fuerte, por cuanto se empleaba en las faenas del campo con la misma entrega y disciplina que su hacendoso marido. Con todo, Dolma no renunciaba a la coquetería, y rara era la ocasión en que no lucía algún que otro abalorio —una pulsera o unos pendientes de turquesa— rematado por su sempiterna raya en el centro del cabello y dos trenzas perfectas cayéndole a los lados. La audaz mujer no dejaba que su mirada trasluciera el miedo que sentía por dentro, para que los dos niños no se apercibieran de la verdadera gravedad de la situación.

Thupten tenía seis años de edad y Chögyam, cinco. El hermano mayor se sentía inquieto: habituado a largas carreras y a no parar un segundo, la tediosa reclusión en el carro le fastidiaba y le aburría sobremanera. Thupten anticipaba las hechuras de un joven alto y desgarbado, siempre que la naturaleza no torciese por el camino lo que había tenido a bien conceder. Ya le sacaba una cabeza a su hermano y todo apuntaba a que superaría con creces la altura del tibetano medio. La hiperactividad de que hacía gala provocaba que hablara por los codos, y no eran pocas las veces en que sacaba de quicio a su padre a causa de sus interminables peroratas e incesantes preguntas. Su inocente sonrisa y las armoniosas facciones de su cara apenas lograban disimular sus antiestéticas orejas de soplillo.

En cambio, Chögyam era el polo opuesto a su hermano. Un niño increíblemente tranquilo, sensato y tan poco hablador como su padre, con un flequillo lacio que le caía sobre la frente y unos ojos enormes como dos faros que le alumbraban el rostro. Llamaba la atención que con tan solo cinco años exhibiese la misma calma que un anciano o la paciencia de cualquier persona adulta. Chögyam prefería observar la apertura de una flor, en solitario, antes que salir a jugar con otros niños a perseguirse entre los arbustos. También mostraba signos de una gran inteligencia, y a esas alturas ya era evidente que superaba a la de su hermano mayor. Dolma, incluso, albergaba en su fuero interno la convicción de que la vida le deparaba a su hijo pequeño un futuro diferente y mucho más prometedor del que por nacimiento le había correspondido.

Pese a que los dos hermanos no podían ser más diferentes, la realidad de los hechos demostraba que sabían entenderse y que existía entre ellos una gran complicidad.

—¿Cuándo volveremos a casa? —inquirió Thupten frunciendo el ceño.

Jampo volvió la cabeza y cruzó con Dolma una amarga mirada capaz de marchitar a una planta. Dolma guardó silencio y trató de esbozar una sonrisa mientras pensaba qué palabras elegir.

—No vamos a volver nunca —replicó Chögyam.

Jampo y Dolma se miraron de nuevo. Asustaba oír hablar a un niño de su edad con tanta entereza.

—¿Es verdad eso? —insistió Thupten, deseando más que nunca que su hermano menor estuviese equivocado.

—Ahora viviremos en un nuevo lugar —explicó Dolma—. Nos vamos a la ciudad. Esperamos ser tan felices allí como lo éramos en la aldea. O puede que incluso un poco más.

En el horizonte, los picos nevados tachonaban un cielo salpicado de nubes estacionarias en el que riscos y crestas de menor altura rasgaban un sudario de niebla gris.

Dolma se inclinó sobre una bolsa de tela para extraer algo de comida que les saciara el apetito y espantara las incertidumbres del viaje. Repartió algo de *tsampa* entre sus dos hijos y ella misma, si bien Jampo decidió declinar la oferta. El *tsampa* era el alimento básico del Tíbet, en esencia cebada tostada con la que se hacía una masa que se comía con los dedos y que aportaba una importante cantidad de grasas y proteínas. Comieron en silencio, acostumbrados ya al continuo traqueteo del carromato que se zarandeaba a uno y otro lado al compás de los baches del camino.

La unión entre Jampo y Dolma se produjo en el tramo final de su adolescencia. Fue un matrimonio concertado por sus propios padres, aunque a los dos les gustaba contar que con el transcurso del tiempo el amor había germinado entre ellos como la semilla que arraiga en la tierra. Dolma procedía de una aldea lejana; su dote no fue gran cosa, pero los progenitores de Jampo aceptaron y los de Dolma pudieron deshacerse de una boca más que alimentar. La aldea de Jampo se hallaba situada sobre las estribaciones de una montaña. El clima allí era cruel y el suelo tan árido que tan solo proporcionaba una cosecha de cereal al año, pero el trabajo duro siempre daba sus frutos y al final siempre se las apañaban para subsistir. Durante ambos embarazos, Dolma prosiguió realizando sus labores en el campo hasta el mismo día del parto, incorporándose a la rutina de nuevo dos días después, tras un fugaz descanso. El matrimonio se sentía afortunado por haber concebido dos hijos varones, que resultaban mucho más eficaces que las féminas para las tareas de labranza y que hasta el momento habían logrado sobrevivir a una mortalidad infantil extremadamente elevada.

Puesto que las enseñanzas de Buda todavía no habían llegado a la aldea, las necesidades religiosas se cubrían con la celebración de ceremonias periódicas, siguiendo el calendario lunar, en las que en torno a un altar de piedra se efectuaban sacrificios animales en favor de la naturaleza y una serie de dioses ancestrales. Y en invierno, mientras se dejaba reposar la tierra, los aldeanos podían disfrutar por fin de su merecido descanso y de algo de tiempo para el asueto. La vida social aumentaba y normalmente casi todas las familias se reunían para comer a diario como si celebrasen algún tipo de festejo.

Sin embargo, ahora los mongoles se lo habían arrebatado todo.

—¡Mamá! ¡Una flor de loto! —exclamó Chögyam de repente quebrando el silencio.

—¿Aquí? ¿Dónde? —preguntó Dolma extrañada—. Pero si además no florecen en esta época del año.

—Allí. —Chögyam señaló la montaña que corría paralela al sendero por el que transitaban—. Aquella roca negra.

Dolma aguzó la vista y, tras unos segundos de indecisión, por fin comprendió la apreciación a la que había hecho referencia su hijo menor. Si uno se fijaba bien en una protuberante roca que sobresalía de la montaña, se podía adivinar la forma tosca de una flor de loto, con sus pétalos lanceolados y cóncavos ordenados en varios niveles, esculpida en el perfil de la propia piedra y los pliegues de su relieve.

—¡Es cierto! —admitió Dolma esgrimiendo una sonrisa.

Jampo le echó un ligero vistazo a aquella caprichosa forma de la naturaleza, pero no le prestó mayor atención y continuó caminando a la vera del yak.

—Yo no la veo, Chögyam —gimoteó Thupten—. ¿Dónde está?

Chögyam tiró del chaleco de piel de oveja de su hermano mayor para atraerle a su lado y que observase así la montaña desde su mismo ángulo. Thupten entrecerró los ojos y se devanó los sesos por distinguir la forma que sí podían ver los demás hasta que un minuto después, tras haberlo conseguido, se le iluminó la cara y lo festejó dando varios gritos de alegría.

—¡Es verdad! —clamó. Y el eco de sus palabras resonó en las profundidades del angosto valle.

Dolma felicitó a Chögyam por su aguzada vista y su febril imaginación. Los tres ya habían dado buena cuenta del *tsampa* y Dolma se preparaba para lo que se había convertido en todo un ritual a la hora del postre. Los niños no siempre podían disponer de un postre después de cada comida, ya que en sus condiciones, cualquier tipo de golosina podía considerarse un auténtico lujo. De manera que aquellas veces en que Dolma podía preparar un pastel, solía racionarlo en la medida de lo posible, y para ello se había inventado un juego. Dolma escondía la golosina en una de sus manos y cada uno de sus hijos, por turnos, tenía que adivinar en cuál: si acertaban, se comían el dulce en el acto, y si no, debían aguardar hasta la noche hasta después de la cena. Además, Dolma pensaba que de ese modo les estaba enseñando una valiosa lección a los niños: que en la vida no siempre podías tener en el momento todo aquello que deseabas. Lo que Dolma no se imaginaba era que hacía muy poco que Thupten y Chögyam se habían aliado para salirse siempre con la suya.

Aquel día disponía de algo de pastel de queso, denominado *tu*, hecho con mantequilla de yak, azúcar moreno y agua. El primer turno era para Thupten, de modo que este se situó en frente de su madre. Dolma, que había partido un trozo del pastel y lo había ocultado en uno de sus puños mientras mantenía las manos detrás de la espalda, extendió los brazos por delante con los puños cerrados e instó a Thupten a que adivinase en cuál se hallaba el pastel. El secreto de los hermanos residía en que mientras tanto, Chögyam, que se había ubicado junto a su madre, había observado en qué mano escondía la golosina. Thupten entonces pasó los dedos por encima de la mano derecha de su madre, sin señalar todavía, y miró a Chögyam de reojo. No pasó nada. Seguidamente los desplazó hasta la mano izquierda y volvió a buscar la mirada de su hermano menor. En esta ocasión Chögyam le guiñó un ojo en un visto y no visto. La golosina se hallaba en la mano izquierda y Thupten la señaló con absoluta convicción. Dolma abrió la mano y allí se encontraba. Luego se repitió la operación con las tornas cambiadas, aunque Thupten, como no sabía guiñar, en su lugar parpadeaba para dar el correspondiente aviso.

Al final los dos hermanos se zamparon su porción de pastel, mientras Dolma comenzaba a recelar de la magnífica suerte de la que últimamente gozaban sus hijos.

Jampo, por su parte, estaba preocupado. Nunca había ido a Batang y hasta el momento se había dejado guiar por las indicaciones que le habían procurado los viajeros del camino. El problema radicaba en que hacía tiempo que no se tropezaban con nadie, salvo algunos cabreros que pastoreaban sus rebaños en la lejanía. Y para colmo, la última persona con la que se habían cruzado antes de internarse en el puerto de montaña, un nómada buen conocedor de aquellas tierras, les había alertado de que se avecinaba un fuerte temporal de nieve y de lluvia, y que más les valía buscar refugio hasta que pasara. Pero Jampo estaba tan ansioso por alcanzar Batang, sito a la vuelta de la colina, que hizo caso omiso de la advertencia.

El sendero comenzó a estrecharse hasta el punto de que admitía poco más que el ancho del carromato. A un lado, el precipicio: una pared de cincuenta metros de altura casi vertical, en cuyo fondo se desplegaba una arboleda de cedros gigantes perlados por el blanco de las primeras nieves. Al otro, la ladera de la montaña: una pendiente rocosa que ascendía en diagonal y que se cernía sobre ellos con la insolencia propia de la naturaleza más feroz.

Jampo separó el carro del borde del precipicio tanto como le fue posible, por cuanto un simple traspié podía hacerles caer al vacío.

—¿Cuánto falta para llegar? —inquirió Thupten con evidente cara de disgusto.

Jampo se mordió la lengua para no soltar sapos y culebras por la boca. Ya era la enésima vez que Thupten hacía la misma pregunta y se estaba empezando a hartar.

—Ya falta poco, hijo —murmuró Dolma—. Has de ser más paciente.

De pronto comenzó a soplar un viento racheado, las temperaturas descendieron de forma brusca y un frío helado se les fue metiendo en los huesos. Chögyam temblaba como un renacuajo pero no se quejó. Dolma rodeó con sus brazos a sus dos hijos pequeños para tratar de transmitirles calor e inyectarles algo de confianza.

Una intensa lluvia, preámbulo de la nevada predicha, irrumpió sobre la montaña completando un cuadro caótico cargado de peligro. Jampo conminó al yak a avanzar más despacio, procurando ralentizar al máximo la marcha del carromato. El aguacero les estaba empapando y Dolma no tenía nada con que cubrir a los niños. La lluvia repiqueteaba contra el suelo produciendo un ruido furioso que parecía envolverlo todo a su alrededor. El agua golpeaba violentamente la ladera, se deslizaba en riachuelos a través de los surcos y grietas de la pendiente y se precipitaba sobre el sendero. El viento comenzaba a azotarles cada vez con más fuerza.

Jampo intentaba calmar al yak con el fin de que enfilara el sendero con paso lento pero seguro. Él mismo trataba de serenarse para afrontar la situación con aplomo y todos sus sentidos alerta. Ya había percibido que los niños estaban muertos de miedo y que el semblante de Dolma tampoco pintaba mucho mejor. Sin embargo, hasta al propio Jampo se le acabó encogiendo el corazón en cuanto escuchó el sonido de un fuerte crujido procedente de la ladera de la montaña.

Una roca del tamaño de una cabeza se desprendió de la ladera y rodó pendiente abajo. La piedra se estrelló contra el sendero sin golpearles, rebotó en el suelo y cayó al vacío por el extremo opuesto.

Otras piedras imitaron el destino de la anterior.

Jampo reaccionó de inmediato para tratar de poner a salvo a su familia. Se acercó hasta donde estaban y apremió a Dolma a que bajase del carromato con los niños. Su voz se perdía entre el fragor de la lluvia y el aullido del viento; aun así, Dolma comprendió y depositó a los niños en el suelo. Jampo condujo a su mujer e hijos hasta la pared de la ladera, pues la única manera de protegerse de las piedras que caían consistía en pegarse al muro de roca tanto como les fuera posible.

Ahora las piedras les pasaban por encima en un incesante goteo. Por suerte no se trataba de una avalancha, un desastre que les hubiera condenado sin remedio.

Una piedra le pasó rozando al yak, momento en que Jampo decidió desengancharlo del carromato y traerlo a su lado como si fuese un miembro más de la familia. No le dio tiempo ni a intentarlo: un enorme pedrusco golpeó el carromato, empujándolo hacia el abismo y arrastrando a su vez a la bestia consigo. El yak sintió que la carreta tiraba de él y trató de aferrar sus pezuñas al suelo, pero la superficie estaba tan resbaladiza que el animal patinó y cayó de costado, deslizándose poco a poco hacia el precipicio arrastrado por el carro. En ese instante Jampo actuó dejándose llevar más por el instinto que por la razón. Pensó que aún podía salvar al animal si lograba sujetarlo mientras Dolma lo desenganchaba y dejaban caer solamente el carromato. El plan era tremendamente arriesgado.

Jampo dio unos pasos y se lanzó sobre el yak, agarrándolo por los cuernos.

—¡No, Jampo! —gritó Dolma sumida en la desesperación—. ¡Deja que se caiga!

La carreta ya colgaba por el precipicio y el yak también estaba a punto de despeñarse. Jampo se dio cuenta de que no podía con el peso de ambos. El pobre animal mugía angustiado y sus ojos reflejaban el terror del momento. Jampo lo sintió en lo más hondo de su corazón, pero al final se vio forzado a soltarlo. El yak se deslizó los últimos metros hasta que acabó precipitándose al vacío.

Thupten y Chögyam contemplaban la escena totalmente sobrecogidos. El agua les había calado de arriba abajo pero aquel parecía ser el menor de sus problemas.

—¡Vuelve! —chilló Dolma haciéndose oír bajo el rugido de la tormenta.

Jampo, situado al borde del precipicio, había observado despeñarse todo cuanto había podido salvar antes de que se produjese el ataque de los mongoles. Ahora ya podía decir que no le quedaba nada salvo su orgullo y el calor de su familia. Tal era su consternación, que durante unos segundos pareció ignorar las piedras de múltiples tamaños que volaban en torno suyo.

—¡Date prisa, Jampo! —insistió Dolma—. ¡Vuelve junto a nosotros!

Jampo reaccionó al fin, se dio la vuelta y para cuando quiso darse cuenta, una piedra se abatió directamente sobre él. No pudo esquivarla. La piedra no era grande, pero le golpeó en pleno pecho con la suficiente fuerza como para desestabilizarlo. Jampo comenzó a balancear los brazos para recuperar el equilibrio, porque sabía que, de no hacerlo, seguiría al yak y al carromato en su camino.

Dolma corrió rauda a través de la cortina de lluvia para rescatar a su marido. Extendió el brazo y trató de coger su mano, pero tan solo alcanzó a rozarle con la punta de los dedos. Un centímetro más hubiera bastado para salvarle. Jampo perdió definitivamente el equilibrio y supo al instante que se dirigía hacia su muerte. Justo antes de caer por el barranco, Dolma leyó la incredulidad en la mirada de su marido, así como una sombra de culpa por no haber sido capaz de proteger a su familia.

Dolma emitió un grito desgarrador y clavó las rodillas en tierra, los puños cerrados por delante de su cuerpo. Lágrimas de dolor, mezcladas con gotas de lluvia, regaron sus mejillas y le humedecieron lo más profundo de su alma. Thupten y Chögyam lloraban y gimoteaban espantados por la terrible tragedia de la que acababan de ser testigos. Dolma no tardó en percatarse de que aquel no era el lugar más apropiado para abandonarse a las lamentaciones. Debía volver junto a sus hijos cuanto antes. Se incorporó enseguida y se dirigió de nuevo a la pared de la ladera.

No había dado tres pasos cuando, a mitad de trayecto, se vio sorprendida por una ráfaga de viento que más bien parecía un vendaval. La corriente la asaltó con tal violencia que la elevó en el aire y luego la soltó como si fuese un muñeco de trapo.

En parte Dolma tuvo suerte porque, aunque cayó a plomo contra el suelo en medio del sendero, el viento bien podía haberla arrojado directamente al fondo del precipicio. La cuota de mala suerte, sin embargo, también se vio complacida por cuanto el golpe la hizo perder el conocimiento.

—¡Mamá! —gritó Thupten—. ¡Levántate!

Los niños repararon en que su madre no se movía, ni parecía que estuviese en condiciones de hacerlo. Además, y lo que era peor todavía, el terrible viento la iba empujando poco a poco, haciéndola rodar por el suelo y acercándola cada vez más al borde del barranco. Por muy asustados que estuviesen, Thupten y Chögyam sabían que si no hacían nada por evitarlo, a Dolma le aguardaba el mismo destino que su padre acababa de sufrir.

Los dos hermanos se miraron y, sin decir palabra, se cogieron de la mano y abandonaron la pared de la montaña que les había protegido hasta el momento de las piedras y el vendaval. A la intemperie, el panorama se recrudeció notablemente. La lluvia les azotaba con fuerza y la intensidad de la ventisca les hacía tambalearse, viéndose obligados a apoyarse el uno en el otro para mantener el equilibrio. Les costaba un mundo avanzar y cada paso que daban suponía una conquista de proporciones épicas, mientras atinaban a escuchar el silbido de las piedras al desprenderse de la pared de roca y que de cuando en cuando les pasaban muy de cerca.

El cuerpo de Dolma estaba a punto de caer, pero los niños ya casi la habían alcanzado. Thupten, por tratarse del hermano mayor, soltó la mano de Chögyam, dio un paso más y se estiró para asir a su madre por la tela del vestido. Tenía los dientes apretados y le tiritaba todo el cuerpo. Entonces, una nueva y poderosa corriente de aire, en forma de remolino, volvió a causar estragos a todos los niveles. Dolma salió lanzada hacia el abismo como si fuese un ángel dormido que descendiese a los infiernos, empujada por los vientos huracanados. Al mismo tiempo, el propio Thupten fue impulsado hacia el barranco, aunque en el último momento consiguió agarrarse al borde. El pequeño de seis años de edad se quedó colgando en el vacío, sabiendo que sus manos le sostendrían apenas unos pocos segundos.

Pese a que Chögyam acababa de presenciar la muerte de su madre, no perdió los nervios: Thupten precisaba de su ayuda y él aún podría salvarle. Gateando bajo la lluvia, Chögyam llegó hasta su hermano, e incluso logró asirle del brazo… pero enseguida se dio cuenta de que de ninguna manera poseía la suficiente fuerza para izarlo. Los dos hermanos se miraron por última vez, hasta que Thupten no dio más de sí y sus manos ya no pudieron sostenerle por más tiempo.

Thupten inició su caída al vacío, cuando de repente una corriente de aire similar a la anterior les envolvió de nuevo en su regazo y puso el escenario del revés, intercambiando en el último instante a los dos hermanos de sitio. El caprichoso vendaval, como si fuese una mano invisible, elevó a Thupten en el aire y lo depositó de nuevo en tierra, al tiempo que alzaba a Chögyam y lo arrojaba por el precipicio.

En ese momento la tormenta cesó. Los vientos se acallaron, la lluvia desapareció y, en consecuencia, las piedras dejaron de desprenderse de la ladera de la montaña y de despeñarse sobre el sendero. Thupten, asomado al precipicio, contempló la hondonada boscosa que se aparecía al fondo y que se había convertido en improvisado cementerio de toda su familia. Los ojos se le inundaron de lágrimas mientras el cielo rompía a llorar a su manera espolvoreando la montaña de copos de nieve.

Lo que Thupten ignoraba era que, a diferencia de sus padres, Chögyam había logrado salvarse de forma milagrosa. Las flexibles hojas de un cedro gigante habían frenado la caída de su hermano pequeño, y el colchón de nieve que revestía el fondo del valle la había amortiguado por completo. Chögyam había perdido el conocimiento, pero aún seguía con vida.

Por el momento.

CAPÍTULO II

Invierno

«Al igual que la leche fresca no se vuelve agria de golpe, tampoco los frutos de las malas acciones llegan de repente. Su malicia permanece escondida, como el fuego entre las brasas.»

Dhammapada, 5-12

La misma mañana del día en que la familia Norgay habría de sucumbir a la tragedia, el abad del monasterio de Batang regresaba a la ciudad después de varios meses de ausencia.

El lama Lobsang Geshe y el puñado de monjes que le acompañaban cruzaron las puertas del añorado recinto tras haber recorrido una infinidad de poblaciones y aldeas predicando sin descanso las enseñanzas de Buda. El resto de los monjes acudieron enseguida para darles la bienvenida, interesarse por sus vivencias y averiguar el número aproximado de corazones que el abad había logrado cosechar en provecho del *dharma*.

El monasterio de Lobsang se regía por los principios del budismo *theravada*, caracterizado por identificarse más que ningún otro con el budismo antiguo. Por tal motivo trataban de imitar el comportamiento de Buda y sus primeros discípulos, quienes muchos siglos atrás se dedicaron a viajar por la región central de la India difundiendo la doctrina sin contar con una residencia fija y durmiendo cada noche en un refugio diferente. La existencia nómada de los monjes fue tornándose sedentaria con el transcurso del tiempo a raíz de la necesidad de hacer un paréntesis durante la estación de las lluvias, hecho que motivaría la construcción de los primeros monasterios. Lobsang era fiel a aquella premisa del budismo errante que no dudaba en echarse al camino para darse a conocer, aunque aquello implicara que no habitase ni la mitad del año en el monasterio que él mismo regentaba.

Todos los miembros de la comunidad le recibieron con afecto hasta que le tocó el turno a Dechen, quien le saludó con su acostumbrada frialdad y sus fatuos aires de suficiencia. Parecía que algunas cosas nunca cambiaban. Lobsang, resignado, negó con la cabeza y observó a Dechen hacerse a un lado con la parsimonia de un gato al que hubiesen apartado de su rincón favorito. Aquel viejo rencoroso nunca aceptaría que un lama venido de lejos le hubiese arrebatado el cargo de abad.

En efecto, Lobsang era un lama excepcional que se había formado en el ilustre monasterio de Tsurpu y cuya dedicación a los estudios le había permitido alcanzar el grado de *Geshe*. Sin embargo, una vez obtenido el título, y en lugar de proseguir su carrera en Tsurpu como hubiera sido lo propio, Lobsang compartió con sus superiores el que siempre había sido su verdadero deseo: dirigir un humilde monasterio en la región de Kham con el fin de difundir el budismo por aquellas poblaciones remotas, donde aún no se conocía. Su decisión fue acogida con cierto estupor, por cuanto Lobsang podría haber formado parte del círculo más cercano al Karmapa y haber participado de decisiones importantes. También podía haber optado, como algunos otros hacían, por la vida de ermitaño, dedicado al retiro y la meditación en el monte Kailash u otra montaña próxima a Lhasa. Pero no, Lobsang tenía muy clara su vocación y sus superiores le concedieron aquel deseo que se había ganado a pulso. Su destino fue la ciudad de Batang y su misión, la de asumir la dirección del pequeño monasterio que allí languidecía.

De aquello hacía ya diez años y, pese al largo tiempo transcurrido el lama Dechen seguía negándose a dejar atrás el pasado. La noticia del relevo le disgustó sobremanera, incluso a sabiendas de que el grado de *Geshe* de Lobsang le capacitaba holgadamente para ocupar el cargo que él había desempeñado durante incontables años con más pena que gloria. La primera reacción de Dechen fue impropia de un monje budista, hasta el punto de que llegó incluso a retirarle la palabra, como si Lobsang fuese el responsable de lo ocurrido. Después reculó, aceptó a regañadientes su nuevo estatus en el monasterio y se avino a colaborar con Lobsang por el bien de la comunidad. Aquella actitud, sin embargo, no duró demasiado, y de un tiempo a esta parte había vuelto a mostrar una vez más signos de disconformidad. El único consuelo de Dechen radicaba en el afán viajero del nuevo abad, pues gracias a ello, al menos, se convertía de forma automática en su sustituto durante sus prolongadas ausencias.

Cuando Lobsang llegó allí por vez primera, el monasterio presentaba un aspecto ruinoso y descuidado a partes iguales. Las banderas de oraciones que recibían a los fieles a la entrada no eran más que jirones de tela sucia, cuyas fórmulas sagradas impresas en el paño ya se habían desvanecido a causa de las inclemencias del clima. La única estupa que embellecía el recinto se caía literalmente a pedazos y daba hasta lástima circunvalarla como dictaba la costumbre. Y los frescos de los muros exteriores se desconchaban a pasos agigantados, impidiendo la visión de los mandalas allí representados para el deleite de los visitantes.

Lobsang fue consciente enseguida del desafío que le supondría otorgarle al monasterio de Batang el lugar que se merecía, pero a fe que lo logró a base de trabajo y esfuerzo.

A su llegada eran treinta los monjes que integraban la comunidad; ahora la cifra superaba los doscientos y no paraba de crecer. Lobsang había reformado el templo para ampliarlo en tres veces su tamaño, había erigido nuevas residencias e incluso había dotado al recinto de una biblioteca de la que antes carecía.

Dorjee hizo una reverencia a Lobsang y le dedicó una mirada que revelaba muy a las claras lo mucho que le tenía que contar. Dorjee era un joven monje en quien Lobsang confiaba plenamente para que le narrase con detalle y un alto grado de fiabilidad los hechos acaecidos en el monasterio durante sus largas ausencias. La responsabilidad de dicha tarea debía recaer en el lama Dechen, pero muchos años de experiencia le habían demostrado a Lobsang que el abad suplente se limitaba a responderle con vaguedades y escaso interés, por no decir que el propio Dechen acostumbraba a ser el causante de los conflictos que estallaban en el monasterio.

—Dorjee, dentro de una hora acude a mis dependencias para contarme lo sucedido —señaló Lobsang—. Pero ahora ocúpate de atender a los nuevos novicios que me han acompañado en el viaje de vuelta.

Además de todas aquellas gentes que Lobsang lograba convertir al budismo durante el curso de sus predicaciones, también solían adherirse nuevos adeptos que, cautivados por las enseñanzas de Buda, se mostraban deseosos de ingresar en la comunidad monástica de Batang. Los había jóvenes y también de edad madura; Lobsang no hacía distinciones, pese a que a los mayores les costaba algo más integrarse tras toda una vida seglar a sus espaldas. Muchos pertenecían a las clases humildes, pero también los había que, siendo ricos y gozando de una privilegiada posición, renunciaban a los bienes materiales con la voluntad de conducir su vida de un modo más profundo. Otros abrazaban el monacato a raíz de haber sufrido un trauma o una experiencia muy dolorosa, como la pérdida de un hijo, e incluso los había que también lo hacían por seguir el ejemplo de amigos o parientes. Los motivos de la adhesión no suponían un factor significativo para el budismo monástico; lo que realmente importaba era el modo en que después el renunciante regía su vida religiosa dentro de la comunidad.

El lama Dechen se acercó a Lobsang para reprenderle que continuara admitiendo a nuevos integrantes.

—Muy pronto dejará de haber suficientes habitaciones para todos —espetó.

Lobsang no podía creer que Dechen le hubiese dirigido la palabra tan solo para efectuarle un reproche. Le habría replicado que en tal caso ya construirían más, pero Dechen le dio la espalda y se alejó rápidamente de su lado.

Aquella actitud hostil anticipaba muy a las claras el horizonte de problemas que estaba por venir.

Dorjee acudió puntual a su cita con el abad. La visión de Lobsang le seguía impresionando pese a haber compartido ya con él un buen número de años de convivencia. De no ser por el hábito, nadie habría podido adivinar a primera vista la condición de lama de Lobsang. Su fenomenal altura y su robusta complexión habrían encajado mucho mejor con cualquier otro tipo de oficio en el que la fuerza bruta hubiese sido la nota dominante. Los monjes, en general, por la austeridad con que vivían, no destacaban precisamente por gozar de un aspecto atlético o de un porte aguerrido. Con todo, el impacto inicial que Lobsang causaba entre la gente con su sola presencia no le hubiese valido de nada sin su otra arma fundamental: un carisma extraordinario que captaba de inmediato la atención de cuantos atendían a sus disertaciones. La calidez de su voz, grave y profunda, la intensidad de su mirada y su asombrosa facilidad para comunicar se complementaban como anillo al dedo con el caudal de conocimientos de que era poseedor merced a su excepcional preparación.

Lobsang Geshe saludó al joven monje inclinando la cabeza y juntando sus manos a modo de oración. Dorjee le devolvió el saludo acompañado de una cordial sonrisa. La presencia de Lobsang siempre le llenaba de una especial emoción y un agradecimiento eterno. Dorjee, que se había formado en el monasterio de Batang desde que era un niño, coincidiendo con la llegada de Lobsang y su toma de posesión del cargo de abad, había sido testigo de excepción no solo de su personal crecimiento interior, sino también del crecimiento del propio monasterio, que ya se preciaba de lucir los aires de un pequeño *gompa*.

—Dorjee, te ruego por favor me refieras todos aquellos asuntos que por su delicada naturaleza no es apropiado que estén en boca de todos.

El joven monje asintió y clavó su mirada en el techo, como si no supiese por dónde empezar.

—Como habréis podido imaginar —dijo al fin—, el lama Dechen es el causante de la mayoría de los problemas. Su actitud deja mucho que desear. En algunos casos ha relajado la observancia de las normas del monacato, en otros se ha valido de subterfugios para su elusión, y en el resto ha llegado incluso a incumplirlas sin el menor disimulo.

La disciplina monástica venía regulada en el Vinaya Pitaka. Algunos de sus preceptos tenían su origen en el propio Buda, otros se modificaron mediante comentarios ulteriores, y el resto surgieron en una época posterior. En cualquier caso, tradicionalmente el establecimiento de los mismos se atribuía al propio Buda y su estricto cumplimiento adquiría una importancia capital.

—¿Qué normas ha infringido Dechen? —inquirió Lobsang.

—Para empezar, no respeta la regla del ayuno y come cuantas veces se le antoja —explicó Dorjee—. El verdadero problema es que gran parte de los monjes le ven y acaban imitando su comportamiento. Después de todo, Dechen representa la máxima autoridad del monasterio cuando vos os encontráis fuera.

Las reglas determinaban que tanto monjes como novicios únicamente podían comer una vez al día y durante un periodo concreto, que se extendía desde la salida del sol hasta el mediodía, y tras el cual estaba prohibido tomar ningún tipo de alimento sólido, aunque sí se permitía la ingesta de zumos de plantas o frutas. Pese a tratarse de una práctica dura, tenía su razón de ser. Por un lado pretendía evitar que un exceso de voracidad supusiera un obstáculo para la meditación y el adecuado progreso interior. Pero también cumplía una destacada función social, pues el monacato *theravada* disponía que los monjes solamente podían obtener alimentos ejerciendo la mendicidad, es decir, que tan solo podían proveerse de aquello que la sociedad laica tuviese a bien entregarles cuando salían a pedir de puerta en puerta, armados con el escudo de su fe y su inseparable cuenco de limosnas.

—¿Y se salta muy a menudo el ayuno debido?

—Casi todos los días —señaló Dorjee.

Una ola de indignación inundó el ánimo de Lobsang. La conducta desafiante del lama Dechen buscaba más que ninguna otra cosa cuestionar su autoridad y minar su prestigio al frente del monasterio. Su rencor y frustración eran tan fuertes que le impedían darse cuenta de la negativa repercusión de sus actos, los cuales podían llegar a afectar a la comunidad monástica en su conjunto. Ahora bien, su ofuscación no era tan grande, al parecer, como para ignorar que la desobediencia de aquella norma constituía tan solo una infracción leve que no implicaba castigo, salvo el de confesar su falta ante el grupo y mostrar verdadero arrepentimiento.

—¿Qué más?

—Los actos de *uposatha* se han llevado a cabo con extrema relajación y sin el rigor adecuado.

En su reglamento, la comunidad preveía la celebración de diversos ritos que debían garantizar el buen desarrollo del monacato. Uno de los más importantes era el acto de *uposatha*, durante el cual se intensificaban las prácticas de reflexión y meditación, y muy especialmente se recitaba el código disciplinario con el fin de que los monjes declarasen sus faltas.

—A veces no se enunciaban todos los grupos de reglas —prosiguió Dorjee—. O por ejemplo, tampoco se comprobaba que todos los monjes estuviesen presentes.

A la indignación le siguió un sentimiento de profunda tristeza. El resentimiento de Dechen y su ego desbocado le llevaban a actuar contra la esencia misma de lo que representaba el budismo. Lobsang reconoció que el asunto se le había escapado de las manos. Debía haber resuelto el conflicto con Dechen largo tiempo atrás y no haber permitido que hubiese llegado tan lejos.

Lobsang ya había escuchado suficiente, pero permitió que Dorjee continuara con el relato de los hechos.

—Otra vez, con ocasión de la visita de un grupo de fieles laicos al monasterio, el lama Dechen colocó un cuenco de cobre lleno de agua en el suelo y solicitó a los visitantes que depositaran en el mismo cuantas monedas tuviesen a bien entregar. —Dorjee observó a Lobsang llevarse las manos a la cabeza—. Argumentó después que a través de semejante maniobra no violaba la prohibición de tocar el dinero con las manos.

A Lobsang le costaba cada vez más dar crédito a lo que oía. Dechen había tensado la cuerda hasta límites insospechados. En aquel caso en concreto, en relación al mandato establecido en los textos Vinaya, ambos sabían de sobra que la norma que prohibía a los monjes tocar el dinero hacía claramente referencia a la acción de aceptarlo, de modo que el pretexto esgrimido por Dechen se caía por su propio peso.

—Gracias, Dorjee —murmuró Lobsang—. Es suficiente. Ya puedes retornar a tus actividades.

El joven monje se retiró con una reverencia y dejó a Lobsang sumido en la preocupación. Entre la comunidad religiosa y la sociedad laica existía una relación de absoluta simbiosis. El principal deber de los monjes budistas consistía en velar por la espiritualidad de su pueblo. Su conducta recta no solo atañía a su propio bienestar, sino que también influía en la iluminación y el beneficio religioso de la sociedad en su conjunto. Los monjes, además, debían hacer todo lo posible por fortalecer la fe de los devotos y atender siempre a sus necesidades espirituales. A cambio, los fieles laicos proveían a los monjes de todo cuanto necesitaban para subsistir: les procuraban los alimentos, las prendas de vestir, y les cedían los terrenos y materiales para la construcción de los monasterios. Los fieles se mostraban orgullosos de su actitud desprendida porque de esa forma contribuían a la vida divina, pero también acumulaban un capital de méritos para sus existencias futuras.

¿Acaso Dechen no era consciente de que aquel delicado equilibrio podía echarse a perder si alguna de las partes no cumplía con su cometido? Ellos más que nadie debían dar ejemplo de una conducta íntegra basada en las enseñanzas de Buda; de lo contrario, el pueblo estaría en su perfecto derecho de reprocharles su actitud y darles la espalda.

Lobsang decidió esperar al final de la tarde para abordar a Dechen y darse así tiempo para serenarse y madurar lo que pensaba decirle.

El resto de la mañana lo pasó manteniendo sucesivos encuentros con los responsables de las distintas áreas del monasterio: el encargado de los rituales y oficios, el del mantenimiento del mobiliario y las vestiduras, el coordinador de los estudios, el bibliotecario, el maestro de las artes plásticas y el de la música y las danzas. Todos ellos le pusieron al día en sus respectivos ámbitos de trabajo. El abad marcaba las pautas y tenía siempre la última palabra en cuanto al funcionamiento del monasterio se refería, por lo que Lobsang les escuchó y les instruyó a continuación en función de sus demandas y necesidades.

A mediodía, Lobsang recibió la visita de Tenzin, la rectora del convento de monjas budistas perteneciente a la orden de las *bhikkhuni*. Lobsang la atendió, en lugar de en sus dependencias, en el recinto exterior del monasterio, mientras paseaban a la vista de otros monjes, puesto que las reglas le impedían compartir un espacio cerrado a solas con una persona del sexo opuesto.

Tenzin era una mujer menuda, de mediana edad como Lobsang, y poseedora de una sonrisa perenne y una mirada transparente como el viento. Su mayor cualidad, entre muchas donde elegir, residía en su increíble fuerza de voluntad. Tenzin lucía el cráneo tan rapado como el de los monjes y vestía un hábito de corte similar.

En primer lugar, Tenzin le dio las gracias a Lobsang por las novicias que había conseguido enrolar en su orden, las cuales se habían dirigido aquella misma mañana hacia el convento que regentaba en el extremo opuesto de la ciudad. El monasterio de las *bhikkhuni* había nacido al auspicio de los consejos de Lobsang, y su apoyo incondicional se había tornado esencial para su apertura y puesta en funcionamiento. La sabiduría del abad les había permitido organizarse con la estructura adecuada, y tres años después ya contaban con treinta devotas monjas de las diez con que habían iniciado su andadura.

La alegría que sentía Tenzin por ver de nuevo a Lobsang no lograba eclipsar la honda preocupación que evidenciaba su semblante.

—Tenzin, percibo que no hay sosiego en tu espíritu. ¿Qué es lo que te ocurre?

La monja no contestó de inmediato. Miraba a Lobsang de soslayo mientras caminaba a su lado respirando con agitación.

—Se trata del lama Dechen —desveló al fin—. Nos está causando serios problemas.

El nombre de Dechen volvía a salir de nuevo a la palestra y no precisamente para ser objeto de halago. Lobsang suspiró y se preparó para lo peor. Estaba llegando al límite de su paciencia.

—Lleva semanas sin respetar el reparto de zonas establecido para las rondas de limosnas.

Teniendo en cuenta que cada mañana los monjes y monjas debían salir a mendigar su ración de comida diaria, habían dividido la ciudad en varios sectores que se habían repartido a conveniencia para evitar que un mismo devoto se viese en la obligación de satisfacer las necesidades primero de unos y después de las otras.

—¿No ha podido tratarse de un malentendido? —preguntó Lobsang con escasa convicción.

Tenzin negó con la cabeza.

—Le he pedido explicaciones —respondió—, pero ni siquiera se molesta en contestar. Se limita a ignorarme y a mirar para otro lado como si yo no existiera.

—Dechen está descontrolado —reconoció Lobsang—. No hace honor ni a su rango de lama ni a su condición de hombre sabio.

—Pero eso no es todo —añadió Tenzin—. Nos consta que se está dedicando a verter entre las clases más pudientes falsas acusaciones sobre nosotras. Pretende desprestigiarnos insinuando que no cumplimos con el código disciplinario del Vinaya y que no somos dignas de llevar una vida religiosa como hacen los hombres.

Lobsang meditó el asunto en silencio. La clase alta de la ciudad y las familias más prósperas disfrutaban de una posición económica lo suficientemente holgada como para poder mantener de sobra tanto al monasterio de monjes como al convento de las *bhikkhuni*. El origen del conflicto, por ende, no se hallaba en la obtención del sustento, sino que hundía sus raíces, desgraciadamente, en el implacable machismo que había anulado a la mujer desde tiempos inmemoriales, reduciendo su papel al de mera comparsa, siempre sometida a la voluntad del hombre y su naturaleza violenta. A Dechen nunca le gustó la idea de que la orden de las *bhikkhuni* fundase un convento en Batang, pero hasta que no le hubo declarado de forma abierta la guerra a Lobsang, que apoyó el proyecto desde el principio, no se decidió a hacer campaña en contra de las monjas budistas. Dechen parecía querer olvidar la revolucionaria afirmación de Buda de que tanto mujeres como hombres podían alcanzar la Iluminación. El budismo había situado a la mujer en un plano de igualdad respecto del hombre, en contra de lo que sucedía con el resto de las principales religiones del mundo. Otra cosa era la pesada carga que seguía arrastrando la sociedad en forma de machismo histórico, de la que tan difícil resultaba desprenderse o tan siquiera ponerle coto.

—Tenemos miedo de que las calumnias de Dechen terminen haciendo mella entre la población. Si eso pasara, acabaríamos abandonadas a nuestra suerte o quién sabe si algo peor.

Lobsang se detuvo en seco y fijó su mirada en los ojos de Tenzin.

—Eso nunca ocurrirá mientras yo siga siendo el abad.

—Gracias —musitó Tenzin recuperando su habitual talante risueño.

—Por lo que se refiere al asunto de las rondas de limosnas, ahora en invierno no supondrá un problema.

Las duras condiciones del clima invernal eximían a los monjes del deber de efectuar sus rondas de limosnas hasta bien entrada la primavera. Por tanto, aquella era la única época del año en que les estaba permitido el almacenamiento de comestibles en el monasterio, para ser cocinados y racionados con diligencia.

—Y en cuanto a lo segundo —aclaró—, déjalo de mi cuenta. Tengo muchos temas pendientes que discutir con Dechen.

Tras dedicar un tiempo al recogimiento y a atender otros deberes propios de su cargo, al caer la tarde Lobsang hizo llamar a Dechen ante su presencia. A través de la ventana, mientras esperaba, Lobsang contempló el cielo enrarecido sobre el puerto de montaña que franqueaba el acceso a Batang desde el oeste. Más valía que a aquellas horas no se le ocurriese a ningún insensato cruzar las tortuosas sendas que rodeaban la cordillera, pues se avecinaba una fuerte tormenta que amenazaba con poner a los viajeros en graves apuros.

El sonido de una tos a su espalda le hizo volverse. El lama Dechen estaba allí plantado, ligeramente encorvado y mirándole con absoluta indiferencia. De constitución delgada, Dechen ya contaba con demasiados años a sus espaldas, dato que corroboraba el sinfín de finas arrugas que, como la urdimbre de un tapiz, conformaban su rostro enjuto y de aspecto ratonero. Un egocentrismo exacerbado y una amargura enquistada en el fondo de su ser habían doblegado el sencillo espíritu de un lama que, sin ser sobresaliente, había desempeñado sus obligaciones con honradez hasta que la llegada de Lobsang le hizo sacar lo peor de su persona.

Las horas que Lobsang había dejado transcurrir le sirvieron para afrontar la entrevista con la calma suficiente como para no perder los papeles ante Dechen.

—Ya he sido informado de tu comportamiento durante mi ausencia: la permisividad que has tolerado en el cumplimiento de las normas, el propio deje de tus funciones y hasta las faltas que tú mismo no has dudado en cometer. Me sorprende que hayas llegado tan lejos, Dechen. Tu conducta es inaceptable, y tú más que nadie eres consciente de ello. ¿Qué es lo que pretendes? ¿Crear un cisma entre los monjes de la comunidad? ¿Perder el respeto de los fieles? ¿O es que buscas que un día me harte y decida abandonar este sitio?

—¿Acaso importa? Para ser el abad del monasterio, no pasáis ni la mitad del año aquí.

La actitud de Dechen, más que desafiante, se adivinaba ladina como la de un zorro.

—¿Has olvidado nuestro deber de predicar la doctrina? ¿Cómo si no lograremos conducir a nuestro pueblo por el camino del *dharma*?

—Enviad a otros que lo hagan en vuestro lugar.

Lobsang no deseaba discutir y no entraría al trapo de las provocaciones de Dechen. El objeto de aquel encuentro era servir de advertencia, nada más. Lobsang tenía todo el invierno por delante para meter al viejo lama en vereda.

—Quiero que sepas una cosa más —repuso Lobsang elevando el tono de voz—. De entre todos tus actos reprobables, el que se lleva la palma ha sido el de tu miserable ataque a la honorabilidad de Tenzin y las monjas budistas.

—La religiosidad no es el ámbito natural de la mujer —replicó Dechen—. Y no soy el único que lo piensa.

—Eres más necio de lo que creía —arguyó Lobsang—. Las *bhikkhuni* contribuyen tanto o más que nosotros a ensalzar la espiritualidad de la población. Se entregan con fervor a la meditación y sus oraciones surten el mismo efecto que las nuestras.

Esta vez fue Dechen el que prefirió eludir el debate. Se limitó a bufar y a mostrar su impaciencia dando golpecitos en el suelo con la planta del pie.

—Escúchame bien —zanjó Lobsang—. Confesarás todas y cada una de tus faltas en el próximo acto de *uposatha* y expresarás tu sincero arrepentimiento. ¿Está claro?

Dechen no tuvo agallas de sostenerle la mirada a Lobsang más allá de unos segundos. Después farfulló algo entre dientes y se marchó por donde había venido, abrigando un poco más de odio en el fondo de su alma.

La estancia volvió a recuperar entonces el sonido del silencio y la armonía de un karma equilibrado.

Lobsang se acercó a la ventana y alzó la mirada al cielo. El grueso de la tormenta se había desplazado del pico de la montaña, dejando en su lugar un conjunto de nubes en forma de espiral que descargaba copiosamente un alud de copos de nieve.

* * *

Thupten se separó del borde del precipicio que se había cobrado la vida de su familia, ignorando que su hermano pequeño había sobrevivido a la caída y que respiraba quedamente en la cuenca del valle, hundido en una pila de nieve y escarcha.

Al levantar la vista hacia la cumbre de la montaña, distinguió un conjunto de nubes en forma de espiral que escupía una abundante lluvia de copos de nieve que se precipitaba en torno suyo. Thupten tiritaba de frío, pero todavía lo hacía más debido a la trágica soledad a la que se había visto abocado de repente. Como un autómata, tratando de no pensar para no sucumbir al miedo que le trepaba por la piel como una serpiente venenosa, Thupten inició el paso en la misma dirección hacia la que se dirigían cuando fueron sorprendidos por la terrible tormenta.

Los dientes le castañeteaban de forma descontrolada y las piernas le temblaban como si hubiese perdido el control de sus extremidades. Caminaba encogido, los brazos cruzados alrededor del abdomen, buscando el abrigo de su propio abrazo y el escaso calor que emanaba de su cuerpo. Thupten recorría el sendero de la montaña desplazándose casi por inercia, con los ojos entrecerrados y la mirada clavada en el suelo cuyo trazado comenzaba a desvanecerse a causa de la nieve caída. Durante el trayecto, la escasa luz todavía presente se batió en retirada y la noche se fue deslizando de forma silenciosa, acompañada tan solo por el lejano soplido del viento que zigzagueaba entre los picos de la cordillera.

Quizás hubieran transcurrido horas o solo minutos, Thupten no lo habría sabido calcular, pero lo cierto es que cuando volvió a levantar la cabeza, divisó al fin el contorno de una ciudad al pie de la montaña, suspendida en la oscuridad y envuelta en un sudario de sospecha. El camino describía en aquel trecho una trayectoria brusca y descendente que conducía directamente hacia el corazón de Batang.

Para alguien cuyo único marco de referencia había sido una diminuta aldea, la ciudad le causó un importante desconcierto mezclado con altas dosis de intriga, si bien en aquel momento Thupten solo podía pensar que haber alcanzado Batang era su primer paso para salvar la vida, sin detenerse a analizar otro tipo de consideraciones.

Las casas de piedra y barro se arracimaban las unas contra las otras como si el espacio en aquel lugar constituyese un factor fundamental. Los techos planos acumulaban hasta cuarenta centímetros de nieve, la cual habría de ser retirada a la mañana siguiente a base de paletazos y un trabajo descomunal. Las calles eran estrechas y no se veía a nadie deambulando por sus aceras. La oscuridad ahogaba el lugar con su inquietante presencia. El frío, la noche y el maldito temporal habían confinado a las gentes tras los muros de sus viviendas, a través de cuyas ventanas Thupten lograba vislumbrar los destellos del fuego de los hogares.

Thupten atisbó a un par de viandantes que se deslizaban por la calle como fantasmas esquivos, pero antes siquiera de poder acercarse a ellos, les perdía enseguida de vista a la vuelta de una esquina o detrás de alguna puerta. Thupten sentía el cuerpo helado y el hambre se sumaba a su lista de penalidades, de modo que no le quedaba más remedio que plantarse ante una casa al azar y llamar a la puerta esperando tener suerte. A ello se disponía después de haber perdido toda esperanza, cuando al fin un individuo le abordó en plena calle interesándose por él.

—Chico, ¿qué haces que no estás en tu casa?

Su voz sonaba ronca y el tono que empleó no parecía del todo sincero, pero la oscuridad enmascaraba el rostro del hombre y Thupten no alcanzó a adivinar sus rasgos ni a leer en su mirada.

—No tengo casa —murmuró—. Mi familia ha muerto en la montaña y yo me encuentro completamente solo.

Tan pronto pronunció aquellas palabras, Thupten se deshizo en un mar de sollozos. La presión de la terrible situación que atravesaba era mucho más de lo que un niño de seis años podía llegar a soportar.

—Tranquilo, hijo. Yo me ocuparé de ti —dijo el hombre—. ¿Cómo te llamas?

—Thupten, señor —replicó conteniendo el llanto.

—Mi nombre es Wangchuk. Y ahora que nos conocemos, será mejor que te vengas conmigo a mi hogar.

Wangchuk se dio la vuelta y echó a caminar sin comprobar si Thupten le seguía o no. Había algo en aquel hombre que, pese a su aparente amabilidad, le producía cierta desconfianza. No obstante, Thupten pensó que carecía de alternativa y que, dadas las circunstancias, hubiese sido una insensatez rechazar la ayuda que le ofrecía.

Wangchuk enfiló una larga calle avanzando muy deprisa. Thupten le pisaba los talones y observaba con envidia la gruesa piel de yak con que Wangchuk se envolvía como si fuese una capa y lograba protegerse de las bajas temperaturas. Atravesaron las calles desiertas y circunvalaron la ciudad sin que Wangchuk se detuviese frente a ninguna residencia. A Thupten le hubiese bastado cualquiera, hasta la más humilde, con tal de poder entrar en calor, comer algo y, a ser posible, dormir para despertar al día siguiente y advertir aliviado que todo lo ocurrido no era más que una espantosa pesadilla. Pronto llegaron al confín de la ciudad por el límite sur, sin que Wangchuk hubiese aflojado lo más mínimo su marcha. Batang quedó atrás y el misterioso hombre se adentró en una llanura ascendente sin pronunciar palabra, comprobando de cuando en cuando, de reojo, que el niño seguía fielmente pegado a su espalda y que no se había arrepentido de aceptar su oferta. Mientras la ciudad se perdía de vista asfixiada por la noche, los recelos de Thupten aumentaban a cada paso que daba.

—¿Adónde vamos? —preguntó al fin, temeroso de resultar descortés con el hombre que se había ofrecido a ayudarle.

—Tranquilo, hijo. Mi casa está en las afueras. Ya verás como te gusta.

La respuesta no le confortó en absoluto, pero Thupten sabía que a aquellas alturas ya no podía dar media vuelta. Además, se hallaba tan al límite de sus fuerzas que ya había resuelto abandonarse a la supuesta benevolencia de Wangchuk.

Finalmente, en mitad de ninguna parte, sobre una loma de la llanura, una minúscula cabaña de madera se les apareció en el horizonte.

El aspecto exterior del chamizo era lamentable, pero al menos había de reconocer que servía de cobijo. Wangchuk abrió la puerta e invitó a Thupten a pasar al interior. En cuanto entró, un intenso hedor le asaltó el olfato provocándole unas náuseas incontrolables. En una esquina aparecían amontonados una pila de excrementos secos de yak, que los tibetanos usaban comúnmente como combustible. Además de las defecaciones, tan solo distinguió unas tablas en el suelo y un revoltijo de hojas secas que debía de hacer las veces de colchón. Thupten se habría echado a llorar si le hubiese fallado el valor y no le restase algo de vergüenza.

Wangchuk encendió presto un fuego con los excrementos de yak. La hoguera iluminó el lugar y le proporcionó a Thupten el calor sin cuya caricia habría acabado devorado por la hipotermia. A la luz de las llamas, Thupten tuvo por vez primera una clara visión de Wangchuk. El hombre vestía con harapos bajo su preciada piel de yak, exhibía suciedad en uñas y piel, y tras su sonrisa postiza dejaba entrever una irregular hilera de dientes amarillos.

Wangchuk cogió un pedazo de carne mustia que reposaba sobre una tabla y comenzó a cocinarla al fuego.

—Tengo hambre —musitó Thupten.

Wangchuk ya no se molestó en fingir por más tiempo, y su actitud hacia Thupten dio entonces un giro radical.

—Esto es solo para mí —dijo—. A partir de hoy, si quieres comer tendrás que ganártelo.

Thupten percibió el aliento fétido de Wangchuk a pesar de la atmósfera cargada. También reparó en un detalle que hasta el momento le había pasado desapercibido: en lugar de mano izquierda, Wangchuk lucía un repulsivo muñón.

—Solo un pedazo, por favor —rogó Thupten con la mirada vidriosa.

Wangchuk se movió veloz como un rayo, agarró al niño por el pelo y le atrajo hacia sí con tanta violencia que casi se quedó con un mechón en la mano.

—No seas desagradecido, niñato. Te he dado cobijo cuando no tenías nada. Si vuelves a replicarme, te moleré a palos y no pararé hasta haberte roto todos los huesos.

El silencio retornó a la cabaña interrumpido tan solo por el crepitar de la hoguera y los sollozos de Thupten.

Antes de convertirse en proscrito, Wangchuk había ejercido de pastor. De hecho, había sido el buen conocimiento que poseía de la región el que le había llevado a descubrir la cabaña donde se guarecía, la cual le constaba se quedaba libre durante el invierno. El descenso a los infiernos de Wangchuk tuvo su origen en su afición a la bebida. Cuando comenzó a beber más de la cuenta, el ganado que sacaba a pacer entre las llanuras y las laderas de las montañas empezó a descontrolarse. Al principio se le extraviaban en cada salida una o dos cabras a las que después le resultaba imposible localizar debido a su estado achispado y excesivamente alegre; pero al final, por culpa de una borrachera que le dejó inconsciente en el suelo, acabó perdiendo el rebaño entero y con él todo el sustento con el que se ganaba la vida.

Otra decisión errónea le condujo a empeorar su situación aún más si cabía. En estado de embriaguez, no se le ocurrió nada mejor que tratar de robar un objeto de valor por el que conseguir algunas monedas. Le atraparon enseguida, y en consecuencia, se le administró un severo castigo por ladrón. Las leyes penales tibetanas eran muy claras al respecto: a Wangchuk le ataron fuertemente la mano izquierda hasta cortarle la circulación de la sangre, luego se la amputaron de un tajo y a continuación sumergieron el muñón en un recipiente con aceite hirviendo para cauterizarle la herida. Desde aquel día Wangchuk se convirtió en un proscrito abandonado a su suerte.

Instigado por sus tripas, que no dejaban de rugir, Thupten volvió a abrir la boca para suplicar un trozo de carne. De haber conocido mejor el carácter de Wangchuk, no se hubiese atrevido ni a pensarlo siquiera, pero ya era demasiado tarde para poder enmendar su error. El proscrito se lanzó sobre Thupten en un arrebato de furia, lo alzó con la única mano que tenía y lo arrojó contra un rincón. Thupten se golpeó el costado contra el suelo y, horrorizado, observó cómo Wangchuk, no satisfecho todavía, se precipitaba sobre él con los ojos llenos de ira y los pies apuntando hacia su estómago. Las patadas le llovieron de todos lados, y Thupten se encogió sobre sí mismo tratando de minimizar el impacto de los puntapiés contra sus costillas.

—¡Y como intentes escaparte, te juro que te cortaré en pedacitos!

Wangchuk se sentó de nuevo junto al fuego, algo más calmado tras la lección de disciplina que le acababa de enseñar al chiquillo. Un rato después apagó la hoguera, dejando tan solo las brasas para que les caldearan durante la noche.

Thupten, entre dolorido y muerto de miedo, no se movió del sitio donde había recibido la paliza, ni tampoco fue capaz de pegar ojo en toda la noche.

Al día siguiente se levantaron temprano y emprendieron de inmediato la larga y pesada caminata que les separaba de la ciudad. Un manto de nieve se extendía sobre la llanura e impedía la visión de los senderos, pero a Wangchuk poco le importó, pues se conocía aquellas tierras como la palma de su mano. El proscrito actuaba con naturalidad, como si la noche anterior no se hubiese ensañado con Thupten a conciencia. Apenas le dirigió la palabra durante el trayecto y cuando lo hizo, empleó un tono de voz neutro y distante.

—Hoy te ganarás el sustento y me demostrarás tu valía.

El hambre le aguijoneaba con tal intensidad, que Thupten estaba dispuesto a hacer cualquier cosa con tal de saciarla.

Alcanzaron la ciudad y atravesaron lo que a Thupten le pareció el barrio pobre. Una mujer sin medios siquiera para hervir el agua, se la metía en la boca para calentarla y después la escupía sobre su bebé, al que lavaba con la lengua a fuerza de lametones. Las calles habían cobrado vida, difiriendo bastante del aspecto mostrado la noche anterior. Caminaban entre el gentío, el cual, sumido en sus propios quehaceres, ni siquiera reparaban en su presencia. Thupten observó que Wangchuk se ocultaba parte del rostro con el abrigo y que nunca dejaba que su muñón quedase a la vista.

Finalmente llegaron a su destino. El proscrito se parapetó junto a Thupten en las entrañas de una callejuela de tránsito nulo, desde la cual gozaban de una vista limpia del mercado de alimentos.

El número de puestos mermaba en aquella época del año, pero seguía habiéndolos en la suficiente cantidad como para que a Thupten se le hiciera la boca agua. Abundaban especialmente los que ofrecían carnes, quesos y manteca de yak.

—Escúchame con atención —dijo Wangchuk agitando el dedo frente a la cara de Thupten y tendiéndole un pequeño saco de tela—. Sigue al pie de la letra mis instrucciones y todo saldrá bien. ¿Ves el puesto de las bayas?

Thupten asintió. Las bayas tibetanas del arbusto del Goji crecían en los valles del Himalaya. De color rojo intenso y del tamaño y la textura de una pasa, poseían un sabor dulzón parecido al de la cereza.

—Bien, pues mientras yo entretengo al tendero, tú te acercarás por el extremo opuesto y sin que nadie se dé cuenta, llenarás el morral tan rápido como te sea posible.

—Tengo que… ¿robar? —murmuró Thupten.

—¿Acaso prefieres morirte de hambre?

Thupten sabía que robar estaba mal, pero ignoraba las terribles consecuencias penales de que podía ser objeto en caso de ser sorprendido haciéndolo. Wangchuk omitió adrede aquella parte para no asustar más al crío y contar con su complicidad.

—Ve tú primero y después lo haré yo. Es importante que no nos vean juntos para que nadie nos relacione. Si ocurre cualquier imprevisto, no dejes que te atrapen e intenta esconderte en este mismo lugar.

Como Thupten no se movía, Wangchuk le endosó un empujón que le hizo ponerse en marcha. Los nervios le dominaban de pies a cabeza, de modo que hasta que no llegase el momento de la verdad, ni el propio Thupten sabría si sería capaz de perpetrar la acción planeada. Con todo, el muchacho avanzó hacia el mercado, admirando a cada paso las exquisitas viandas expuestas en las tiendas. Tratándose de un niño pequeño, pasaba desapercibido entre la clientela que bullía en el bazar. Los consumidores examinaban la calidad de los productos, mientras los comerciantes anunciaban a voz en grito las bondades de su mercancía. Thupten aguardó un tiempo que se le hizo eterno, hasta que por fin distinguió a Wangchuk aproximarse al puesto de las bayas y fingir un interés por los sabrosos frutos digno del mayor de los expertos.

Thupten se situó en la esquina más retirada del puesto y preparó la bolsa de tela para almacenar el botín. Por su parte, Wangchuk había logrado que el dependiente le diera la espalda, prácticamente por completo, a su jovencísimo cómplice. Era ahora o nunca. Thupten estiró la mano, agarró un puñado de bayas y las metió en el morral. Después miró a todos lados, el semblante desencajado por los nervios. Nadie parecía haberle visto. La impunidad del hurto acrecentó su confianza y volvió a repetir el proceso varias veces seguidas. Fue la intensa hambre que le corroía por dentro la que le indujo a cometer un error. Thupten, incapaz de esperar a haber culminado su acción, se echó a la boca uno de aquellos puñados de bayas cuyo aroma azucarado venía embriagándole el olfato y seduciéndole con su fabuloso aspecto. El dependiente, que de vez en cuando barría las inmediaciones con la mirada, no le vio robar, pero sí masticar con fruición; lo suficiente como para levantar sus sospechas. Segundos más tarde, tras vigilarle por el rabillo del ojo, sorprendió a Thupten con las manos en la masa.

El comerciante gritó y rodeó el puesto para abalanzarse sobre el ladronzuelo. Thupten dio un respingo al verse descubierto y durante unos instantes se quedó paralizado. Wangchuk entonces intervino en la escena como si no lo pretendiese, zancadilleando primero al dependiente cuando pasaba por su lado, y dificultando su avance después mientras se disculpaba repetidamente por el desafortunado desencuentro. Esos segundos ganados por Wangchuk le valieron al menos a Thupten para escabullirse entre el gentío y alejarse del peligro.

Thupten consideró la posibilidad de aprovechar la ocasión para escapar también de Wangchuk, sin embargo, acabó desechando la idea. Por una parte, aún seguía bajo los efectos del miedo que el proscrito le había infundido la noche anterior, convencido de que si fracasaba en su intento, Wangchuk le trocearía en mil pedazos. Y por otro lado, tampoco sabía ni adónde ir ni en quién confiar, especialmente ahora que se sabía un ladrón y que cualquiera podía delatarle.

Por todo ello, al cabo de un rato Thupten regresó al callejón donde Wangchuk ya le estaba esperando. El proscrito se sentía furioso. Sus ojos inyectados en sangre le hicieron a Thupten temer lo peor, pero afortunadamente su ira no pasó a mayores. Wangchuk asumió su parte de culpa en el fracaso de la misión por no haber preparado al chico lo suficiente.

—Tendremos que volver a la cabaña —dictaminó—. No es buena idea que hoy nos vean por la ciudad.

Thupten tenía sentimientos encontrados. El alivio que sentía por no tener que volver a robar, aunque solo fuese por aquel día, contrastaba con la ansiedad de saber que le aguardaba una jornada más sin probar un solo bocado.

Durante el camino de regreso, cuando abandonaban los suburbios de la ciudad, un perro callejero se acercó a Thupten y le olisqueó en busca de comida. El chucho, de pelo abundante y ojos muy expresivos, agitaba la cola presa de la excitación. Thupten no pudo ofrecerle más que unas caricias y algo de cariño, pero el gesto debió satisfacerle lo suficiente como para decidir seguirle a partir de aquel punto.

Batang quedó atrás, lo cual no disuadió al perro en su empeño de seguir a Thupten. Una vez más, la única compañía de que gozaban se redujo a la de la propia naturaleza, significada por alguna arboleda en la distancia y las praderas cubiertas de nieve. Thupten se detenía a veces a jugar con el perro hasta que recibía la mirada de desaprobación del proscrito, cuya hostilidad le hacía ponerse en marcha de nuevo. Thupten soñó con los ojos abiertos. Si Wangchuk le permitiera quedarse con el animal, la compañía que le proporcionaría, las horas de distracción y las innumerables muestras de afecto bastarían para brindarle un consuelo de extraordinario valor.

Thupten continuaba jugando con el perro mientras pensaba qué nombre le pondría.

A mitad de camino, el proscrito se agachó para recoger del suelo una piedra del tamaño de su puño, y se quedó esperando a que Thupten llegase a su altura. Ni la expresión de su rostro ni sus gestos denotaron lo que se disponía a llevar a cabo. Thupten, que no podía habérselo imaginado, ni siquiera lo vio venir, pero el perro sí se percató a tiempo y esquivó por muy poco la brutal pedrada que iba destinada a su cabeza. La piedra rozó el lomo del animal al tiempo que Thupten comprendía horrorizado las intenciones de Wangchuk. El proscrito maldijo entre dientes y, arrastrado por la propia inercia del golpe fallido, perdió el equilibrio y cayó al suelo de bruces. Thupten deseó con todas sus ganas que el perro aprovechara aquella oportunidad para echar a correr y escapar de la crueldad de Wangchuk. Y a punto estuvo de conseguirlo. Sin embargo, el proscrito le agarró de una pata justo en el instante en que iniciaba la carrera.

El perro se revolvió y trató de morderle, pero Wangchuk se rehízo a toda velocidad y se abalanzó sobre el animal en una lucha cuerpo a cuerpo en la que partía con cierta ventaja gracias a su envergadura. El proscrito utilizó su única mano para sujetar las fauces del animal y el peso de su cuerpo para inmovilizarle por completo. El perro se retorcía, gruñía y profería lastimosos gañidos que le trepaban por la garganta y se evaporaban en el aire cuando emergían al exterior.

—¡Thupten! ¡No te quedes ahí parado! —gritó Wangchuk—. ¡Coge la piedra y destrózale la cabeza al maldito chucho!

El niño no reaccionó de inmediato. Obligado por Wangchuk, había llegado a robar, pero lo que ahora le pedía era demasiado.

—¡Hazlo ya o te juro que te vas a arrepentir! —exclamó Wangchuk, que seguía forcejeando furiosamente con el animal.

El pánico se encargó de tomar el control sobre Thupten, haciéndole creer a su propia mente que él no era el responsable de sus actos. Thupten tomó la piedra con las dos manos y la descargó con fuerza sobre la cabeza del perro. El golpe le partió el alma a Thupten, pero no el cráneo al animal, que continuó aullando de dolor y pugnando por liberarse del abrazo de Wangchuk.

—¡Otra vez! —bramó el proscrito.

Thupten cerró los ojos y comenzó a asestarle al perro un golpe tras otro. Las salpicaduras de sangre le mancharon el rostro y se mezclaron con sus propias lágrimas, que le rodaban por las mejillas. Cuando se atrevió a mirar de nuevo, le había abierto la cabeza al pobre animal, dejando sus sesos a la vista y un montón de sangre esparcida por el suelo. Thupten entonces se desmoronó y lloró desconsolado como el niño que era.

Wangchuk se puso en pie y se echó el perro al hombro.

—Vamos —ordenó—. Con esto tendremos para comer varios días. Te lo has ganado.

Wangchuk pensó que sacaría más provecho de Thupten si lo empleaba en una actividad diferente al hurto, oficio para el cual no parecía haber nacido y cuyo desempeño implicaba un riesgo excesivo que no convenía que asumiese a una edad tan temprana. A partir de entonces, Wangchuk puso al crío a mendigar en las plazas de Batang, bajo su atenta mirada desde posiciones cercanas.

Para Thupten, que por su forma de ser nunca había parado quieto en la aldea, siempre correteando de un lado a otro volviendo loca a su madre y mareándolos a todos, aquella decisión fue como si le hubieran sentenciado a la peor de las condenas.

—Y que parezca que estás triste —le solía repetir Wangchuk.

Las primeras veces Thupten le respondió que no le hacía falta fingir porque así era como se sentía. Sus réplicas no llevaban segundas intenciones ni en modo alguno pretendían desafiar a Wangchuk, pues la locuacidad de Thupten, al igual que su patente hiperactividad, formaban parte de su propia naturaleza. Sin embargo, poco a poco se habituó a morderse la lengua, ya que Wangchuk nunca se tomaba bien sus respuestas y acostumbraba a retorcerle las orejas, que como eran de soplillo, llamaban fácilmente su atención.

Los días pasaban, mientras la personalidad de Thupten, doblegada por las circunstancias, se trocaba en defensa propia reservada y taciturna. No es que Thupten obtuviese mucho con las limosnas, pero sí lo justo para malvivir. Seguramente, la visión de un chico sano y sin problemas aparentes no despertaba la suficiente compasión de los transeúntes.

—Agradece que no te saque los ojos o te arranque una pierna —espetaba de cuando en cuando Wangchuk—. Ciego o lisiado me serías de mucha más utilidad.

Wangchuk comenzó a beber de nuevo, empleando para ello parte de lo que Thupten obtenía de la mendicidad. Y aunque aquello se tradujo en una menor cantidad de comida para Thupten, también tenía su parte positiva, pues cuando el proscrito se hallaba borracho se olvidaba un poco de él, y no le pegaba a las primeras de cambio por un comentario a destiempo o una mirada que consideraba impertinente.

Una noche en la que Wangchuk dormía a pierna suelta, tras una de sus habituales borracheras, Thupten reunió el valor suficiente para hacer un intento de fuga al amparo de la oscuridad, toda vez que ya se conocía de memoria el camino hacia la urbe. No alcanzó ni el umbral de la puerta. El proscrito, como si tuviese un sexto sentido, abrió un ojo entre sueños y sorprendió a Thupten andando de puntillas en dirección a la salida.

Wangchuk había jurado descuartizar a Thupten si intentaba escaparse de su lado, y aunque al final no cumplió su promesa, sí que le propinó tal paliza que le valió varios huesos rotos y el espíritu herido de muerte. Thupten permaneció en la cabaña sin poder moverse durante quince días seguidos, hasta que Wangchuk lo puso de nuevo a mendigar en las plazas de Batang tan pronto como fue capaz de enderezarse y dar unos pocos pasos.

Thupten no creía que fuese a sobrevivir a un invierno que se le estaba haciendo eterno; antes acabaría sucumbiendo al frío, la malnutrición o los golpes del proscrito. Thupten llegó a desear que aquella milagrosa ráfaga de viento que le había salvado en el último momento de caer al vacío no se hubiese producido. Así él estaría muerto y su hermano Chögyam aún seguiría con vida.

* * *

Chögyam abrió los ojos, parpadeó varias veces y miró a su alrededor sintiéndose tremendamente desconcertado. La escasa visibilidad del lugar donde se hallaba contribuyó aún más a acrecentar su confusión. Entonces una silueta alargada, como una sombra sin rostro, se inclinó sobre él.

—¿Estás bien?

Chögyam acostumbró la vista a la penumbra del lugar y distinguió al fin las facciones del hombre que le observaba con atención.

—Sí, señor.

Se trataba de un viejo al cual Chögyam le hubiera calculado unos mil años. Su lastimosa presencia se reducía poco más que a un esqueleto recubierto de pellejo, de piel apergaminada y grisácea, tirando a verde, y a dos ojos que habían perdido todo atisbo de color. Una maraña de pelo sucio y desordenado le caía sobre los hombros, y una amplia y espesa barba le colgaba hasta la cintura.

—¿Dónde estoy? —inquirió Chögyam.

—Este es mi refugio —repuso el anciano—. Una cueva de la montaña.

La voz del viejo sorprendía por su mansedumbre y suavidad, que contrastaba enormemente con su ruinoso aspecto exterior.

Chögyam se incorporó y lo examinó todo con ojos curiosos. El lugar no era más que un agujero de reducidas dimensiones, tanto que el propio anciano debía agacharse para acceder a su interior. El pétreo suelo era abrupto e irregular y las paredes, húmedas y rugosas. La insólita vivienda carecía además de cualquier tipo de mobiliario. La cueva era, en el mejor de los casos, un minúsculo mordisco en la roca de la montaña.

El recuerdo de los terribles sucesos acontecidos en el sendero del puerto de montaña asaltó de repente la mente de Chögyam. Primero le invadió una profunda sensación de tristeza, y después de miedo y desamparo. Siguiendo un impulso, decidió dar unos pasos y salir de la cueva; el anciano no pronunció palabra y le siguió con la mirada.

En el exterior todo se encontraba nevado. Chögyam observó que la cueva se hallaba en mitad de una escarpada senda que ascendía por la montaña. En el fondo del valle asomaba la arboleda de cedros gigantes, cuyas hojas le habían salvado la vida, y sobre su cabeza, un muro inclinado ralo de vegetación y salpicado por formaciones rocosas cubiertas de musgo y esquistos. A muy poca distancia por encima de la cueva discurría un riachuelo, actualmente helado por las gélidas temperaturas. Desde aquel lugar en las alturas, la sensacional panorámica mostraba una vasta cordillera con sus pináculos cubiertos por un manto de nieve blanca.

Chögyam reparó enseguida en el profundo silencio que reinaba en aquel paraje, ni siquiera quebrantado por el canto de las aves o el murmullo de un río, y soliviantado tan solo por el bramido de la corriente entre las simas. El frío en el exterior resultó ser inmenso, y en comparación, la calidez de la gruta, por sus propias condiciones naturales, proporcionaba cierto alivio. Chögyam centró sus pensamientos en su hermano mayor. Creyó que Thupten debía de seguir con vida en alguna parte, y con esa idea en la cabeza se introdujo de nuevo en la oquedad.

—¿Me llevaréis a la ciudad? —le pidió al anciano.

—No podría hacerlo aunque quisiera —replicó—. Durante el invierno este angosto valle sin nombre se queda absolutamente incomunicado por una hermética barrera de hielo y de nieve.

Chögyam bajó la mirada, los ojos acuosos apuntando hacia el suelo.

—Tendrás que esperar aquí hasta que vengan a buscarte —añadió.

El niño pareció meditar aquella aserción durante algunos instantes. Después terció:

—¿Cómo podría alguien venir a buscarme, si nadie, salvo quizás mi hermano, sabe que estoy aquí?

—Antes, mientras meditaba y me encontraba en mitad de un profundo trance, tuve una sólida visión —explicó—. El propio Avalokiteshvara, la personificación misma de la compasión y el amor infinitos, se me apareció para avisarme de que debía acudir a la hondura del valle para rescatarte de una muerte segura por hipotermia. También señaló que debía instruirte y velar por tu bienestar. Por último, me reveló que algunas personas vendrían aquí para reclamarte. Al parecer, eres un niño muy especial.

Chögyam se esforzaba por no llorar, aunque no pudo evitar que algunas lágrimas se deslizaran por sus mejillas.

—Durante el tiempo que permanezcamos juntos me ocuparé de enseñarte el *dharma*. —El anciano captó la extrañeza en el rostro del niño—. El *dharma* es el sendero budista —aclaró—. ¿Nunca has oído hablar de Buda?

Chögyam negó con la cabeza.

—Bien, en tal caso, yo te ilustraré.

El viejo asceta, que llevaba cuarenta años de absoluto aislamiento en la cueva de la montaña, era un venerado lama formado en el monasterio de Samye, el más antiguo del Tíbet, que al cumplir los treinta y cinco años de edad hizo el voto solemne de meditar sin interrupción en un lugar apartado hasta alcanzar el Despertar. El valeroso lama se había propuesto lograr la completa Iluminación en una sola vida, cuando los grandes sabios decían que conseguirla en tres ya constituía toda una hazaña. La mayoría de los ascetas solían refugiarse en una de las múltiples cavernas existentes en el sagrado monte Kailash, donde sus retiros atraían a los peregrinos que querían recibir las bendiciones de aquellos hombres santos. Por eso el lama de Samye, más firme aún en su determinación, optó por recluirse en una olvidada montaña situada en la región de Kham, hasta el punto de que Chögyam había sido la primera persona con la que había mantenido contacto desde el inicio de su retiro espiritual, cuatro décadas atrás.

—¿Cómo te llamas? —preguntó.

Chögyam murmuró su nombre conteniendo los sollozos.

—Bien, pues mi primera lección será que nunca más emplearás tu tiempo en llorar.

Chögyam asintió, se sorbió los mocos y se refregó la cara con los puños de las manos. A continuación dijo:

—¿Cómo os llamáis?

El asceta, en su renuncia al deseo y al apego por las cosas materiales y centrado en su pertinaz búsqueda por abarcar con su pensamiento la verdadera realidad del universo, había renunciado incluso a su propia identidad.

—Yo ya no tengo nombre —le contestó—, así que de aquí en adelante tendrás que llamarme «maestro».

Chögyam asintió y, de forma instintiva, efectuó una reverencia. No volvió a derramar una sola lágrima en presencia del anciano.

Pronto Chögyam experimentó por sí mismo lo dura que podía ser la vida en la cueva, y más aún durante el invierno.

El asunto de la alimentación le resultó, con diferencia, el más traumático. La dieta del asceta se reducía a las hojas de las plantas y a las raíces que desenterraba; sin duda por eso, pensó Chögyam, su piel había adquirido un tono verde oliva que asustaba a primera vista. Aunque más le impresionó averiguar que durante algunas etapas de su retiro, el asceta había permanecido en completo ayuno por periodos de tiempo reducidos, y en otras en ayuno parcial, alimentándose tan solo a base de ortigas. Por todo ello, a Chögyam no le quedó más remedio que acostumbrarse a ingerir lo que él siempre había identificado como el alimento de las cabras. Al menos el agua no suponía un problema gracias a una fuente natural que había en las inmediaciones, si bien en invierno la fuente dejaba de brotar porque se solidificaba como un témpano, y en ese caso obtenían el agua a base de fundir la nieve, un proceso lento y tedioso que desesperaba a Chögyam.

Por las noches, Chögyam se hacía un ovillo y trataba de dormir en aquel suelo húmedo y pedregoso, al que no había manera de amoldarse sin sentir que un bulto se te clavaba en el costado o la espalda. Pero más llamativo aún le resultó saber que el asceta prácticamente no dormía porque lo consideraba una pérdida de tiempo: el lama ermitaño practicaba las sofisticadas técnicas de los sabios legendarios y alteraba su estado de conciencia durante la meditación para descansar el organismo.

Las gélidas temperaturas invernales tampoco aconsejaban salir al exterior. Chögyam abandonaba la cueva solo para hacer sus necesidades, y la primera vez que vio cómo su orina se iba transformando en un carámbano de hielo, no supo si reír o llorar de la risa. En tales ocasiones solía avistar en la nieve unas llamativas huellas de felino, grandes y con un agujero en el medio, que el asceta atribuía al mítico leopardo de las nieves, al que tan solo había logrado atisbar en un puñado de ocasiones durante su prolongada estancia en la montaña, y que nunca le había causado problema alguno pese a su fama de feroz depredador.

Con la caída del sol, el frío se hacía insoportable incluso en el interior de la cueva, y a Chögyam su chaleco de piel de oveja en ningún caso le abrigaba lo suficiente. La tercera noche se lo hizo saber al asceta, que no dudó un instante en hacerle entrega de su delgado manto de algodón. Chögyam, sin embargo, se sintió enormemente culpable al reparar en que había despojado al anciano de la única prenda que tenía; viéndole tan desprotegido decidió devolverle su manto, porque pensó que, de no hacerlo, el anciano se congelaría durante la noche.

—No te preocupes por mí —rehusó—. Yo no lo necesito.

—¿Estáis seguro, maestro?

El asceta, que estaba meditando en la postura del loto, le dijo a Chögyam que si le tocaba un segundo el brazo le bastaría para comprenderlo. Chögyam atendió al requerimiento del maestro y extendió la mano hacia su cuerpo. Ya antes incluso de tocarle percibió un calor intenso que le dejó boquiabierto. Y cuando le palpó la piel, la sintió tan caliente que casi le quemó los dedos.

El asceta le habló a Chögyam acerca del *tummo*, el calor místico que los yoguis y sabios tibetanos habían aprendido a invocar y que les hacía inmunes a las bajas temperaturas. Chögyam le escuchó ensimismado, observándole con sus inmensos ojos color pardo a través del flequillo.

—¿Podría practicar yo también el *tummo*?

—Es muy pronto aún. Primero he de enseñarte a meditar, aunque con el tiempo estoy seguro de que llegarás a dominarlo.

Poco después Chögyam trataba de conciliar el sueño de nuevo, pero ni siquiera con la prenda del maestro lograba paliar el frío. De modo que, ni corto ni perezoso, y tras cerciorarse de que el asceta se hallaba en uno de sus habituales trances introspectivos, se acomodó sobre su regazo hasta que se durmió como un bendito, ritual que acabaría por repetirse una noche tras otra.

Lo cierto era que, después de las serias molestias que se había tomado el asceta para aislarse del mundo y evitar volver a tener contacto con ser humano alguno con el fin de entregarse a sus ejercicios tántricos y de meditación para alcanzar el Despertar, la aparición de Chögyam le había supuesto un importante contratiempo. Con todo, y pese a que la presencia del niño interrumpiese innumerables años de un larguísimo y calculado proceso de retiro voluntario que no admitía errores o demoras, el viejo lama no se ofuscó y supo aceptar la voluntad que Avalokiteshvara le había transmitido a través de una visión. En cualquier caso, el asceta era muy consciente del enorme esfuerzo que debía realizar, pues como buda solitario que era, ni estaba preparado para predicar ni para tener discípulos a su cargo.

Un saliente en la roca de la pared era todo cuanto tenía por altar. Sobre el mismo reposaba un cuenco de ofrenda con agua que llenaba cada mañana y vaciaba por la noche, y una menuda estatua de Buda tallada en madera, modelada por el propio asceta, como más tarde averiguaría Chögyam. No había ni rastro de los libros sagrados budistas, pero en realidad ni falta que hacían. El lama ermitaño se sabía de memoria el Canon Pali —el Vinaya Pitaka, el Sutta Pitaka y Abhidhamma Pitaka—, así como una amplia colección de textos antiguos plagados de comentarios filosóficos.

—¿Cuántos años tienes?

—Cinco años, maestro.

—Bien —resolvió el asceta—. Yo a esa edad ya había aprendido a leer y a escribir tanto en sánscrito como en tibetano, y había comenzado el estudio de los *sutras*.

Para empezar, le enseñó a Chögyam cómo postrarse correctamente ante la imagen de Buda.

—Junta las manos y colócalas primero sobre la cabeza, después a la altura de la garganta y finalmente a la del corazón. Esto te ayudará a purificar tus acciones negativas, ya sean de tipo físico o espiritual.

El asceta realizó una demostración y Chögyam le imitó punto por punto, haciendo gala de una extrema solemnidad en cada uno de sus gestos.

—Perfecto —aprobó—. Ahora híncate y coloca las palmas de las manos en el suelo, después las rodillas y por último la frente. Y ten siempre presente que, además de un ejercicio físico, las postraciones deben suponer también una actitud mental.

Chögyam aprendió también a sentarse en la tradicional posición del loto, con las piernas cruzadas y cada pie ubicado encima del muslo opuesto. Además, el asceta le enseñó un sencillo mantra que Chögyam debía recitar un sinfín de veces al día.

—Las postraciones y los mantras te ayudarán a acumular mérito en tu día a día. El mérito es el potencial de energía positiva que todos tenemos y que te conducirá a obtener la felicidad y a alcanzar la liberación.

A menudo Chögyam no entendía algunos de los conceptos que le explicaba el asceta, pero tampoco se preocupaba en exceso por ello, pues sabía que las nociones importantes se las volvía a repetir a la menor oportunidad. Con el paso del tiempo, Chögyam notó que aquellas enseñanzas le iban calando hondo, con la misma eficacia y arraigo que los vitales consejos inculcados por una madre a su hijo pequeño.

A Chögyam le bastaron unas pocas semanas para conocerse al dedillo las invariables rutinas del asceta. Había unas horas al día en las que se abandonaba a un estado tan profundo de meditación, que parecía que estuviese muerto —o cuando menos adormecido— y completamente ajeno a cuanto pudiera pasar en el mundo exterior. Pero un día Chögyam descubrió cuán equivocado estaba, pues lo que sucedió demostró que incluso en aquel estado de trance, el asceta no perdía comba de lo que ocurría a su alrededor.

Afuera estaba cayendo una intensísima nevada que amenazaba con obstruir la entrada de la cueva. El asceta abrió los ojos de repente, se irguió y le dio instrucciones precisas a Chögyam:

—Despejemos ahora mismo el acceso porque si no, nos arriesgamos a quedarnos sepultados por la nieve.

Chögyam se incorporó e inmediatamente se puso a las órdenes del anciano, que le entregó el cuenco de las ofrendas.

—Úsalo para retirar la nieve —le indicó.

Chögyam obedeció y se esforzó por arrojar la nieve al exterior con la misma disciplina que una abeja obrera. El asceta se bastaba con sus manos desnudas para realizar la tarea, pues había invocado el *tummo* y el calor interno le protegía de la congelación. A veces Chögyam miraba de reojo y observaba fascinado cómo los grumos de nieve se fundían entre los dedos del anciano, haciendo que una ligera nube de vapor se elevase en espiral. Se aplicaron durante horas en la faena, pues al mismo tiempo que ellos quitaban la nieve de la entrada de la cueva, del cielo no paraba de caer una infinidad de copos con igual intensidad.

El invierno les obsequió con dos nevadas más de similar virulencia.

Una mañana en la que uno estaba sentado frente al otro, en mitad de una lección, Chögyam observó a una araña que correteaba por el suelo y que al poco pasaba a deslizarse por la pierna del asceta. La araña le causó una gran repugnancia. Estaba cubierta de pelo y contaba con al menos cuatro o cinco ojos. Sin embargo, el asceta parecía no haber reparado en ella siquiera. Chögyam siguió a la araña con la mirada, que comenzó a recorrer el torso del anciano y muy pronto llegó hasta su cara. El asceta continuó hablando como si tal cosa, indiferente a la presencia del insecto. La insólita situación distrajo tanto a Chögyam de las palabras de su maestro, que finalmente se decidió a interrumpirle. Titubeando, le señaló la araña con el dedo.

—Deberíais matarla —terció.

—Chögyam, nosotros los budistas no matamos a los seres sintientes —aclaró el asceta con voz serena.

Chögyam alzó las cejas extrañado.

—¿Y eso incluye a las arañas?

—Consideramos seres sintientes a todo el reino animal, por cuanto son capaces de experimentar placer y dolor.

—Maestro, os confieso que a pesar de todo, no entiendo qué importancia puede tener matar a una simple araña.

El asceta caviló su respuesta.

—Chögyam, ¿recuerdas que ya te he explicado brevemente el concepto del *samsara* en alguna ocasión?

—Sí, maestro. El *samsara* se refiere al ciclo de existencias al que todos los individuos estamos sujetos.

—Y también los animales —apuntó el asceta—. Recuerda además que el continuo renacimiento de cada uno de nosotros puede conducirnos a existencias felices o dolorosas en función de nuestro *karma*.

—No os sigo, maestro.

—Muy fácil, Chögyam. Debes saber que además de la condición humana, estamos sujetos a numerosas posibilidades de existencia, como por ejemplo la animal.

Chögyam rumió en silencio las palabras del anciano.

—Maestro, ¿queréis decir que en una existencia futura esta araña podría renacer en un hombre?

—O también puede que ya lo haya sido en una vida anterior —precisó el asceta.

Mientras tanto, y completamente ajena al debate metafísico, la araña continuó su travesía. Había regresado al suelo de nuevo y ahora parecía ir directa hacia el pie de Chögyam. Este sintió una enorme aversión pero no se movió del sitio. Un escalofrío le recorrió la espina dorsal: ser sintiente o no, de buena gana le hubiera propinado un buen pisotón. Finalmente la araña pasó de largo y Chögyam respiró algo más tranquilo.

—Maestro, no me gustaría ser una araña en mi próxima vida —le confió con un inusual gesto de preocupación.

El espontáneo comentario y su tez pálida como la cera provocaron que el asceta se riera a mandíbula batiente, quizás por vez primera en los cuarenta años de su retiro. Cuando se hubo calmado, concluyó:

—Eso no ocurrirá si llenas tu *karma* de buenas acciones.

No pasó un solo día de aquel duro invierno en que Chögyam no recordara a sus padres con un nudo en la garganta y un vacío en el corazón. La aflicción que le provocaba su pérdida la compensaba con la esperanza de poder reencontrarse con Thupten algún día. Y deseaba con todas sus fuerzas que dondequiera que estuviese su hermano mayor, se encontrara sano y salvo, y bajo la tutela de gente honrada y de bien.

Pocos días antes de que el invierno se despidiese hasta el año siguiente, el asceta se dirigió a Chögyam exhibiendo una actitud más solemne de lo habitual, se sentó frente a él y le dijo:

—Chögyam, creo que ya estás preparado para aceptar a Buda. Se trata del acto que llamamos «de tomar refugio» según la tradición del camino del *dharma*. Recuerda que este voto no solo se realiza para esta vida, sino que también cuenta para las vidas futuras, y su eventual abandono repercutiría negativamente en tu karma.

—Sí, maestro. Lo acepto con gusto y con gran alegría.

—Bien, entonces repite conmigo: «Voy al refugio de Buda; voy al refugio de la enseñanza; voy al refugio de la comunidad».

Chögyam así lo hizo y sus palabras resonaron con firmeza en las paredes de la cueva. El asceta asintió satisfecho y después le cortó un pequeño mechón de cabello como signo de su total consagración a Buda.

—Muy bien. Ahora debo darte un nombre de *dharma*, un nombre que se identifique con tu futuro Despertar. Y dado que viniste a encontrar cobijo en mi cueva, que es mi refugio, y dado que es aquí donde has «tomado refugio», serás conocido por el nombre de «el que busca refugio en el refugio».

* * *

En el monasterio de Tsurpu cundía la preocupación entre los monjes superiores. Habían transcurrido seis años desde la muerte del Karmapa y el *tulku* aún no había aparecido.

Kyentse Rinpoche se hallaba en la biblioteca del *gompa* buscando inspiración en el Dhammapada, una colección de versos concisos de carácter ético, cuya lectura ponderada tampoco contribuyó a arrojar luz sobre el asunto. Kyentse se frustró una vez más y enrolló el pergamino para devolverlo a su sitio. Él, más que ningún otro, como principal discípulo del difunto Karmapa, se sentía culpable por su incapacidad para ayudar a encontrar a la reencarnación de su maestro.

Hasta la fecha, el comité de monjes sabios del que él mismo formaba parte no había hecho más que dar palos de ciego. Las intuiciones, visiones y sueños de los grandes gurús les habían conducido hasta el momento a un callejón sin salida. Habían tenido lugar unas cuantas falsas alarmas. Algunas pistas, vagas e imprecisas en su mayoría, les habían llevado hasta niños que fueron enseguida descartados como el auténtico *tulku* tras las primeras pruebas preliminares.

El propio Kyentse Rinpoche había peregrinado en tres ocasiones al lago Yamdrok, considerado sagrado por los tibetanos, para inducir tales visiones y potenciar sus dotes de clarividencia; pero sus largas sesiones de meditación a orillas del Yamdrok se tornaron baldías y nunca llegó a intuir nada acerca del paradero del *tulku*.

Los astrólogos y oráculos consultados tampoco fueron de gran ayuda, pese a presumir de elevadas tasas de acierto y una dilatada tradición. Los cálculos, tomando como base datos muy exactos, se repitieron en distintas ocasiones teniendo en cuenta la posición de las estrellas. Sin embargo, y de forma inexplicable, cada consulta efectuada daba una predicción diferente, sin que entre ellos mismos se pusieran de acuerdo en la interpretación de los resultados.

Asimismo, había que prestar atención a los presagios, ciertos fenómenos inusitados que podían ocurrir en el momento del nacimiento del *tulku*. En la región de Amdo, por ejemplo, un niño perteneciente a una familia nómada vino al mundo bajo una lluvia de estrellas fugaces. Y el nacimiento de otro, en una remota aldea cerca de Tsochen, al noroeste de Lhasa, coincidió con la floración de ciertas plantas fuera de temporada. Pero una vez más, ambos candidatos fueron descartados en cuanto se les efectuó la visita de rigor.

Igualmente podía ocurrir que el pequeño *tulku* mostrase en sus primeros años de vida facultades o comportamientos inusuales que permitiesen su identificación. Quizás el niño conocía cómo se realizaba un ritual budista sin que nadie le hubiese enseñado, o sencillamente permanecía sentado y sin hablar durante prolongados periodos de tiempo. No obstante, en el presente caso no había llegado a oídos del comité de sabios ninguna conducta llamativa o especial que mereciese su atención.

En ocasiones, los hechos que rodeaban la muerte del Karmapa podían brindar pistas que condujesen a la localización de su nueva encarnación. Sin embargo, Kyentse había repasado los acontecimientos una y otra vez sin sacar nada en claro. También existía algún precedente en virtud del cual el propio Karmapa dejaba un documento antes de morir en el que describía, de forma más o menos críptica, las circunstancias de su renacimiento. Sin embargo, después de haber registrado minuciosamente las pertenencias del difunto, no habían hallado carta o documento alguno con semejante contenido.

Kyentse se lo tomaba con filosofía. Se decía a sí mismo que antes o después aparecería una señal, cuando menos lo esperasen y procedente del lugar más insospechado, que les guiaría hasta el *tulku* de una vez por todas. En ningún caso debía dejarse vencer por el desánimo, pues la angustia podía ser un serio enemigo para mantener una mente clara y despierta. Los monjes sabios debían permanecer alerta en todo momento para que las pistas ocultas en sus sueños o visiones no les pasaran desapercibidas.

Tsultrim Trungpa entró en la biblioteca arrastrando un semblante inquieto, como era habitual en él. El abad, como responsable del *gompa* de Tsurpu, sede oficial del Karmapa, se sentía aún más frustrado que el propio Kyentse ante la prolongada vacancia de la autoridad legítima al frente de la escuela Kagyu. Las pistas falsas, los candidatos fallidos y la aparente incapacidad para localizar al *tulku* tras haberlo intentado durante más de un lustro habían minado significativamente el ánimo del abad.

El panorama político de la región, al menos, parecía haberles concedido algo de tregua. El príncipe Godan, el mismo que hubiese invadido el Tíbet causando un baño de sangre sin precedentes, se quedó después impresionado por el credo pacifista que profesaban las gentes del lugar. Como consecuencia de ello, hizo llamar a su campamento real, situado en la provincia china de Gansu, al lama budista más sobresaliente, honor que recayó en Sa'gya Pandita, líder de la escuela Sakya. El efecto que causó sobre el mandatario mongol, al que cautivó con su personalidad y poderosas enseñanzas, y al que incluso curó de una grave enfermedad, fue absolutamente demoledor.

Por otra parte, la guerra civil entre Kublai y Ariq Boke, los dos nietos de Gengis Kan por hacerse con el título de Gran Kan, la había ganado el primero tras tres años de lucha fratricida. Dicha guerra marcó a su vez el final del imperio unificado y la aparición de cuatro *kanatos* independientes, cada uno de ellos gobernado por un Kan y supervisados por el Gran Kan.

Todos estos acontecimientos por separado no tendrían en principio por qué haber afectado al Tíbet en modo alguno, y sin embargo lo hicieron. La clave de todo se produjo cuando el príncipe Godan, uno de los partidarios más leales de Kublai Kan, le narró a su señor las bondades del budismo tibetano que tanto le habían impactado. Y para sorpresa de muchos, sus palabras no cayeron en saco roto: el nuevo emperador se mostró interesado por los fundamentos de aquella sugerente religión asentada más allá del Himalaya. Las implicaciones de dicho interés y sus posibles consecuencias para el Tíbet o para el resto del imperio, no obstante, resultaban aún imposibles de prever.

Tsultrim pasó junto a Kyentse y le saludó con un ligero asentimiento de cabeza. A ninguno de los dos le hería en su orgullo reconocer los nobles esfuerzos de la escuela Sakya por salvaguardar al pueblo del Tíbet. Además, estaban seguros de que si el Karmapa no hubiese fallecido, el papel jugado por la escuela Kagyu en los recientes acontecimientos habría sido mayor.

Ambas escuelas surgieron en el siglo XI como consecuencia del trasvase del legado budista que se dio desde la India, donde el budismo había sido prácticamente erradicado, principalmente a causa de las invasiones musulmanas. El término «escuela» aludía únicamente a un determinado linaje de maestros y discípulos, donde las enseñanzas se iban transmitiendo de unos a otros de generación en generación. Y si bien era cierto que cada corriente poseía su particular enfoque del *dharma*, en ningún caso se producían divergencias en cuanto al núcleo fundamental.

La escuela Sakya se caracterizaba por su carácter eminentemente erudito; contribuían a la educación de monjes y monjas, a la traducción de textos budistas clásicos y a la redacción de numerosos tratados de exquisita brillantez. Sus fundadores, descendientes de los primeros discípulos de los maestros indios

Padmasambhava y Shantarakshita, procedían de una familia de las clases dirigentes.

La escuela Kagyu, en cambio, hacía mayor hincapié en la práctica de la meditación que en los estudios de las escrituras, y concedía más importancia a la transmisión oral de las enseñanzas entre maestro y discípulo que a ninguna otra cosa. Este linaje remontaba sus orígenes al gran traductor Marpa y a su mítico discípulo Milarepa, uno de los más grandes meditadores y poetas religiosos del Tíbet.

En la biblioteca reinaba un silencio sepulcral. Los textos, escritos en páginas gruesas y alargadas, y dispuestos sobre cubiertas de madera, se envolvían en delicadas telas para evitar que las hojas se perdiesen. El acto de coser los libros nunca había sido una costumbre tibetana. Kyentse Rinpoche y Tsultrim Trungpa cruzaron sus miradas desprovistas de artificios. Ambos tenían la corazonada de que antes o después, la escuela Kagyu cobraría un protagonismo inusitado en los sucesos que estaban teniendo lugar.

CAPÍTULO III

Primavera

«No es meramente un monje el que vive de la caridad de los otros, sino aquel que observa el código de conducta y por ello se hace merecedor de tal condición.»

Dhammapada, 266

La primavera se abrió paso a trompicones, como si le costara tomar el relevo a un invierno remiso y perezoso que se empeñase en prolongar su estancia más allá de los límites ordinarios establecidos por la naturaleza.

La estación invernal había transcurrido en el monasterio de Batang dentro de sus cauces habituales. El tiempo que los monjes pasaban recluidos tras sus muros, protegidos de las inclemencias del tiempo, se dedicaba a profundizar en la meditación, a multiplicar los ritos en el templo y a intensificar la formación de los novicios, especialmente la de aquellos que se habían incorporado al monacato en fechas más recientes.

Lobsang Geshe había puesto especial ahínco en reconducir a todos aquellos que, influidos por el mal ejemplo de Dechen, habían relajado el cumplimiento del Vinaya y se habían apartado de la senda del buen comportamiento a la que habían consagrado su vida como monjes budistas. Particularmente, Lobsang se había ocupado de ir metiendo en cintura al lama Dechen, que a decir verdad había mostrado su cara más mansa, rehuyendo en todo momento los enfrentamientos con el abad. Pero Lobsang desconfiaba de la supuesta docilidad de Dechen. Los precedentes hablaban por sí solos. De hecho, estaba convencido de que en cuanto iniciara sus habituales viajes por la región para predicar las enseñanzas de Buda, el conflictivo lama aprovecharía de nuevo su ausencia para volver por sus fueros y hacerle la competencia.

Por todo ello, Lobsang había decidido suspender sus planes para la primavera, que incluían un largo periplo alrededor de Kham con el objeto de difundir la doctrina. Es más, permanecería en Batang por tiempo indefinido, hasta que no albergase la absoluta certeza de haber sofocado definitivamente la rebeldía de Dechen.

Poco antes de hacer partícipe a los monjes de su cambio de planes, ocurrió un lance que le sirvió a Lobsang para confirmar que había tomado la decisión correcta.

Una mañana de la primavera recién estrenada, el lama Dechen se paseó frente a Lobsang con la cabeza alta y el atisbo de una sonrisa maliciosa asomándole a los labios. A primera vista Lobsang no acertó a adivinar la razón de tan singular comportamiento, el cual, procediendo de Dechen, que no daba puntada sin hilo, debía de responder a alguna de sus tretas. Fue Dorjee quien le puso sobre la pista. El joven monje le indicó a Lobsang que observara atentamente la indumentaria del viejo lama. Entonces se dio cuenta. Dechen había añadido a su hábito un motivo de oro, cuya presencia en la tela, aunque minúscula, resultaba indiscutible.

Ahora podía ver el cuadro en toda su perspectiva. Incumpliendo la norma que prohibía decorar el hábito monacal, Dechen volvía a desafiarle abiertamente, convencido como estaba de que Lobsang partiría una vez más para cumplir con su labor misionera.

Lobsang se acercó a Dechen y, señalando el flamante ornamento de su hábito, le dijo:

—Me ocuparé personalmente de pedirte explicaciones por tu flagrante infracción en el próximo acto de *uposatha*.

El rostro de Dechen sufrió una radical transformación tras la inesperada noticia.

—Así es —prosiguió Lobsang sin perder la calma—. Esta primavera me quedaré en el monasterio y renunciaré a los largos viajes que acostumbraba a realizar durante esta época del año.

Como en materia de alimentación los monjes budistas dependían totalmente de los fieles laicos, al llegar la primavera se echaban de nuevo a las calles cada mañana para llevar a cabo su actividad mendicante. Buda consideró la mendicidad como el medio correcto de vida para los hombres que se consagraban a la disciplina religiosa, y el monasterio de Batang, que se regía por los principios del budismo *theravada*, había mantenido viva esta sólida costumbre.

Los fieles laicos asumían su papel con honor. Ellos no veían a los monjes budistas como mendigos o vagabundos, sino como hombres devotos que habían renunciado al apego de los bienes materiales y destinaban su vida a alcanzar las máximas cotas de progreso interior. Es por ello por lo que contribuían a su sustento con absoluto respeto, revirtiendo además en su favor una acción meritoria que poder sumar a su balanza del karma.

Los monjes, por tanto, disponían de dos alternativas para obtener el alimento: pedir de casa en casa, o aceptar una invitación efectuada por el propio bienhechor.

Los monjes salieron de forma escalonada a lo largo de toda la mañana, repartidos en grupos reducidos, formados a lo sumo por tres o cuatro miembros. Lobsang había escogido a tres novicios a los que él mismo se encargaría de enseñar las reglas y criterios con que debían regir su actividad mendicante. Las edades de los aprendices oscilaban entre los doce y los veinte años. A Lobsang no le importaba colaborar en la formación de los novicios cuando su apretada agenda se lo permitía; lo encontraba tan gratificante como su actividad misionera. Lo que no tenía por norma, sin embargo, era tomar discípulos a título personal. El deber de un maestro para con su discípulo exigía mantener una estrecha relación, comparable al vínculo entre un padre y su hijo, que implicaba formarle en la doctrina, darle continuo consejo y conducirle adecuadamente por el camino del *dharma*. La vida errante de Lobsang no le habría permitido ejercer el rol de preceptor con la dedicación que el cargo exigía, y él más que nadie lo sabía perfectamente. El polo opuesto lo personificaba el lama Dechen, que se adjudicaba tantos discípulos como podía, como si quisiera moldearlos a su imagen y semejanza para poder contar así en el monasterio con tantos apoyos como le fuera posible.

Para empezar, Lobsang les explicó que había algunos sectores de la ciudad reservados en exclusiva a las *bhikkhuni*, de los cuales debían mantenerse prudentemente alejados. Una vez realizada esta advertencia, se internaron en las calles de Batang.

A cada uno de los novicios ya se les había hecho entrega de su correspondiente cuenco de limosnas que siempre debían llevar consigo. Este importante utensilio no solo se utilizaba para recibir el alimento, sino también para comerlo. Los cuencos podían ser de barro o hierro, pero nunca de oro, plata, bronce, cristal o madera; los monjes debían cuidarlos con extrema delicadeza, y solo cuando se estropeaban por el uso continuado podían recibir uno nuevo de parte de la comunidad.

Los novicios que acompañaban a Lobsang se situaron frente a una casa cualquiera y aguardaron sus instrucciones.

—Debéis permanecer en silencio, de pie frente a la puerta durante un tiempo que resulte razonable —explicó Lobsang—. Si no recibís nada, os marcharéis a otro sitio, evitando en todo momento experimentar descontento, tristeza o frustración.

Dos minutos después una silueta se perfiló en la ventana de la casa, y antes de que saliera nadie, Lobsang añadió:

—Cuando os depositen la comida en el cuenco, la aceptaréis sin considerar su calidad o cantidad, ni mostrar ningún tipo de preferencia. Tampoco debéis mirar al rostro del donante, ni tratar de identificar siquiera si es hombre o mujer.

Lobsang se alejó cuando una señora mayor abría la puerta de la casa y observó desde la distancia cómo servía una bola de *tsampa* en cada uno de los cuencos de los novicios. A continuación la mujer se dio la vuelta y retornó a sus quehaceres diarios, con una sonrisa prendida en los labios y el espíritu henchido. Lobsang regresó entonces junto a los novicios.

—Recordad que este es el único alimento sólido que podréis comer en todo el día —advirtió—. Al principio el ayuno os parecerá duro, pero os acabaréis acostumbrando hasta no suponer un problema.

Lobsang volvió al monasterio, donde recogió a otro grupo de novicios a los que instruir también en idéntico proceso. El nuevo grupo repitió los mismos pasos que el anterior, pero en esta ocasión los habitantes de la casa frente a la que se detuvieron les invitaron a pasar adentro. Para los fieles laicos, la invitación constituía una acción más meritoria que la simple donación efectuada frente a la puerta, además de una incuestionable muestra de afecto hacia la comunidad monástica en su conjunto.

Lobsang aceptó la invitación en nombre de los novicios y les aclaró algunos puntos mientras accedían a la vivienda. Los alimentos debían recibirlos igualmente en su cuenco de limosnas y no en un plato al uso. Y como señal de agradecimiento, debían recitar ante los donantes algún *sutra* que ya se hubiesen aprendido de memoria. Lobsang, en cambio, debido a sus amplios conocimientos, solía deleitar a los presentes con alguna enseñanza de Buda, algo para lo que los novicios no estaban preparados. En aquella ocasión, mostró sus excelentes dotes para la oratoria exponiendo con detenimiento los vericuetos de las Cuatro Nobles Verdades, las cuales conformaban uno de los pilares fundamentales de la filosofía budista. Novicios y benefactores comieron en silencio y disfrutaron por igual de la locuacidad de Lobsang.

Cuando el abad estuvo de vuelta en el monasterio, convencido de que no tendría que pisar más la ciudad por aquel día, Dorjee le comunicó que un seglar había cometido una falta merecedora del reproche de los monjes. La relación entre la comunidad monástica y la sociedad de fieles budistas era tan estrecha, que ambos se sentían legitimados para criticarse mutuamente como consecuencia de la conducta reprobable de alguno de sus miembros. En el presente caso, había sido la comunidad monástica la que había señalado a un fiel laico por su intolerable comportamiento. Al parecer, el individuo en cuestión había realizado comentarios impertinentes contra Buda y desacreditado sus enseñanzas.

El castigo que se le infligía, conocido como *patta nikujjana kamma*, tenía un carácter eminentemente simbólico, aunque no por ello exento de consecuencias tangibles. Un elevado número de monjes se desplazó hasta la casa del infractor, con Lobsang encabezando la marcha, y una vez allí, cuencos de limosna en mano, todos se giraron dándole la espalda, para significar que no aceptaban nada de su parte y que la comunidad no le admitía como fiel.

Minutos más tarde, Lobsang efectuó una indicación y los monjes se marcharon del lugar, después de que una multitud de curiosos hubiese tomado buena nota. Habitualmente, a partir de aquel momento al fiel caído en desgracia no le esperaba otra cosa que el rechazo de sus vecinos y a la larga, el de buena parte de la ciudad, si bien para retirar el castigo, a los monjes tan solo les bastaba con que el sujeto reconociese su falta y pidiese perdón en público.

Lobsang recorrió el camino de vuelta mortificado por la culpa. Desde su punto de vista, que un solo fiel renunciara al credo budista significaba que ellos, los monjes, como guardianes de la fe, no estaban haciendo lo suficiente. Cada castigo impuesto a un fiel constituía en el fondo un fracaso propio, del cual más les valía extraer siempre una lección valiosa.

Lobsang no había olvidado la última provocación del lama Dechen, materializada en el ornamento de oro que se había cosido al hábito, de manera que cuando el primer acto de *uposatha* de la primavera tuvo lugar, procuró que se oficiase con absoluto rigor para que su desplante no quedase sin castigo.

Los monjes se ubicaron en el templo, sentados en filas enfrentadas entre sí, bajo la atenta mirada de las estatuas de los budas y otras divinidades que poblaban los altares. La iluminación en el interior del templo era escasa; la amplia estancia, bañada en penumbra, salpicada de un extremo a otro por el resplandor ambarino de las velas de manteca de yak. Lobsang tomó la palabra para hacer recuento de los presentes: la participación de todos los monjes, excepto la de los novicios, constituía un requisito fundamental. Tan solo se contabilizó una ausencia que se hallaba justificada. Además, el monje en cuestión, afectado por una enfermedad, había hecho llegar su «declaración de pureza» por medio de otro compañero.

Satisfecho con el recuento, Lobsang inició un mantra al que enseguida se sumaron el resto de monjes. La fórmula sagrada que repetían una y otra vez con sus voces graves y profundas lograba apaciguar sus mentes al tiempo que colmaba la estancia de benéficas vibraciones. Al cabo de un rato, Lobsang tomó la palabra de nuevo para proceder a recitar el código disciplinario. Según el procedimiento, tras cada grupo de reglas enumerado, los monjes que hubiesen cometido alguna falta debían confesarlo ante la comunidad. Se trataba de un verdadero examen de conciencia, una prueba de control que garantizase la vigencia de los votos jurados el día de la ordenación. Si a la lectura de un grupo de normas le seguía el silencio, se entendía que ninguno las había transgredido.

Cuando Lobsang recitó las numerosas reglas relativas a la indumentaria, nadie se dio por aludido. Lobsang entonces se puso en pie y señaló al lama Dechen, a quien tenía justo enfrente.

—Dechen, ¿no es cierto que has incumplido la norma que prohíbe teñir o decorar nuestra vestimenta? ¿Lo habías olvidado, o es que acaso pretendías pasar tu falta por alto?

Parte de la concurrencia ahogó una exclamación ante la acusación vertida por el abad. Dechen se levantó, pero en lugar de reconocer su culpa, se enfrentó a Lobsang a tumba abierta.

—No creo que una minúscula hilacha de oro prendida en la pechera de mi hábito infrinja en modo alguno el espíritu de la norma.

El resto de los monjes contemplaron excitados el enfrentamiento que acababa de iniciarse. La réplica de Dechen abría la vía de la controversia. Los debates dialécticos formaban parte de la propia esencia budista, constituyendo, de hecho, una de las principales herramientas en el proceso de formación de los monjes. Lobsang recogió el guante y expuso sus argumentos.

—No es el tamaño del adorno lo que importa, sino su significación. Las enseñanzas de Buda nos exhortan a desterrar la vanidad de nuestras vidas y a conducirnos conforme al espíritu del desapego. Nunca debemos perder de vista que nuestra meta es avanzar en el desarrollo del progreso interior.

Una vez más, la lucidez y erudición de Lobsang ponían contra las cuerdas al lama Dechen y sus débiles razonamientos. No obstante, Dechen, perro viejo en estas lides, ya había previsto un argumento con el que pasar al contraataque.

—El Vinaya no solo ampara la pertenencia personal de nuestra indumentaria —esgrimió orgulloso—, sino también el derecho a identificarla para que no se confunda con la del resto.

Un discreto murmullo de aprobación circuló entre los presentes. Lo que decía Dechen era absolutamente cierto. A pesar de que las tierras, el propio monasterio y todo lo que en él había pertenecía a la comunidad, no sucedía lo mismo con el hábito monacal que, sujeto a la excepción, se consideraba propiedad de su poseedor.

—¿Cuál es tu argumento entonces? —reaccionó rápidamente Lobsang—. ¿Que tienes derecho a lucir el ornamento porque se trata de tu propia vestimenta, o que lo llevas a modo de marca para que no se confunda con la de los demás? —Lobsang no esperó una respuesta. La pregunta era retórica—. El hábito es tuyo, tienes razón. Al menos hasta que se estropee y la comunidad te provea de uno nuevo. Pero, por un lado, si quieres hacerle una marca, es evidente que podrías ponerla en el forro, sin que nada justifique además que tenga que ser de oro. Y por otro lado, la máxima del Vinaya de prohibir los adornos cumple también otra función absolutamente esencial, que no es otra que la de, a través del hábito, hacernos iguales a todos los miembros de la comunidad, incluidos lamas, monjes y novicios.

»La contradicción, por ende, no se encuentra tanto en el Vinaya, como en la retorcida interpretación que te obstinas en hacer de sus preceptos.

El rostro de Dechen había adquirido el color de las bayas del Goji. A ojos del resto de los monjes, resultaba patente que el abad había salido clamorosamente victorioso del encendido debate. Lobsang sabía que quizás se hubiese mostrado algo severo, pero ya no era solo que Dechen se lo hubiese buscado él solito, sino que además, aquel y no otro había sido el motivo por el que había tomado la decisión de quedarse en el monasterio: para ponerle al viejo lama los puntos sobre las íes con el fin de que jamás volviera a sacar los pies del tiesto cuando él se encontrase lejos de Batang.

Con todo, un Dechen humillado y resentido se empeñó en añadir al agotado debate un ingrediente más.

—¡Yo al menos no incumplo las normas del calzado! — exclamó.

El Vinaya prohibía a los monjes llevar sandalias en el interior del monasterio, incluyendo el patio y el jardín. El motivo no era otro que el ruido de las suelas, que podía perturbar la meditación de los demás. Pero a nadie en el monasterio se le escapaba que si Lobsang llevaba sandalias se debía a un problema de salud, y que las plantas de sus pies eran víctimas de un serio desgaste tras sus innumerables viajes por las remotas poblaciones de Kham difundiendo las enseñanzas de Buda.

Lobsang no se molestó en contestar. No valía la pena. En realidad Dechen acababa de hacerse un flaco favor a sí mismo, desvelando la oscuridad de su interior y dejando a la vista de todos su alma envenenada.

A petición de Tenzin, el abad accedió a desplazarse a la vecina ciudad de Litang con el fin de poner al servicio de la monja sus amplios conocimientos. El viaje era corto y su ausencia del monasterio no se prolongaría más allá de una semana. Además, la ocasión bien lo merecía: la rectora de las *bhikkhuni* se había propuesto abrir un nuevo convento en Litang, población donde las monjas budistas no estaban presentes.

A Lobsang le acompañaban Dorjee y tres jóvenes monjes más, y lo mismo sucedía con Tenzin, cuyo cortejo lo conformaban otras dos monjas de su orden. Dorjee aspiraba a convertirse en lama en un futuro próximo. No escatimaba esfuerzos en sus estudios, repletos de contenido metafórico y espiritual, ni tampoco en horas de dedicación a la meditación más intensa. Y siempre que podía, se pegaba a Lobsang como una lapa para impregnarse de su sabiduría o de sus atinados consejos. Dorjee aprovechó el viaje para intercambiar impresiones con Lobsang acerca del ritual del *Chod*, un profundo ejercicio de meditación que se llevaba a cabo de noche y en solitario, y que tenía por escenario el corazón de un cementerio. Lobsang resolvió las dudas del joven monje, quien, fortalecido por sus sugerencias, resolvió ponerlo en práctica aquella misma primavera.

Durante el trayecto, Tenzin le agradeció enormemente a Lobsang el empeño que había puesto en contener los intentos del lama Dechen por dañar la reputación de las *bhikkhuni*. De hecho, las advertencias de Lobsang habían bastado para que los malintencionados rumores propagados por Dechen cesaran de inmediato. De igual modo, tampoco habían vuelto a surgir problemas relacionados con el reparto de zonas establecido para las rondas de limosnas.

—Si he decidido quedarme en Batang durante la primavera —aclaró Lobsang—, ha sido para solventar de una vez por todas el conflicto con Dechen. Y de un modo u otro no descansaré hasta haberlo conseguido.

Un grupo de benefactores de Litang se habían comprometido a financiar la construcción del convento, habiendo cedido para ello también varias heredades. Pero del mismo modo que la luna necesita de una noche despejada para exhibir su fulgor, el templo budista requiere también de un entorno adecuado para desplegar todo su influjo. No bastaba, por tanto, con integrar la arquitectura en el paisaje, sino que además habían de tenerse en consideración a las fuerzas telúricas de la tierra, así como a los espíritus que poblaban valles, montes y aguas, para evitar en lo posible perturbar su armonía.

Lobsang examinó el terreno con atención. Su emplazamiento en relación al núcleo urbano era el apropiado, ubicado en las afueras, lo suficientemente alejado como para evitar el alboroto de la ciudad, pero no tanto como para disuadir a los fieles laicos de visitarlo y participar de la vida religiosa mediante la oración y la entrega de ofrendas.

Lobsang se paseó por el lugar, alzando el cuello y observando en una y otra dirección, valorando las posibilidades del emplazamiento. Tenzin le seguía inquieta pisándole los talones.

—La tradición enumera una serie de características generales que debería reunir el entorno —señaló—. Una elevada montaña detrás, múltiples colinas enfrente, dos ríos viniendo de derecha a izquierda y un valle abriendo el paisaje.

Tenzin palideció al escuchar tamaña retahíla de requisitos.

—No te apures —rio Lobsang—. Por todos es sabido que no siempre se pueden cumplir.

—¿Y qué otras cosas debemos tener en cuenta? —inquirió Tenzin algo más aliviada.

—Hemos de prestar especial atención a las señales. Por ejemplo, ¿hay algún manantial en las cercanías?

—Sí. Hay uno situado a la izquierda.

—Perfecto —aplaudió Lobsang—. Un manantial apostado en cualquiera de los dos lados simboliza una copa de ofrendas. Constituye un buen augurio. En cambio, si hubiese estado situado bajo el monasterio, equivaldría a una fisura en el fondo de un recipiente.

—¿Qué más? —apremió Tenzin.

—Las vías de acceso. Un camino al sudeste del monasterio anuncia amigos y sostén, mientras que un camino al noroeste presagia la llegada de enemigos y demonios.

—Aquí el camino viene del este —precisó Tenzin.

—Servirá —repuso Lobsang con una sonrisa.

A continuación el abad se inclinó sobre el terreno y observó detenidamente el suelo que se extendía bajo sus pies.

—¿Qué buscas?

—La presencia de hormigueros —contestó Lobsang—. Si los hubiese sería una terrible señal.

Enseguida el grupo de monjes y monjas que componían la expedición hincaron sus rodillas en tierra y escrutaron cada palmo de terreno con el mismo esmero con que un médico se emplea en reconocer a su paciente. Las buenas noticias no se hicieron esperar. En líneas generales, la nota destacada era una aparente ausencia de insectos.

—Tampoco se aprecian en las inmediaciones matorrales espinosos —apuntó Lobsang.

—Eso es bueno, ¿verdad? —preguntó Tenzin.

—Indispensable. —Lobsang enarcó las cejas y reflexionó durante unos instantes más—. Efectuemos un último examen. La prueba definitiva.

Lobsang le indicó a Dorjee y a los demás monjes que cavaran un hoyo hasta la altura de las rodillas.

—Y alisad bien las paredes —especificó.

—¿En qué consiste la prueba? —deseó saber Tenzin.

—Cuando hayan terminado, llenaremos el agujero de agua y nos alejaremos cien pasos. Si al regresar el agua se ha mantenido en el hoyo sin infiltrarse, significará que el augurio ha sido favorable.

La prueba había creado una enorme expectación entre los monjes y monjas presentes. Tenzin contuvo el aliento mientras el ensayo se ejecutaba conforme a las instrucciones de Lobsang. Primero se alejaron del lugar y después desanduvieron el camino, para comprobar a la vuelta que el agua había permanecido en el sitio, provocando en Tenzin un increíble estallido de alegría.

—Enhorabuena —la felicitó Lobsang—. Este lugar reúne las condiciones adecuadas para que podáis levantar vuestro convento budista.

—Muchas gracias —murmuró Tenzin aún conmovida.

—Una cosa más —añadió Lobsang—. Antes de comenzar a construir, no olvidéis llevar a cabo una ceremonia de protección. Para ello, enterrad en el suelo vasijas selladas, repletas de cereales y ofrendas sagradas.

Cuando Lobsang retornó al monasterio de nuevo, Dechen estaba más furioso que nunca. El viejo lama no podía soportar que las *bhikkhuni* se extendiesen por la región, y mucho menos que Lobsang ayudase activamente a las monjas en sus planes expansionistas.

* * *

Thupten sobrevivió al invierno pese a la multitud de calamidades que sufrió en carne propia.

Con el paso del tiempo asumió que los siguientes años de su vida, su futuro a corto y medio plazo, los pasaría bajo la tutela de Wangchuk, el desalmado proscrito que le había arrastrado consigo, concediéndole una posición de privilegio como testigo directo de su miserable existencia. En sus pensamientos más íntimos, Thupten anhelaba crecer de un día para otro para poder enfrentarse a Wangchuk convertido en un joven robusto, y poder liberarse así, de hombre a hombre, de su implacable tiranía. Pero hasta entonces no dejaba de ser un niño de siete años recién cumplidos, que incluso había desterrado de su cabeza la idea de escapar del proscrito, en parte por el pavor que le inspiraba y en parte porque tampoco sabría adónde acudir ni qué hacer con su vida.

Thupten se había acabado acostumbrando, por pura necesidad y porque tampoco le había quedado otro remedio, a frecuentar las plazas de Batang y otros lugares de tránsito, abocado a mendigar como si fuese un lisiado en provecho de Wangchuk y su insaciable apego a la bebida. La convivencia con el proscrito le había llevado a Thupten a desarrollar un sexto sentido, o en otras palabras, a afinar tanto su intuición, que pronto supo distinguir aquellos momentos en que más le valía estar callado de aquellos otros en que Wangchuk agradecía una charla pasajera. Y no fueron pocos los golpes de que se libró Thupten gracias a su buen discernimiento, si bien tampoco podía evitar recibir ciertas palizas, pues en determinadas ocasiones, sin importar lo que hubiera hecho, nada escapaba a la ira de Wangchuk y la aciaga frustración que le martirizaba por dentro.

Thupten evocaba su pasado en la aldea como si este quedase muy atrás en el tiempo, más cercano al sueño que a la realidad, pese a ser consciente de que su propia mente le estaba jugando una mala pasada. No había día en que no se acordara de su familia, si bien le aterrorizaba advertir que la fisonomía de sus rostros se iba difuminando poco a poco entre las brumas del recuerdo.

Wangchuk representaba la otra cara de la moneda: más que satisfecho con el hallazgo del chico, gracias a cuyas limosnas alcanzaba a costearse la cerveza en que ahogar la desdichada vida a la que él mismo se había condenado. Wangchuk había llegado incluso a convencerse a sí mismo, por increíble que pudiese parecer, de que Thupten había tenido una gran suerte por haberle encontrado, ya que, al fin y al cabo, él le había acogido bajo su ala y le había dado un sentido a su vida.

La llegada de la primavera provocó que tuvieran que abandonar la cabaña en la que se habían refugiado durante el invierno, por cuanto los pastores la habían vuelto a ocupar de nuevo tan pronto sacaron sus rebaños a pacer en las llanuras.

Así pues, Wangchuk y Thupten se trasladaron a una arboleda de encinas situada a espaldas del cementerio, donde aprovechaban para nutrirse de los alimentos que dejaban los visitantes para sus ancestros al pie de las tumbas. La dureza del suelo tibetano había desaconsejado siempre las inhumaciones bajo tierra, salvo en lo tocante a los criminales, los menores, las mujeres embarazadas y los fallecidos por enfermedades contagiosas, todos ellos convertidos de repente en los nuevos vecinos de Thupten. Al resto de la población le aguardaba el tradicional y atroz enterramiento celeste, precedido por el descuartizamiento del cadáver y rematado con la escabechina que los buitres hacían de sus miembros. Las noches, ya de temperaturas más llevaderas, las pasaban a la intemperie bajo las estrellas y las copas de los árboles, amparados por el fuego de una hoguera y abrigados por gruesas pieles de yak.

Fue en aquel tiempo cuando Thupten vio por vez primera en la ciudad a unos hombres extraños, enfundados en túnicas de color azafrán, que se paseaban de casa en casa con la cabeza gacha y pidiendo comida en un pequeño cuenco. Wangchuk, que los miró con los ojos entornados y el ceño fruncido, le dijo únicamente que eran monjes budistas, los representantes de la nueva religión del Tíbet, sustituta de la antigua tradición de Bön. Cuando Thupten quiso saber más acerca de las creencias o costumbres de aquellos monjes silenciosos, el proscrito le contestó de malas maneras, refiriéndose a ellos como clerigalla de cabeza rapada, y amenazándole con una buena tunda si volvía a mencionarles en su presencia.

Thupten captó el mensaje a la primera, pues además de su advertencia, el profundo odio que escupía la mirada de Wangchuk hablaba por sí solo.

La animadversión del proscrito tenía su razón de ser. Desde su punto de vista, cuando menos retorcido, los monjes budistas eran los causantes de su desdicha. Pero aquella interpretación, además de parcial, era de todo menos realista. Lo verdaderamente cierto, por más que le pesase a Wangchuk, era que el robo que le había costado una mano lo había perpetrado ni más ni menos que en el interior del templo de Batang. Envalentonado por el alcohol y sus efectos ilusorios, sustrajo del recinto ornamentos sagrados de oro y plata cuyo valor como moneda de cambio superaba incluso al meramente espiritual. La denuncia del abad, por tanto, se efectuó en cuanto se apercibieron del latrocinio.

El resto no resultaba difícil de imaginar: las autoridades no tardaron en detener a Wangchuk tras sorprenderle queriendo vender los objetos robados a una caravana de mercaderes que se encontraba de paso por la ciudad.

Paradójicamente, varios meses después, Wangchuk había intentado entrar en la orden religiosa sin desvelar su identidad, con el fin de hallar así una solución a todos sus problemas. Pero para su desgracia, su incorporación fue rechazada, lo cual acrecentó aún más la inquina que ya sentía hacia los malditos monjes budistas a los que culpaba de la amputación de su mano. Wangchuk seguramente ignoraba que ni siquiera se había tratado de algo personal, sino que en realidad dicha decisión se había tomado en base a lo dispuesto en el Vinaya, el cual enumeraba una serie de casos en los que ciertos candidatos debían ser excluidos, en particular los deudores, desertores y proscritos. La comunidad monástica en ningún caso podía convertirse en refugio de malhechores que pretendieran ocultarse de la sociedad y eludir su castigo.

Thupten, por tanto, se abstuvo de hacer preguntas acerca de los monjes budistas, limitándose a observarles de lejos, siempre intrigado por su aspecto y su peculiar comportamiento.

Por aquellas fechas, Wangchuk se sentía lo suficientemente seguro como para dejar solo a Thupten sin necesidad de someterle a una vigilancia constante. Sabía que el crío ya había asumido su destino y que no trataría de escaparse aunque se le presentara la oportunidad.

—No te muevas de aquí —le advirtió.

Thupten se había percatado de que una vez por semana, siempre a la misma hora, poco después del mediodía, Wangchuk se iba sin decirle adónde con una enigmática sonrisa dibujada en los labios. El proscrito desaparecía entonces en la arboleda, mientras Thupten esperaba su regreso bajo el grupo de encinas que habían convertido en su refugio y al que muy difícilmente se le podía llamar hogar.

Thupten acompañó al proscrito con la mirada hasta que su figura se confundió con la maleza. A continuación se puso en pie, estiró el cuello para no perderle de vista y dio unos pasos en su misma dirección. Thupten se había propuesto ir tras él, aguijoneado por la curiosidad, para descubrir el secreto de sus misteriosas salidas diurnas a cuyo regreso Wangchuk mostraba siempre su lado más sereno, amén de ciertos aires de satisfacción comedida.

Thupten le siguió con absoluto sigilo. Al principio la misión le resultó complicada, pues la frondosidad era escasa y apenas contaba con elementos tras los que esconderse de las furtivas miradas del proscrito, que de cuando en cuando oteaba en todas direcciones para asegurarse de su completa soledad. Sin embargo, conforme Wangchuk fue alejándose del cementerio e internándose cada vez más en la espesura de la arboleda, los matorrales y los arbustos se aliaron con Thupten en su afán por no ser descubierto.

Thupten se sentía bastante nervioso, aunque no lo suficiente como para desistir de su arriesgada aventura. Sabía que si Wangchuk le sorprendía, la paliza podía ser de órdago, de manera que puso una cautela extrema en cada uno de sus pasos, procurando evitar tanto el crujido de una rama como la estridencia de la hojarasca en el suelo. En una ocasión, a punto estuvo Thupten de perder el rastro de Wangchuk cuando, debido a un giro inesperado del proscrito, este desapareció de repente de su ángulo de visión. Afortunadamente, segundos más tarde, los harapos que conformaban su silueta asomaron tras la floresta, permitiéndole a Thupten retomar la persecución en el punto donde la había dejado.

Minutos después Thupten advirtió que Wangchuk ralentizaba su marcha. El proscrito avanzó unos metros, moviéndose con suma precaución, y se parapetó tras un tronco especialmente grueso.

Desde aquella posición se dedicó a echar fugaces vistazos a lo que fuera que tuviese en frente. Thupten también se detuvo, pero como su única perspectiva era la espalda de Wangchuk, se centró en aguzar el oído para tratar de arrancarle sonidos al silencio. Pronto escuchó dos murmullos diferentes: uno pertenecía a un río y el otro, a un coro de voces femeninas.

Thupten se desplazó en paralelo, hacia la izquierda de donde estaba el proscrito, y recorrió los pocos pasos que le separaban del límite de la arboleda. Allí se tumbó en el suelo y se agazapó entre la maleza. Su perspectiva del panorama no podía ser mejor. El trazado de un río de caudal manso y aguas de color turquesa, encajado en plena naturaleza, atravesaba la arboleda propagando a su paso un remanso de vida. Un grupo de mujeres que se arremolinaban en la orilla quebrantaban la bucólica armonía del entorno, pese a que apenas se limitaban a cuchichear entre sí.

Lo que más llamó la atención de Thupten fue que las mujeres iban ataviadas con unos hábitos iguales a los que lucían los monjes budistas que había visto en la ciudad, de los que apenas sabía nada porque Wangchuk rehusaba hablar de ellos, o se limitaba como mucho a maldecirles entre dientes mientras componía una mueca de desprecio. Las *bhikkhuni*, cuyo convento se encontraba en las cercanías, acudían a bañarse al río una vez a la semana, en la creencia de que el remoto paraje las proveía de la más absoluta intimidad.

Las monjas comenzaron a desnudarse con parsimonia, dejando muy pronto a la vista sus inaccesibles cuerpos, que aunque pálidos y deslucidos, no dejaban de resultar hermosos y sugerentes en virtud de la lozanía de que gozaban la mayoría de ellas. Thupten las contempló lleno de curiosidad pero sin una gota de lascivia. Todavía era demasiado niño para comprender tanto los entresijos de la lujuria como para sentir el ardor de los bajos instintos, mecanismos capaces de doblegar la voluntad del hombre más tenaz con tal de satisfacer sus deseos más oscuros.

Thupten miró hacia su derecha, donde Wangchuk, completamente ajeno a su presencia, espiaba a las mujeres con media lengua fuera y los ojos como platos. Pero aquello no era lo único que hacía. Thupten notó que el proscrito se había sacado el miembro, que parecía acariciar con la única mano que tenía, sin que en su ánimo estuviese, según juzgó Thupten, la intención de orinar, como hubiera sido lo lógico.

El escenario que acontecía alrededor de Thupten, pese a la obviedad de su naturaleza, escapaba por completo al discernimiento de su mente cándida e infantil. Con todo, aún le quedaba su intuición —sentido que ya le había salvado el pellejo en más de una ocasión desde que compartiese vida con el proscrito—, y esta le decía que la situación entrañaba peligro, y que si quería conservar el pescuezo, más le valía poner pies en polvorosa y olvidar lo antes posible los extraños acontecimientos de los que estaba siendo testigo.

Thupten se disponía a arrastrarse para alejarse de allí cuando, antes de mover un solo músculo, un ruido a su izquierda le hizo detenerse en seco. Thupten permaneció en silencio, atento al menor sonido por nimio que este fuera, hasta que su oído captó el silbido de una respiración. Al parecer, Wangchuk no era el único asistente a tan simpar espectáculo. Thupten, extremando la cautela, asomó los ojos entre la maleza y escudriñó el flanco sospechoso de albergar al dueño del resuello. No tardó en localizarlo. Se trataba de un hombre mayor, bastante arrugado, que se atrincheraba tras un árbol como si le fuese la vida en ello. La sorpresa de Thupten fue doble: primero, porque la túnica que lucía el mirón le identificaba como un monje budista y segundo, porque, al igual que Wangchuk, este otro también exhibía su miembro sin causa que lo justificase.

Si había algo que Thupten tenía muy claro era que cuanto antes se esfumase de allí, tanto mejor. Algo le decía que pagaría muy cara su audacia si cualquiera de los dos hombres, ya fuese el proscrito o el monje budista, le descubrían metiendo las narices en asuntos que no eran de su incumbencia. Thupten inició su retirada recorriendo en sentido contrario el camino de la ida, centrándose ante todo en no hacer ni un ruido que pudiera incriminarle. Thupten se deslizó como si fuese una oruga, refregando sus ropajes —convertidos en andrajos largo tiempo atrás— contra el suelo, plagado de insectos y cubierto de fango en no pocos tramos. En aquel instante, el corazón le palpitaba con tal fuerza, que temía que sus propios latidos delatasen su posición.

Solo se permitió una única mirada por encima del hombro, que le valió para constatar que los dos mirones seguían tal cual les había dejado: separados entre sí por una veintena de metros, pero sin que ninguno de los dos fuese consciente de la presencia del otro.

Después continuó arrastrándose entre los arbustos, y cuando hubo cubierto una distancia más que prudente, se puso en pie y echó a correr como un poseso hasta alcanzar el encinar del cementerio.

Cuando Wangchuk estuvo de vuelta, Thupten temblaba de pies a cabeza, pues pensaba que al proscrito le bastaría con mirarle a la cara para saber lo que había hecho. Thupten cerró los ojos y esperó muerto de miedo a recibir el primer golpe, que finalmente nunca se llegó a producir. De hecho, al abrirlos de nuevo, observó a Wangchuk echado sobre la hierba, dispuesto a disfrutar de una siesta, con una expresión en el rostro de colmada satisfacción.

Wangchuk solía repetir con cierta afectación que vivir a espaldas de un cementerio también tenía sus ventajas, en particular la calma del lugar, cuya idílica paz les permitía dormir a pierna suelta sin la menor interrupción durante toda la noche. Thupten asentía, y prefería no mencionar no ya el hedor a cuerpos en descomposición que las corrientes de aire se ocupaban de esparcir por los alrededores, sino la simple ausencia de un techo sobre sus cabezas. El silencio, en la mayoría de las ocasiones, se había convertido en el mejor aliado de Thupten.

Una noche, sin embargo, unos extraños lamentos les despertaron en plena madrugada, arrancándoles súbitamente de un profundo sueño. Wangchuk y Thupten se miraron desconcertados. La noche era cerrada como pocas, la luna en cuarto menguante y las estrellas desposeídas de su albor habitual. Una voz grave, procedente del camposanto, retumbaba en la quietud reinante y se propagaba por el encinar produciendo un eco atronador. A oídos del proscrito, aquellas insondables letanías no solo carecían de sentido, sino que además le producían siniestros escalofríos que le ascendían por la columna vertebral. Wangchuk reunió entonces algo de valor y se incorporó, dispuesto a averiguar el origen del misterio.

—Ven conmigo —le susurró a Thupten.

Wangchuk no lo hubiera reconocido, pero en aquel instante sentía auténtico pavor ante la posibilidad de que un infame demonio hubiese hecho levantar a un muerto de su tumba y se estuviese divirtiendo a su costa.

El proscrito se obligó a dar un paso al frente en dirección al cementerio, seguido de Thupten, que más que otra cosa sentía curiosidad. Poco después, un contorno humano envuelto en sombras, apenas perfilado en la oscuridad de la noche, se les apareció por fin a la vista. A Wangchuk le tranquilizó comprobar que se correspondía con un hombre de carne y hueso, o eso dedujo al menos por su aspecto común y corriente y su actitud en absoluto amenazadora. El extravagante individuo permanecía sentado en el suelo, efectuaba enrevesados movimientos con las manos y entonaba una especie de oración que parecía interminable. Dos rasgos inconfundibles, reconocibles incluso en la negrura de la noche, le sirvieron a Wangchuk para identificarlo como un monje budista: su cabeza rapada y las hechuras de su túnica despejaban cualquier duda al respecto.

Dorjee, entregado a la meditación, se había sumido en un calculado trance mientras realizaba el complejo ritual del *Chod*. El joven monje mantenía los ojos cerrados, recitaba mantras en sánscrito y era completamente ajeno a cuanto acontecía a su alrededor. El tétrico escenario no era gratuito y, como tal, cumplía también su papel en la función.

El ritual del *Chod* era una práctica tántrica que exigía una gran preparación. Quien lo realizaba debía visualizar el metódico desmembramiento de su propio cuerpo, desde los ojos a las extremidades, pasando por las entrañas y los órganos internos. Después, ahondando en el mismo proceso de imaginería visual, las partes del organismo desmenuzado y atomizado a la mínima expresión, se vertían en una olla que se calentaba en agua hirviendo, cuyo contenido final se ofrecía a todos los seres sintientes para satisfacer sus anhelos y como muestra de compasión. A la soledad y al fúnebre entorno nocturno había que sumarles las diabólicas deidades que, según la creencia popular, se daban cita en el lugar para boicotear la ceremonia. El horripilante y repulsivo ritual simbolizaba la renuncia del meditador a su objeto más preciado: su propio cuerpo. Aquel ejercicio suponía, en definitiva, el destierro del ego de la mente del budista, y un paso significativo en su desapego hacia todo lo relacionado con el mundo material. No obstante, la prueba no era un simple trámite y, como era bien sabido, no todos lograban culminarla con éxito. Algunos aspirantes, sobrepasados por el poder del propio rito y la ilusión creada en el abismo de sus mentes, se dejaban vencer por el pánico para acabar, cuando no trastornados, directamente muertos de terror.

Resuelto el misterio, Wangchuk chasqueó la lengua y negó con la cabeza, resignado a padecer el martirio de los rezos durante el resto de la noche. Podía increpar al monje y tratar de ahuyentarlo de allí, pero sabía que no le convenía hacerlo si no quería meterse en problemas. El peso del monacato budista en la sociedad de Batang no era algo que uno pudiese tomarse a la ligera.

Así pues, Wangchuk dio media vuelta y se internó de nuevo en la arboleda. Thupten, sin embargo, no se movió del sitio. El niño se sentía fascinado por la cadencia de los mantras, los tortuosos giros de las manos y, en general, por la eléctrica energía que desprendía el asombroso ritual. Finalmente, Thupten acabó rindiéndose al sueño mientras observaba ensimismado al misterioso monje y el espectral halo de bruma que envolvía su silueta. Sin embargo, tan pronto el amanecer le devolvió a la realidad tras rozarle el rostro con la primera luz del alba, vio que el cementerio estaba vacío; ya no quedaba ni rastro del intrépido budista.

Las semanas transcurrían, y Wangchuk comenzó a notar que las limosnas que recibía Thupten eran cada vez menores. Al principio pensó que el crío no le ponía el mismo empeño que antes, o incluso que podía estar escamoteándole parte de los beneficios. Sin embargo, no tardó en descartar ambos motivos tras fiscalizarle exhaustivamente durante varios días seguidos, y comprobar que el chico nada tenía que ver con la alarmante merma de los donativos recibidos por parte de los habitantes de Batang. El proscrito estableció entonces una relación directa entre las pérdidas sufridas y la presencia de los monjes budistas a lo largo y ancho de toda la ciudad.

—Malditos sean —solía mascullar.

Pronto lo vio bastante claro. En invierno el problema no había trascendido porque los monjes permanecieron recluidos tras los muros de su monasterio. Pero en primavera, en cuanto volvieron a echarse a la calle de nuevo, comenzaron a padecer las consecuencias. Ahora la gente llevaba menos dinero encima, porque parte de las monedas que colmaban sus bolsillos las gastaban en alimentos que luego destinaban a los monjes que mendigaban de puerta en puerta. Wangchuk estaba furioso: la competencia desleal de los religiosos amenazaba con arruinarle su modo de vida.

El proscrito comenzó a preocuparse cada vez más, hasta que una mañana, al tropezar con un grupo de monjes que hacía su ronda habitual, una brillante idea acudió de repente a su cabeza. A veces, a los monjes también les acompañaban niños, novicios de muy corta edad, que actuaban siguiendo exactamente el mismo proceder que los adultos. «Si no puedes con tu enemigo, únete a él», pensó Wangchuk. Su ocurrencia era muy simple, no le cabía duda, pero también podía ser extremadamente eficaz.

Wangchuk no ignoraba que toda iniciativa contraria a las leyes acarreaba una sanción, y este caso no era diferente. Hacerse pasar por un monje budista constituía un delito de usurpación, equivalente al fraude o al robo y castigado con la misma severidad. Pero Wangchuk no pensaba ni por asomo arriesgar su propio cuello; con ser manco de una mano ya tenía suficiente. El riesgo de la empresa, por tanto, recaería exclusivamente en Thupten.

—Hoy seguiremos a los monjes que veamos por las calles y analizaremos su conducta —señaló Wangchuk.

—¿Por qué? —contestó Thupten extrañado—. Hasta ahora nunca habías querido saber nada de ellos.

—No me repliques y haz lo que te digo.

El resto de la mañana lo emplearon en observar a diferentes grupos de monjes budistas en su rutina habitual. Wangchuk se alegró al comprobar que, tal y como siempre había sospechado, no parecía que los religiosos hiciesen nada del otro mundo. A simple vista, se plantaban frente a una casa, sosteniendo un cuenco del que nunca se separaban, y se limitaban a aguardar como pasmarotes a que alguien les ofreciese algo de alimento. Y rara era la ocasión en que no obtenían recompensa.

Wangchuk planificó su estrategia mientras regresaban al encinar. Tan pronto despuntara la mañana, antes de que las calles desperezaran y se poblaran de transeúntes, Thupten pediría comida en las casas haciéndose pasar por un pequeño monje budista. Con lo que se agenciaran les bastaría para alimentarse, y las monedas que el crío obtuviese después mendigando en las plazas, por pocas que estas fueran, bien que las podría malgastar en cerveza.

El proscrito le comunicó su plan a Thupten simulando una enorme sonrisa y presentándolo como la solución a todos sus problemas. Pero Thupten, algo menos ingenuo que cuando le conoció, expresó sus dudas acerca de la peligrosidad del plan expuesto por Wangchuk.

—¿Y si me descubren fingiendo ser un monje budista?

—No te pasará nada —mintió el proscrito—. Como mucho te llevarás una simple reprimenda.

Wangchuk debía ahora ocuparse de la logística y la tramoya de la operación. La primera tarea —y probablemente la más complicada— consistía en la obtención de un hábito monacal. Para ello se valió ni más ni menos que de algunos retales que yacían tirados en un recodo del cementerio, retazos de mortajas y sudarios que, cosidos a las malas, vinieron a conformar una túnica hecha a la medida de Thupten. Para teñir la ropa empleó tintes naturales extraídos de las flores y de las cortezas de los árboles, hasta que, tras varios intentos fallidos, logró por fin obtener un tono anaranjado que a ojos de un profano podía pasar por el color original.

—Te sienta como un guante —sentenció el proscrito mientras Thupten se ataviaba con aquella apestosa prenda confeccionada a partir de despojos.

El segundo elemento que tampoco podía faltar era el cuenco de limosnas. No obstante, Wangchuk solventó este escollo de manera mucho más expeditiva: hurtando un cuenco de madera de un bazar, aprovechando el descuido de un artesano que durante un segundo perdió de vista su mercancía. El cuenco en sí se trataba de un incensario, pero la función del utensilio ya la decidiría Wangchuk, y no las manos que le habían dado forma.

Por último, pero no por ello menos importante, restaba rasurarle la cabeza a Thupten. Para ello, Wangchuk se sirvió del viejo cuchillo que usaba para cortar la carne, un trozo de metal romo y oxidado que esgrimía con torpeza, con el que le fue arrancando el pelo a base de picotazos y sin el menor atisbo de compasión, mientras Thupten se mordía la lengua para evitar llorar de dolor y dos grandes lagrimones le caían por las mejillas como si fuesen gotas de sangre. Cuando Wangchuk terminó su obra de ingeniería, el cráneo de Thupten emergió repleto de cortes, y sus orejas se alzaron a cada lado de la cara más llamativas que nunca.

Cumplimentados todos los preparativos, al día siguiente se desplazaron a la ciudad a primera hora de la mañana.

—Ya sabes lo que tienes que hacer, ¿verdad?

Thupten asintió.

—Bien —aprobó Wangchuk—. Y no olvides una cosa: si se te presenta cualquier problema, jamás menciones mi nombre. Tú no me conoces. Te lo advierto, mira que después te lo haré pagar muy caro.

Sin más preámbulos, el proscrito eligió una casa cualquiera, dejó a Thupten plantado frente a la puerta y él se ocultó tras una esquina anticipando el éxito de su plan magistral. Una mujer salió unos minutos después y, boquiabierta, se quedó mirando a Thupten de arriba abajo pensando si no se trataba de alguna clase de broma de mal gusto. El cuenco que portaba era de madera, el simulacro de hábito un insulto a su inteligencia, y para rematar el fiasco, le constaba que los monjes budistas nunca dejaban solo a un novicio de tan corta edad.

La mujer, indignada, se dio media vuelta y, sin pronunciar palabra, se perdió de nuevo tras la puerta de su casa. Con todo, Thupten podía dar gracias de que no le hubiese intentado denunciar.

Wangchuk agarró a Thupten por el brazo y lo arrastró hasta un callejón.

—¡¿Se puede saber qué has hecho para que todo haya salido tan mal?!

—Yo solo hice lo que me dijiste.

El proscrito, poseído por la rabia e incapaz de encajar el naufragio de su brillante idea, zarandeó a Thupten como si fuese un muñeco roto y después le propinó un fuerte empujón que lo lanzó contra la pared.

Thupten se encogió en el suelo, preparado para la lluvia de golpes que le iba a caer encima. Ya había aprendido que en ciertas ocasiones, aunque no tuviese la culpa, Wangchuk siempre la pagaría con él.

Ahora, aquella era la vida que le había tocado en suerte.

* * *

Las primeras flores que brotaron entre las grietas de las rocas anunciaron la llegada de la primavera.

Chögyam salió de la cueva una mañana y contempló embelesado la transformación que había sufrido el monótono paisaje invernal. Los macizos relucían ahora en el horizonte arrancándole destellos a un sol más enérgico y vivo que a veces se ocultaba tras un cortejo de nubes vaporosas, y a sus pies se extendía la escarpada ladera, anegada por la nieve fundida que se escurría a través de la hierba en hilillos de agua que morían en la arboleda de cedros al pie de la montaña. Por encima de la cueva, el riachuelo congelado por el hielo volvía a fluir de nuevo, colmando el lugar de un murmullo hipnótico que favorecía la relajación. Más arriba, entre las rocas, y hasta donde alcanzaba la vista, se desplegaba una alfombra de maleza y arbustos de toda clase y condición. Los animales, ausentes durante el invierno, también se habían decidido a salir de sus refugios. Los pájaros trinaban, las mariposas revoloteaban alrededor de la floresta y los roedores se asomaban para escabullirse a continuación con la misma rapidez.

Las frías temperaturas también se moderaron. Pero durante la primera semana, como ocurría cada año y tan bien sabía el asceta, la vida en el interior de la cueva se tornaba insoportable a causa del deshielo. La nieve se fundía, se filtraba por las grietas y hendiduras de la gruta, e interminables litros de agua se deslizaban por el techo y paredes, formando riadas que encharcaban el suelo y enfangaban la entrada de la cueva.

—Durante unos cuantos días dormiremos fuera —declaró el asceta.

—Sí, maestro.

Chögyam se lo tomó como una aventura, y tan solo sintió algo de miedo cuando escuchó a los lobos que merodeaban por la montaña aullar a la luna y pelearse entre ellos.

El asceta valoró muy positivamente los avances de Chögyam en el aprendizaje del *dharma*. El problema era otro. Al anciano le preocupaba el deterioro de salud que había sufrido el niño a causa de la implacable dieta que compartían. Chögyam ni siquiera se había quejado, pero el detrimento físico que había experimentado desde que hubiera recalado en la cueva saltaba a la vista. Por fortuna, el asceta se conocía la montaña a la perfección y sabía cómo enriquecer la alimentación del niño gracias a la irrupción de la primavera. Aún tendría que esperar un poco más, pero en poco tiempo podría proporcionarle frutos silvestres como los que nacían de los albaricoqueros, y también hortalizas, principalmente nabos y rábanos blancos que crecían en estado salvaje en otras zonas de la montaña.

Solo las hojas del nabo ya eran extraordinariamente ricas en nutrientes: proteínas, fibra y gran cantidad de calcio.

Un aumento de la higiene también contribuyó a mejorar las condiciones de vida de Chögyam. Ahora ya podía lavar sus ropas, sucias y harapientas, en el riachuelo de agua clara, y también enjuagar su propio cuerpo, cubierto hasta entonces de una gruesa capa de mugre y suciedad.

Uno de aquellos días de la recién estrenada estación, Chögyam cumplió los seis años de edad, de los cuales no fue siquiera consciente, por cuanto sus padres ya no estaban allí para hacérselo notar. El asceta, por su parte, ya había perdido la cuenta de sus años de vida largo tiempo atrás, comprometido en su afán por elevar su nivel de conciencia y alcanzar el estado de completa liberación.

El vínculo entre el asceta y Chögyam se había estrechado con el tiempo, pero el lama ermitaño había levantado una barrera emocional que impedía el desarrollo de un afecto más profundo, más allá de la estricta relación entre un maestro y su discípulo.

Centrado en su labor didáctica, el asceta aprovechó la llegada del buen tiempo para continuar con la preparación de Chögyam en un escenario diferente. Así, una mañana le condujo fuera de la cueva para enseñarle a meditar, para lo cual fueron rodeando la montaña hasta alcanzar su cara norte y se detuvieron ante un saliente que se extendía varios metros sobre el abismo. Si aquella fina lámina de tierra daba miedo solo de mirarla, tanto más caminar a lo largo de su superficie.

El asceta recorrió el conciso trecho de precipicio y se situó en el mismo filo.

—Este es el lugar idóneo para iniciarte en las técnicas de meditación —dictaminó.

Podía decirse que Chögyam no era de la misma opinión. Había palidecido y un sudor frío le cubría las manos y la frente. Un vértigo atroz, herencia directa de la tragedia sufrida por su familia en el puerto de montaña, le había paralizado el pensamiento.

El asceta se sentó en el suelo y le indicó a Chögyam que se acomodara a su lado. Los serenos movimientos del lama ermitaño y la seguridad de sus palabras lograron desbloquear la inmovilidad de

Chögyam. Unos tímidos pasos le llevaron al temerario emplazamiento elegido por el maestro.

Desde aquel punto dominaban las altiplanicies sembradas de una infinidad de rocas graníticas, pizarra laminada y cuarzo de color azul. Muy por debajo de ellos, en el fondo del abismo, discurría un río de aguas oscuras donde se formaban remolinos de espuma al pie de las cascadas. Y por techo sobre sus cabezas, un cielo inmaculado rociado de nubes que podían acariciar si estiraban las manos a conciencia.

Chögyam cerró los ojos y adoptó la postura del loto con las manos huecas encima de las piernas.

—Presta atención, Chögyam, la meditación es el eje fundamental del budismo, nuestra práctica más importante. Aprenderás a observar la mente y mantenerla relajada y alerta a la vez.

Chögyam asintió, si bien la sensación de estar suspendido en el aire a miles de kilómetros de altura le había llenado el estómago de mariposas.

—Comienza a recitar un mantra —le pidió—. El que más gustes de cuantos te he enseñado.

Chögyam obedeció y fue relajándose poco a poco.

—Eso es. Ahora deberás concentrarte y fijar la atención en un solo punto. Y ese punto será el sonido de tu propio mantra.

El asceta guardó silencio durante unos minutos y dejó que Chögyam se hiciera uno con el sonido de su voz.

—A continuación presta atención a tu cuerpo, a las sensaciones. Que nada se escape a tu control.

Chögyam sintió la caricia de la brisa en su rostro, aspiró los vapores de la montaña y sintonizó con el ritmo de su respiración.

—En segundo lugar, atiende a tus emociones —dijo el asceta—. ¿Cuáles son tus actuales estados de ánimo? ¿Te sientes feliz o desdichado? ¿Sereno o nervioso? ¿Compasivo o enojado?

Chögyam buceó entre los recovecos de su mente y fue aislando una emoción tras otra hasta haberlas identificado todas.

—Finalmente, orienta la concentración hacia tus pensamientos y aquieta tu mente. Los pensamientos van y vienen en cuestión de un instante. La mente es inquieta, volátil, como un caballo salvaje al que has de domar.

El asceta volvió a dejar pasar un tiempo prudente antes de acometer la última parte del ejercicio.

—Ahora, utiliza la facultad creativa de tu mente e imagina que realizas generosas ofrendas a Buda en brillantes bandejas de plata. Visualízalo y crea tu propio universo simbólico. Déjate envolver por la iconografía construida en tu mente y reproduce la imagen en un ciclo infinito de veces.

Algunos minutos después el asceta se levantó sin hacer ruido, sigiloso como un felino, para tomar el camino de vuelta. Sin embargo, Chögyam no tardó en percatarse, e interrumpiendo su proceso de meditación, exclamó:

—¡Maestro, no me dejéis aquí solo!

El lama ermitaño se detuvo y exhibió una complaciente sonrisa.

—Excelente, Chögyam —celebró—. Te estaba poniendo a prueba y la has superado con creces. Has demostrado que a pesar de tu gran concentración, tu mente ha seguido alerta. A partir de hoy vendremos a diario a meditar en este saliente, y también lo haremos en la cueva. La constante práctica hará mella en tu interior y con el tiempo, irás logrando elevar tu nivel de conciencia.

—¿Y eso qué significa, maestro?

El asceta meditó unos segundos.

—Pues, por ejemplo, que serás capaz de ver el sombrero de color negro que llevo en la cabeza.

Chögyam le miró con cara de extrañeza. Desde luego, allí no había sombrero alguno. Si bien, tampoco era habitual que el maestro bromeara, y menos aún con tales cuestiones.

—Lo he llevado siempre puesto desde que te recogí en el fondo del valle —añadió—. No olvides que el *samsara*, la realidad en la que estamos atrapados en el ciclo de las existencias, no es más que pura ilusión, y que solo cuando alcanzamos el Despertar somos capaces de abrir nuestra conciencia y conocer la verdadera naturaleza de la cosas.

Chögyam seguía sin tenerlas todas consigo.

—¿Un sombrero negro, maestro? ¿Estáis seguro de lo que decís?

—Desde luego. Y cuando seas capaz de verlo, entonces pasarás a ser su portador.

El asceta también se tomaba sus momentos de respiro y relajación, imprescindibles tras sus maratonianas sesiones de meditación y sus refinados ejercicios tanto tántricos como esotéricos. Su afición a esculpir la madera constituyó desde siempre una inmejorable vía de escape durante su eterno periodo de reclusión. Con la ayuda de una gubia, una especie de cincel montado en un mango de madera, la única herramienta que se había permitido traer del monasterio, se pasaba las horas tallando las piezas hasta que de un hosco tarugo lograba extraer una hermosa figura con la que luego adornaba su modesto altar de la cueva.

Su última creación había sido un Mahakala de seis brazos, una divinidad airada protectora del *dharma* que había hecho las delicias de Chögyam por el detalle de la ferocidad de sus dientes y las singulares armas que esgrimía en las manos. Desde hacía unos cuantos días, sin embargo, Chögyam reparó en que cuando el lama ermitaño se dedicaba a tallar, procuraba siempre darle la espalda y ocultarle el trabajo de la vista. Al final, y pese a la curiosidad que le carcomía, Chögyam decidió no inmiscuirse y respetar la voluntad de su maestro.

Asimismo, el asceta también practicaba yoga tanto dentro de la cueva como fuera de ella. Su ejercicio resultaba tremendamente útil para contrarrestar las muchas horas que pasaba sentado, pero también contribuía a aliviar los problemas de espalda y, por supuesto, le había permitido llegar a su edad en un estado físico envidiable.

Chögyam trataba de imitar las posturas del maestro, pero había una en concreto que se le resistía por más que lo intentaba. La «postura sobre la cabeza», como así se le llamaba, consistía en hacer el pino apoyando con los antebrazos en el suelo. De tal guisa, es decir, vuelto del revés, al parecer se obtenían cuantiosos beneficios, tales como la mejora de la circulación, una perfecta redistribución del fluido energético y el alivio de migrañas y fatigas crónicas. No obstante, y pese a que se esforzaba como una mula, Chögyam no lograba completar aquella postura en particular. De hecho, fueron tantas sus caídas, que ni siquiera el asceta pudo contener las risas ante semejante recital de golpes y batacazos protagonizado por su obstinado discípulo.

Tras varias semanas de meditación en el saliente de roca de la cara norte de la montaña, Chögyam se excitó mucho al confesarle al asceta que había experimentado su primera visión.

—Maestro, distinguí la silueta de una persona que se dirigía hacia mí, mientras se abría paso a través de una densa niebla. Y aunque su rostro se hallaba difuminado entre la bruma, no tengo duda alguna de que se trataba de una mujer.

—Continúa.

—Creo que se trataba de mi madre, porque me dedicó una sonrisa radiante y me ofreció una porción de *tu*, el delicioso pastel de queso que ella preparaba. ¿Qué puede significar, maestro?

—¿Sabes, Chögyam? Después de todo no creo que fuese tu madre, sino una *dakini*, la que realmente te visitó. Las *dakini* son espíritus budistas femeninos que habitan en los cielos y las cumbres de las montañas y que se manifiestan en visiones, sueños y experiencias meditativas. Poseen un gran poder y auxilian siempre a los que entregan su vida al retiro y la meditación. Yo he sentido siempre el cálido manto protector de las *dakini* muy cerca de mí, y sin su salvadora presencia nunca hubiese logrado sobrevivir aquí solo durante todos estos años. Ellas me hicieron entrega del sombrero negro del que ya te he hablado, aunque me advirtieron de que no era para mí.

—¿Y por qué se me han aparecido?

—Yo diría que querían hacerte saber que cuentas con su bendición.

Durante el camino de regreso, y mientras discípulo y maestro proseguían con el intercambio de opiniones, algo les llamó la atención junto a una cortina de arbustos. Se trataba de los restos frescos de algún animal que había sido objeto de caza por parte del leopardo de las nieves. El asceta se inclinó sobre los despojos y comenzó a recogerlos.

—¿Qué hacéis, maestro?

—Me los llevo y más tarde los comeremos. Estás en edad de crecimiento y te vendrá bien comer algo de carne.

—Pero, ¿podemos hacerlo después de lo que me explicasteis acerca de los seres vivos?

—No hay de qué preocuparse, Chögyam —replicó el asceta con absoluta convicción—. En tanto nosotros no hayamos matado al animal, no infringimos mandamiento alguno por ingerir sus restos.

Las revelaciones y experiencias se sucedían una tras otra, y Chögyam no ganaba para sorpresas. La más extraordinaria se produjo una tarde que Chögyam había salido a recolectar frutos silvestres y al regresar se topó con una visión que le dejó sin habla y con las rodillas temblando como carámbanos de hielo.

Al entrar en la cueva observó al asceta sentado en la posición del loto como era habitual, pero esta vez se hallaba suspendido en el aire a unos treinta centímetros del suelo. Chögyam, con los ojos desorbitados, ahogó una exclamación de estupor y los frutos que acarreaba entre los brazos se le cayeron de la impresión, desparramándose por toda la cueva. El asceta parecía experimentar una especie de éxtasis místico que incluso le impedía reparar en la presencia del niño.

Al final Chögyam salió de la cueva y no regresó hasta que el asceta hubo recuperado su estado normal. Y después, tras narrarle lo que había visto, el lama ermitaño le restó importancia al asunto y le explicó que solamente a través del éxtasis como estado de conciencia excepcional se podía llegar a comprender la vacuidad, de manera que cuando se asomaba al vacío, al *sunyata*, las oleadas de éxtasis que le invadían le hacían levitar sin que él mismo pudiese controlarlo.

Un día Chögyam le confesó al asceta que añoraba a sus padres, a quienes la muerte se había querido llevar mucho antes de tiempo. El lama ermitaño aprovechó entonces la ocasión para hablarle de una de las más importantes enseñanzas del budismo: las Cuatro Nobles Verdades.

—¿Es profundo tu dolor? —le preguntó el asceta.

Chögyam asintió.

—Entonces abre bien tu mente, Chögyam, pues acabas de darte cuenta por ti mismo de la primera Noble Verdad que Buda nos enseñó.

Chögyam frunció el ceño.

—¿Que a todos nos aguarda la muerte? —inquirió.

—No, pero has estado muy cerca —reconoció el asceta—. Que toda existencia es sufrimiento. El nacimiento es sufrimiento, y después todo lo que le sigue a continuación: la enfermedad, la vejez y la muerte. No hay forma de escapar al sufrimiento de la manera en que el hombre experimenta su existencia. Incluso los momentos felices tampoco son una excepción, pues su inevitable transitoriedad nos sitúa en un estado de permanente angustia existencial.

—Creo que lo he entendido, maestro.

—Bien, pues entiende ahora la segunda Noble Verdad: que el origen del sufrimiento es el deseo. Es decir, el apego que sentimos por los objetos que percibimos a través de los sentidos, las pasiones humanas y el anhelo por la existencia. Y es ese deseo por la existencia lo que lleva a perpetuar el *samsara*, el eterno ciclo de las muertes y nacimientos.

Chögyam asintió repetidas veces esforzándose por comprender, si bien aquellas Verdades comenzaban a parecerle demasiado pesimistas.

—Espera a oír la tercera Noble Verdad, Chögyam —le advirtió el asceta, como si le hubiese leído el pensamiento—. La que reconoce la cesación del sufrimiento. Lo que Buda nos revela es que una vez que la causa del sufrimiento ha sido determinada, la supresión de la misma nos conduce a su final, y por tanto, a la obtención de la auténtica y definitiva felicidad a través de la Iluminación.

—¿Y qué pasa cuando se alcanza la Iluminación?

—Eso no se puede describir, hay que experimentarlo. Pero supondría la aprehensión total de la sabiduría, lo cual permitiría a nuestro espíritu percibir la verdadera naturaleza tanto de la mente como de la realidad. En todo caso, tras su consecución interrumpiríamos por fin el ciclo de las reencarnaciones.

—Entonces, cuando alguien alcanza el Despertar, ¿ya no vuelve a reencarnarse?

—En efecto —afirmó—. Excepto los *bodhisattvas*, grandes hombres santos que pese a haber alcanzado la Iluminación, deciden retrasar su entrada en el Nirvana y volver a reencarnarse para contribuir así a la salvación de los demás a través de la compasión. Un *bodhisattva* de nuestro tiempo es, por ejemplo, el Karmapa, el líder de la escuela Kagyu.

—¿Y para eso os vinisteis a la cueva, maestro? ¿Para alcanzar la Iluminación?

—Sí, Chögyam.

—¿Y lo habéis conseguido?

El asceta esbozó una tierna sonrisa.

—Aún no, pero ya siento que soy capaz de palparla con los dedos.

Se sumieron en un largo silencio mientras Chögyam continuaba con su reflexión.

—¿Y cuál es la cuarta Noble Verdad?

—La cuarta Noble Verdad es el camino del óctuple sendero. Es decir, las prácticas que uno debe seguir para lograr la cesación del sufrimiento y alcanzar el Despertar. Pero eso, Chögyam, ya te lo explicaré con más detalle durante el tiempo que permanezcas conmigo.

A finales de la primavera el asceta le comunicó a Chögyam que tenía algo para él. Los ojos del anciano relucían, y exhibía aquella flamante sonrisa que en tan pocas ocasiones sacaba a pasear. Chögyam estaba intrigado, pues no sabía a qué venía tanto misterio ni llegaba a imaginar lo que su maestro podía traerse entre manos.

—Chögyam, estoy orgulloso de ti, de tus esfuerzos y de los progresos realizados.

—Gracias, maestro.

—Y esto es para ti —dijo, haciéndole entrega de un objeto que ocultaba tras su espalda.

Chögyam lo miró, deslumbrado ante aquel regalo tan inesperado como pintoresco. El asceta había tallado en madera una figura del mítico rey Songtsen Gampo en postura marcial, tensando un arco a punto de ser disparado.

—Para que también puedas jugar, pues tu adiestramiento en el *dharma* no debería entrar en conflicto con tu ser interior ni despintar tu alma de niño.

Chögyam tomó la figura, del tamaño de su mano, y la admiró con orgullo. En aquel momento deseó habérsela podido mostrar a Thupten y compartir juegos con su hermano mayor.

—Maestro, ¿creéis que realmente alguien vendrá a buscarme como decía vuestra visión?

—Estoy seguro —replicó sin titubear—. Pero tú no deberías preocuparte por eso. Lo importante es que cuando llegue el momento te encuentres preparado.

Chögyam aceptó la respuesta, aunque le costaba concebir un motivo por el cual nadie se adentraría en aquella baldía y remota montaña.

—¿Puedo salir a jugar con el guerrero?

El asceta le dio su consentimiento y siguió a Chögyam con la mirada, que se perdió al poco entre unas rocas mientras dejaba volar su imaginación.

El lama ermitaño suspiró resignado. Según un viejo dicho budista, el hombre debe separarse de todo cuanto ama. Un dicho que él, como ninguna otra persona, había perseguido hasta sus últimas consecuencias. Ahora, sin embargo, y pese a que lo había tratado de evitar, el afecto que sentía por aquel niño hacía tambalear los cimientos de su existencia.

* * *

Kyentse Rinpoche y Tsultrim Trungpa dieron con la casa que buscaban gracias a las indicaciones de los desprendidos lugareños.

—Nunca pensé que lograríamos encontrarla en semejante laberinto de calles —jadeó Tsultrim.

—No es para tanto —replicó Kyentse—. Es tan solo que la fatiga del viaje ha perjudicado tu sentido de la orientación.

Los dos lamas se encontraban en los suburbios de la ciudad de Shigatse, agobiados por el trajín de sus barrios, que tanto contrastaba con la acostumbrada paz de su monasterio. Shigatse se hallaba situada al suroeste de Lhasa, aproximadamente a doscientos cincuenta kilómetros de distancia. El viaje, por tanto, había sido largo y sufrido. Habían empleado más de una semana en llegar a su destino y les había parecido una eternidad. Pero la esperanza había sido el motor que les movió a atravesar las vastas mesetas y altiplanicies que caracterizaban las inhóspitas tierras del Tíbet, convencidos de que por fin acudían al encuentro del anhelado *tulku*.

Quince días atrás habían recibido en el *gompa* de Tsurpu noticias acerca de un nuevo candidato. Los presagios eran buenos, pero antes de lanzar las campanas al vuelo efectuaron las oportunas consultas a los astrólogos. Y los resultados no se hicieron de rogar. Las lecturas, si bien no fueron concluyentes, apostaban por la autenticidad del candidato con un alto grado de probabilidad. Lo habitual en aquellos casos hubiera sido traer al presunto *tulku* al monasterio para efectuar las pruebas pertinentes, pero era tal la euforia que sentían Kyentse y Tsultrim, que finalmente decidieron acudir ellos mismos a su encuentro. Había pasado tanto tiempo desde la muerte del Karmapa y habían sido tantos los candidatos fallidos, que confiaban en que en esta ocasión les hubiese cambiado la suerte.

Kyentse y Tsultrim habían viajado con una caravana de mercaderes que cubría una ruta comercial con el Nepal, dedicada al tráfico de bienes entre las dos naciones desde tiempos inmemoriales. Los comerciantes conducían una recua de mulas cargadas de sal y lana tibetana que trocarían por arroz y otros cereales de las tierras nepalíes. Los dos monjes habían cubierto el trayecto a caballo, vestidos con ropajes corrientes, para no prevenir de su llegada a la familia del candidato. El protocolo les exigía presentarse sin avisar, para garantizar la legitimidad del proceso de validación.

—¿Nervioso? —inquirió Kyentse.

—No sabes cuánto —admitió Tsultrim.

Frente a ellos se encontraba la casa del candidato. Las paredes eran de adobe y el techo de paja. Por su aspecto exterior se infería que se trataba de un hogar modesto, pero en ningún caso ahogado en la pobreza.

En ese momento observaron salir de la vivienda a un niño pequeño junto a una muchacha crecida que rápidamente desaparecieron a la vuelta de una esquina. Kyentse y Tsultrim se miraron de reojo. Aquel niño bien podía ser el *tulku*. Tanto mejor, así podrían abordar primero a sus padres para ponerles en conocimiento de la situación y hacerles partícipes de sus planes. Los lamas iniciaron sus pasos hacia la casa.

Las noticias que habían recibido en Tsurpu hablaban de que el día en que había nacido el candidato, un cuclillo se había posado en el tejado y no había dejado de trinar en toda la mañana. Además, la madre había reportado haber sido objeto de numerosos sueños durante el embarazo, en los que grandes *bodhisattvas* del pasado la empapaban de una luz blanca y resplandeciente.

Kyentse y Tsultrim se apostaron en la entrada, hasta que una mujer de mediana edad les invitó a pasar en cuanto se apercibió de su presencia. En el Tíbet, hasta el hogar más humilde tenía siempre sus puertas abiertas para los comerciantes o peregrinos necesitados de refugio. Los lamas agradecieron la invitación con una inclinación de cabeza y entraron en la vivienda. El hogar estaba conformado por tres habitaciones, y salvo por un sencillo altar y un par de repisas, carecía totalmente de mobiliario. Un rectángulo de luz vaporosa se colaba a través del único ventanuco de la estancia principal. Las moscas entraban y salían del lugar y revoloteaban a sus anchas.

Kyentse y Tsultrim se acuclillaron en el suelo y aceptaron el té con mantequilla que se apresuró a ofrecerles la mujer. Sin ser el mejor que habían probado, el conocido sabor les reconfortó de los rigores del viaje. En correspondencia por su hospitalidad, los monjes le entregaron un vistoso surtido de pañuelos de seda que habían preparado para la ocasión. El cabeza de familia les saludó con amabilidad y les preguntó por el motivo de su visita. Los monjes no se anduvieron con rodeos. Tsultrim tomó la palabra y les reveló sus verdaderas identidades: él era el abad del *gompa* de Tsurpu y Kyentse Rinpoche el lama más cercano al difunto Karmapa. Y estaban allí para comprobar si su hijo pequeño podía ser la reencarnación del líder de la escuela Kagyu.

El matrimonio se emocionó ante semejante revelación y no ocultó su alegría. Para una familia de tradición budista como la suya, no podía haber mayor honor que el reconocimiento de un *tulku* entre uno de sus hijos. El niño se llamaba Norbu y tenía cinco años de edad. Los monjes pidieron entonces que les narrasen los anómalos acontecimientos que se habían producido en torno a la vida del pequeño. La madre les explicó en detalle los sueños que tuvo durante su gestación y el padre se ocupó de contarles el extraordinario episodio del pájaro cantor que había tenido lugar el día de su nacimiento. Después pasaron a comentar aspectos de la personalidad de Norbu y algunos de sus comportamientos más llamativos. Los monjes quedaron satisfechos y expusieron con detalle el punto en el que se encontraba la situación.

—Por el momento, Norbu no es más que un candidato— afirmó Tsultrim—. Ahora llevaremos a cabo una prueba preliminar. No será concluyente todavía, pero si la superase, el niño nos acompañaría de regreso al monasterio, siempre que contemos con su consentimiento, para efectuar la prueba final.

El matrimonio asentía y no perdía ripio de todo cuanto explicaban los monjes. Kyentse extrajo un *mala* que llevaba consigo y se lo entregó a la mujer.

—Cuando llegue Norbu, ofrézcaselo sin decirle nada —dijo—. El rosario que tiene entre las manos perteneció al difunto Karmapa. Nosotros observaremos su reacción desde la habitación contigua sin que sepa que estamos aquí.

—Así lo haré —afirmó.

—Después saldremos y nos mostraremos ante su hijo —prosiguió Kyentse—. Como ve, no vestimos los hábitos, pero si Norbu fuera el Karmapa reencarnado debería reconocernos o, cuando menos, manifestar ante nuestra presencia una actitud positiva y abierta.

Los padres de Norbu accedieron a colaborar con el plan expuesto por los dos monjes disfrazados de comerciantes. Norbu y su hermana mayor habían salido al mercado y no tardarían en volver, de modo que el cabeza de familia se apostó afuera para avisarles tan pronto aparecieran y darle a Kyentse y Tsultrim tiempo suficiente para esconderse.

Los monjes aguardaron orando frente al Buda que descansaba sobre el altar de la familia. No esperaron mucho, y en cuanto el padre avistó a sus hijos al fondo de la calle, todos corrieron a ocupar sus posiciones.

La muchacha entró primero en la vivienda, cargada de leche y mantequilla, y su padre le indicó amablemente que dejara las cosas en la cocina. Los monjes observaban la escena desde la penumbra de la habitación contigua, asomados tras una cortina que hacía las veces de puerta. Acto seguido entró Norbu, exhibiendo un talante sereno y una mirada vivaz. El niño dio unos pasos y, sin que nadie le dijera nada, se postró frente al altar haciendo gala de un profundo fervor.

Kyentse y Tsultrim sintieron de inmediato muy buenas vibraciones.

A continuación la madre le mostró el rosario tal y como le habían pedido que hiciera. Norbu lo escrutó con la mirada y lo tomó entre sus manos. Después jugueteó con alguna de sus cuentas hasta que, pasado un minuto, se lo colgó alrededor del cuello.

Tsultrim le propinó un sutil codazo a Kyentse que le sirvió para exteriorizar su excitación contenida. Sus ojos saltones parecían querer salírsele de las órbitas. Los monjes intercambiaron una mirada que expresaba muy a las claras el gozo que sentían.

—Salgamos ya —murmuró el abad.

A partir de aquel momento todo se torció por completo.

Los monjes dejaron de esconderse y se mostraron ante Norbu, luciendo rostros afables y sonrisas bondadosas. La reacción del pequeño, sin embargo, distó mucho de ser la debida. El niño actuó de forma timorata y se ocultó tras las piernas de su madre. Y cuando Kyentse se le aproximó para transmitirle tranquilidad, rompió a llorar ante la presencia de aquellos hombres extraños.

La decepción se hizo patente en los semblantes de ambos monjes, y los padres de Norbu supieron al instante que su hijo no había superado la prueba preliminar.

El verdadero *tulku* tendría que seguir aguardando en alguna parte, a la espera de ser encontrado todavía.

El trayecto de regreso parecía un funeral. Kyentse y Tsultrim se unieron a otra caravana de comerciantes tibetanos que, procedentes del Nepal, realizaban la ruta en sentido contrario. Apenas cruzaron palabra con los mercaderes y ni siquiera entre ellos dos. El lastre de una nueva decepción comenzaba a hacer mella en el ánimo de ambos lamas. El abad, un poco entrado en carnes, llegó incluso a perder algo de peso como consecuencia de las fuertes emociones y de las duras condiciones del viaje.

El camino de vuelta se les hizo el doble de largo que el de ida. Y cuando llegaron al monasterio de Tsurpu, les aguardaba una sorpresa que vino a acrecentar aún más la angustia que ya les corroía por dentro: durante su ausencia, un mensajero había dejado en el *gompa* una carta remitida por sus hermanos budistas de la escuela Sakya.

Tsultrim la leyó sin demoras ni ceremonias, mientras Kyentse observaba los cambios en el rostro del abad según avanzaba en la lectura de la misiva. Por un lado les comunicaban la muerte de su líder Sa'gya Pandita, quien había asumido la gran responsabilidad de introducir al príncipe Godan de los mongoles en los misterios del sendero del *dharma*. Y por otro, les anunciaban que habían nombrado como su sucesor a su sobrino Drogön Chögyal Phagpa, el cual se hallaba en la actualidad en la corte del emperador Kublai Kan, haciéndole partícipe de las enseñanzas budistas.

Según se desprendía del escrito, el Gran Kan reconocía que el animismo chamánico, la religión tradicional de los mongoles, había dejado de dar una respuesta eficaz que ayudase a conducir adecuadamente la espiritualidad de su pueblo. En consecuencia, y gracias a los esfuerzos de Drogön Chögyal Phagpa, estaba considerando la posibilidad de abrazar el budismo. Sin embargo, el emperador no tomaría una decisión sin antes haber conocido al jefe de la otra gran escuela budista tibetana, la Kagyu, o, dicho en otras palabras, exigía conocer al Karmapa, algo que haría tan pronto como sus obligaciones políticas le dieran cierta tregua.

La carta contenía una posdata: el Gran Kan, que ya había sido puesto al corriente del peculiar sistema sucesorio del linaje Kagyu, acerca del cual había expresado ciertas reservas y un alto grado de incredulidad, enviaría a un representante mongol para que supervisara la autenticidad del proceso de selección.

Kyentse y Tsultrim se sintieron ofendidos ante la insinuación del emperador, pues ellos más que nadie eran los principales interesados en dar con la genuina reencarnación del Karmapa.

El problema radicaba ahora en que lograsen hacerlo a tiempo.

CAPÍTULO IV

Verano

ༀ་མུ་ནི་མུ་ནི་མ་ཧཱ་མུ་ནི་ཡེ་སྭཱ་ཧཱ།

«El perfume de las flores no va contra el viento. Ni el del sándalo, ni el de la rosa o el jazmín. Sin embargo, el perfume del hombre virtuoso se extiende por todas partes y en todas direcciones.»

Dhammapada, 4-11

El final de la primavera coincidió con el sonoro fracaso del plan de Wangchuk, consistente, a grandes rasgos, en hacer pasar a Thupten por un novicio del monasterio de Batang, con el fin de obtener alimentos de forma fraudulenta explotando la generosidad de los fieles budistas.

La frustración que cegó al proscrito en un primer momento se fue desvaneciendo con el transcurso de los días, hasta el punto de que, tras un frío análisis de los hechos, Wangchuk fue capaz de admitir sus errores y la rudimentaria ejecución de su plan. El proscrito, por tanto, lejos de renunciar a su grotesca idea como hubiese sido el deseo de Thupten, se ocupó de subsanar los fallos de que adolecía para ponerla de nuevo en práctica tan pronto como le fuera posible. El hambre hacía mella en sus intestinos, pero apretaba mucho más el ansia por satisfacer la tentadora llamada de la bebida, de la que ya se había convertido en adicto largo tiempo atrás.

Wangchuk averiguó que el cuenco que usaban los monjes no podía ser de madera, de modo que trocó el que tenía por uno de barro. Y en cuanto a la indumentaria, se esmeró mucho más en conferirle el color adecuado, tomándose además la molestia de perfumarla con la esencia de las flores silvestres. Por último, y para desgracia de Thupten, como el pelo le había vuelto a crecer unos centímetros desde la anterior escabechina, el crío tuvo que padecer un nuevo martirio que le pareció, si aquello podía ser posible, incluso más sanguinario que el primero. Esta vez, al menos, Wangchuk masculló una disculpa, alegando que con una sola mano y el muñón de la otra sus dotes de barbero no podían dar más de sí.

Coincidiendo con la llegada del verano, el proscrito dispuso todo una vez más para poner en práctica su plan, ahora sí, calculado hasta el último detalle. En esta ocasión nada podía fallar. Incluso la casa escogida no lo había sido al azar; muy al contrario, Wangchuk había tenido en cuenta el elevado grado de esplendidez con que habitualmente sus miembros atendían las demandas de los monjes budistas. De esta manera, y sin mayores preámbulos, Thupten ocupó su lugar frente a la puerta y Wangchuk se ocultó en un callejón desde el cual observar los acontecimientos sin ser visto.

No transcurrió ni un minuto, cuando Thupten escuchó que el proscrito le llamaba desde su escondrijo, acompañando sus voces con ostentosos gestos de la mano. Thupten no le entendió, pero todo parecía indicar que le estaba alertando acerca de alguna cosa. Un instante después, Thupten sintió una mano posarse sobre su hombro. Se giró. Un monje budista le miraba de hito en hito, uno de verdad, no como él, que tan solo aspiraba a aparentarlo con un cuenco robado y el hábito fabricado a base de retales.

Thupten tragó saliva y se preparó para la regañina con que seguramente le reprendería.

—Tú no perteneces a la orden —espetó el monje mientras contemplaba a Thupten con una mueca de repulsa esculpida en el rostro.

No fue hasta que alzó la cabeza y miró al monje a los ojos, cuando Thupten reconoció en él al mirón que había sorprendido en el río cuando siguió al proscrito a través de la arboleda. Otros monjes budistas aparecieron también en escena y se unieron a su cabecilla. Thupten desvió la mirada hacia Wangchuk. El proscrito continuaba allí, agazapado en el callejón, observando la acción a salvo en la distancia.

El lama Dechen palpó el tejido de la indumentaria de Thupten como si quisiera cerciorarse aún más de la impostura.

—¿Quién eres y qué haces aquí? —inquirió con voz amenazadora.

Thupten agachó la cabeza y clavó la mirada en el suelo. Le convenía mantener la boca cerrada. El viejo lama asintió lentamente. Enseguida se hizo patente que el crío no pronunciaría una sola palabra.

Los monjes que acompañaban a Dechen le interpelaron acerca de lo que pensaba hacer con el chico.

—Es un usurpador, de modo que lo conduciré hasta las autoridades para que reciba su merecido.

El lama Dechen agarró a Thupten por el brazo y lo arrastró a la fuerza calle abajo. El crío no opuso resistencia, pues con eso solo lograría empeorar su situación. Pero entonces, cuando no llevaba recorrido ni una decena de metros, sintió que alguien le sujetaba por el otro brazo y tiraba de él en la dirección opuesta, logrando interrumpir la marcha de Dechen. En ese momento Thupten parecía un muñeco por el que dos niños se estuvieran peleando.

El asombro de Thupten creció todavía más al comprobar que el otro contendiente era... una mujer. Más aún... ¡una monja budista!

Dechen le lanzó a Tenzin una mirada furibunda, pero la rectora del convento de las *bhikkhuni*, por muy menuda que fuese, no pensaba dejarse intimidar.

—¿Qué te propones? —exclamó—. ¿No ves que es solo un crío?

—Ha cometido un delito y eso es lo que cuenta —replicó Dechen—. Lo demás es cosa de las autoridades.

—¿Pero acaso no sabes lo que le harán? —insistió—. ¿O es que no te importa?

Dechen se encogió de hombros, gesto que ilustró a la perfección lo poco que le preocupaba el destino del niño. Thupten juzgó entonces que en ese punto del debate su opinión merecía ser tenida en cuenta.

—Me llevaré una buena reprimenda —dijo en aparente calma, ignorando el porqué de tanto escándalo por un asunto tan pequeño—. Pero eso es todo.

Tenzin se echó las manos a la cabeza. No hacía falta ser un genio para deducir que el crío había sido engañado por algún rufián sin escrúpulos que debía utilizarlo en su propio beneficio.

—¿Cómo te llamas? —le preguntó Tenzin cordialmente.

Thupten se lo dijo, y la monja budista se inclinó sobre él y le elevó la barbilla con tal delicadeza, apenas rozándole la piel, que al niño le vino de repente a la cabeza el recuerdo de su madre, cuyo suave tacto creía olvidado para siempre.

—Thupten, si te entregan a las autoridades, te cortarán una mano, cuando no las dos —le reveló.

El mazazo que le supuso escuchar semejante noticia dejó a Thupten sin respiración. Se le formó un nudo en la garganta y por un instante casi perdió el control sobre sus esfínteres. Instintivamente buscó a Wangchuk con la mirada en un nuevo alarde de ingenuidad, con la esperanza de que el proscrito acudiese en su ayuda cual valeroso paladín. Pero Wangchuk hacía tiempo que se había esfumado: tan pronto advirtió el serio cariz que estaba adquiriendo el asunto.

Tenzin se dirigió a Dechen poniendo en cada una de sus palabras todo el sentimiento que fue capaz de reunir.

—Ten piedad del chico y déjalo marchar —terció—. Te lo suplico de corazón.

El viejo lama la observó largo rato antes de contestar, quizás con el fin de saborear aún más su respuesta.

—Tus ruegos no me inspiran la menor compasión—espetó—; si acaso, recelo. Aunque seas una monja budista, antes que nada eres mujer, y es precisamente vuestra naturaleza sensible la que os imposibilita acatar las estrictas reglas de la disciplina religiosa. Este caso, sin ir más lejos, es una buena prueba de ello.

Tenzin buscó apoyo en los monjes que acompañaban a Dechen, pero como todos eran discípulos suyos, ninguno osó llevarle la contraria.

—El niño se viene conmigo y recibirá su justo castigo —sentenció Dechen—. Es mi última palabra.

Dicho esto, tiró de nuevo del crío, que en esta ocasión forcejeó con el viejo lama para librarse de su dominio. Dechen no se amilanó y empleó para reducirle toda la fuerza que estimó necesaria, aunque para ello tuviese que lastimar a Thupten.

Hasta que, de repente, resonó una potente voz a sus espaldas que puso fin a la refriega.

—¿Qué ocurre aquí?

Thupten se volvió y se quedó impresionado ante el imponente monje budista que había aparecido en escena. Su altura superaba a la de su propio padre, que hasta la fecha había sido el hombre más alto que hubiese conocido jamás. Lobsang Geshe, brazos en jarra, paseó su impaciente mirada entre todos los presentes.

—Es un usurpador y ha infringido la ley —explicó Dechen—. Yo mismo le he descubierto —se jactó a continuación.

—Por favor, Lobsang —intercedió Tenzin al borde de las lágrimas—. No dejes que se lo lleve.

Lobsang sondeó los ojos del chiquillo en los que, a la par que miedo, adivinó una profunda tristeza. El tiempo pareció dilatarse mientras el abad discurría a toda prisa la mejor solución. Deseaba salvar al chico, pero no le iba a resultar fácil. Dechen sabía que le tenía contra las cuerdas porque contaba con la ley a su favor.

—Suéltale —resolvió al fin—. No vamos a entregarle.

El rostro de Dechen se estiró hasta alcanzar el mayor grado de incredulidad posible.

—Pero, ¿de qué hablas? —exclamó—. No puedes encubrir semejante delito. Te advierto que si no le denuncias como es tu obligación, te convertirás automáticamente en su cómplice.

—Nadie va a denunciarle porque a partir de ahora es uno de los nuestros —aclaró Lobsang—. He resuelto tomarle como mi discípulo personal. Desde este instante, por tanto, seré su maestro y le guiaré a través de su larga vida por el camino del *dharma*.

De la garganta de Dechen brotó un sonido a medio camino entre el amago de un juramento y el conato de una risotada frustrada.

—Esto es ridículo —objetó—. Además, en los diez años que llevas en Batang jamás has tenido un solo discípulo propio.

—Entonces ya iba siendo hora.

Thupten asistía al debate superado por los acontecimientos. Deducía que el monje grandullón, que parecía ser importante, le había salvado de un destino horrible. Sin embargo, aún se sentía enormemente confuso en cuanto a la resolución del conflicto.

—El niño se llama Thupten —apuntó Tenzin con una sonrisa de oreja a oreja.

—Cállate —repuso Dechen, que pese a todo aún no había arrojado la toalla todavía—. El crío es demasiado pequeño para ingresar en el monasterio —arguyó a la desesperada.

—Ya lo creo, pero no lo bastante como para impedir que lo dejen lisiado de por vida, ¿verdad? —le replicó Tenzin con ironía.

—Calma —medió Lobsang—. ¿Cuántos años tienes, Thupten?

Además de que estuviese sano, el Vinaya tan solo estipulaba que el novicio debía tener la edad mínima suficiente como para poder ahuyentar a un cuervo.

Thupten aquietó sus nervios y le contestó como buenamente pudo.

—La última vez tenía seis años, señor. Pero últimamente ya he perdido la cuenta.

—A mí me parecen bastantes —dictaminó Lobsang—. Y ahora, ven conmigo; tenemos mucho de que hablar.

Camino del monasterio, Thupten le narró a Lobsang la terrible tragedia de la que había sido víctima su familia cuando atravesaban el puerto de montaña que precedía el acceso a Batang. Acontecimiento que enlazó inmediatamente con su encuentro con el proscrito, su actividad como mendigo, así como las penosas condiciones de vida que tuvo que padecer durante el último medio año, incluyendo el maltrato y la malnutrición.

Lobsang le escuchó en silencio, sin interrumpirle en ningún momento, sobrecogido por el amargo relato que salía de boca del niño. Para cuando hubo terminado, supo a ciencia cierta que había tomado la decisión correcta y que, dadas las circunstancias, el ingreso como novicio de Thupten era lo mejor que le podía pasar al crío.

Thupten omitió revelar en su historia el nombre del proscrito o cualquier otro dato que pudiese conducir a su identificación, y no solo porque le siguiese provocando auténtico terror, sino también porque aún no había asumido el haberse liberado de su yugo de forma definitiva. De hecho, en cuanto abandonaron los límites de la ciudad, Thupten no dejó de mirar en todas direcciones, pensando que Wangchuk aparecería de repente, atacaría al monje budista y después se lo llevaría de nuevo consigo como si fuese un animal de su propiedad.

—Thupten, debes saber que el compromiso que he adquirido contigo, ofreciéndome a ser tu preceptor, posee un gran valor para nosotros. A cambio solo te pido que hagas el noble esfuerzo por convertirte en monje budista algún día.

Thupten no contestó de inmediato, no porque discrepase de Lobsang, sino por un motivo mucho más prosaico que le avergonzaba enormemente.

—Lama Lobsang, si yo no le digo que no, y hasta me hace ilusión y todo —murmuró cabizbajo—. Pero le advierto que yo del budismo no sé más que el nombre, y hasta hace bien poco desconocía incluso su existencia. En la aldea donde vivía nunca apareció un monje budista que nos enseñara, y aquí en Batang, les observaba de lejos, pero el hombre que me retenía nunca quiso explicarme nada.

Thupten alzó la mirada, abochornado por su reciente confesión. ¿Y si Lobsang se enojaba con él a causa de su imperdonable ignorancia?

Lobsang le miró largamente, boquiabierto, antes de estallar en sonoras carcajadas. No recordaba la última vez que se había reído con tantas ganas.

—No debes preocuparte por eso —aclaró cuando hubo recuperado la compostura—. Nosotros nos ocuparemos de que conozcas la filosofía y las enseñanzas de Buda, las reglas y costumbres monásticas, y también la buena conducta.

Thupten suspiró aliviado, sintiendo que se quitaba un gran peso de encima.

—No obstante, tampoco será un camino fácil —puntualizó Lobsang—. Cuando seas ordenado monje, deberás acatar doscientas veintisiete normas.

Aunque desconocía aquella cifra, Thupten se figuró que debía de ser muy alta. Un repentino cambio en el gesto de su cara evidenció su zozobra.

—¿Y qué me pasará si incumplo alguna de las normas? —inquirió.

—No te alarmes, Thupten, que todo tiene solución. La mayoría de las faltas, según su tipología, conllevan una penitencia, el arrepentimiento o la simple confesión. Únicamente las faltas de la categoría *parajika*, las más graves, conllevan la expulsión del monasterio.

—¿Y esas cuáles son? —preguntó el niño francamente interesado.

—Bueno, ya que quieres saberlas, te las diré —convino Lobsang—. Aunque créeme, tú eres demasiado joven todavía como para que te puedan afectar.

»La primera castiga las interacciones de contenido sexual, y no me pidas que te lo explique, porque aún no te ha llegado la hora. La segunda se refiere al robo, en concreto, el de cualquier cosa que suponga el valor equivalente al mínimo de una vigesimocuarta parte de una onza de oro. La tercera condena el acto de matar, es decir, la privación de la vida de otro de forma intencionada. Y la cuarta y última sanciona al monje que mienta deliberadamente a otra persona sobre haber alcanzado estados de conciencia superiores.

Al escuchar aquellas palabras, Thupten detuvo repentinamente su marcha, se cubrió el rostro con las manos y se arrojó al suelo hecho un mar de lágrimas. Aquella inesperada reacción descolocó tanto a Lobsang, que en un primer momento se quedó paralizado. Después aupó al chico y, mientras trataba de consolarlo, le secó las mejillas, que se le habían llenado de churretones.

—¿Qué te ocurre?

Thupten entonces le describió, entre hipos y sollozos, los hechos que le habían llevado, en primer lugar, a robar en el mercado y, más tarde, a matar a un perro callejero. Motivos de sobra, según creía Thupten a la luz de aquellas normas, para ser excluido de por vida de la pacífica comunidad budista. Lobsang le rodeó con el brazo y le confortó con una solemne caricia. El chico necesitaba que le transmitieran afecto, confianza y seguridad, emociones que parecía haber olvidado mientras estuvo bajo la influencia del proscrito.

—Pero te obligaron a hacerlo, ¿verdad? —argumentó—. Bueno, pues entonces no cuenta. Deja todo eso atrás y céntrate ahora en lo que te espera en tu nueva vida. En cuanto lleguemos al monasterio notarás como si formaras parte de una gran familia.

Las palabras de Lobsang surtieron efecto. Thupten se rehízo enseguida y reanudaron el camino con la única compañía del sol matutino y la pegajosa sequedad del ambiente.

Media hora junto al crío había bastado para que Lobsang se quedase impresionado ante la descomunal sinceridad que atesoraba el pequeño pero gran corazón de Thupten.

Según se fueron acercando al monasterio, surgieron ante la vista de Thupten las primeras banderas de plegarias que anticipaban al visitante de la proximidad del santuario budista. Innumerables ristras de banderines rectangulares pendían en sentido horizontal de largas cuerdas sujetas a rocas y árboles, ataviando, de algún modo, a la propia naturaleza con un tono festivo y multicolor que a nadie podía pasar desapercibido.

Lobsang se detuvo y le mostró una de cerca.

—Observa con atención —dijo—. Las banderas llevan impresas fórmulas sagradas que el viento captura con su aliento de ida y vuelta, y esparce a continuación entre todos aquellos que, como nosotros, recorren el sendero que conduce hasta el monasterio.

Pronto se le sumaron a este tipo de banderas otras mucho más amplias que colgaban de palos de madera de varios metros de altura, que flanqueaban el camino como si fuesen centinelas de una corte imperial. Thupten contempló ondear las formidables telas y no pudo evitar sentir que estaban ahí para darle la bienvenida.

Enseguida se cruzaron con los primeros monjes que deambulaban por las inmediaciones, algunos de los cuales portaban en la mano un cilindro provisto de un mango de madera que hacían girar sin descanso.

—Son molinillos de oraciones —apuntó Lobsang, que no se le había pasado por alto el repentino interés que habían causado en el chico—. El interior está relleno de mantras impresos en tiras de papel, cuyas bendiciones se derraman por el aire como las ondas que se extienden por un estanque tras haber sido arrojada una piedra sobre su superficie.

Thupten había prestado mucha atención a las explicaciones de Lobsang, pero lo que realmente deseaba era probar uno en primera persona. El abad le pidió el molinillo a un monje de los que por allí andaba y se lo cedió al crío de forma provisional. Thupten lo cogió ansioso y al punto comenzó a darle vueltas de manera frenética, colmando su semblante con una sonrisa de pura felicidad. Lobsang sabía que en aquel instante el crío hacía uso del molinillo como si fuera un juguete en lugar de un objeto sagrado, pero no se molestó: su primera labor debía consistir en devolverle la alegría perdida a Thupten, después de que se la hubiesen arrebatado a base de golpes y amenazas.

El conjunto monástico levantado por Lobsang durante el último decenio, una pequeña ciudadela del saber y la meditación, se les apareció frente a ellos como un castillo de cuento, encajonado en mitad de un majestuoso valle. En primer plano, el templo, y en segundo, el resto de las estructuras que lo circundaban: la residencia de los monjes, la escuela de novicios y la biblioteca, todas situadas a su espalda, como si lo quisieran proteger.

Penetraron en el recinto y atravesaron el jardín, cuidado con verdadero mimo, que rodeaba el perímetro en su margen frontal. La presencia de monjes era ya muy numerosa. La mayoría saludaba a Lobsang con una inclinación de cabeza y las palmas de las manos

la altura de la barbilla. Thupten lo observaba todo con ojos
y, por vez primera en mucho tiempo, rebosantes de
za. Un original elemento decorativo que coronaba el tejado,
justo en el borde, captó la atención de Thupten.

—¿Qué es?

—Es la rueda del *dharma*, que simboliza las enseñanzas de
Buda. Como ves, está flanqueada por dos ciervas que la admiran con
devoción. Buda comenzó a predicar su doctrina en el Parque de las
Gacelas, de modo que con la representación de estos animales se
pretende conmemorar aquel instante tan precioso.

—¿Podríamos visitar ese parque, lama Lobsang?

—No, Thupten. En realidad se encuentra muy lejos de aquí.
Tanto que ni siquiera está en el Tíbet, sino en la India.

Un gablete de oro apuntando al cielo remataba la cúspide del
tejado inclinado. Lobsang soñaba con poder recubrir de oro todo el
tejado y también la rueda del *dharma*. Semejante alarde de riqueza
no se veía como tal desde la perspectiva budista, pues el oro, lejos de
entenderse como un adorno estético, cumplía una función
eminentemente divina.

Un fenomenal y colorido fresco engalanaba la cara exterior
del muro septentrional del templo. El analfabetismo funcional de la
sociedad en general, exceptuando a la comunidad monástica y a las
clases más pudientes, exigía la profusión de ilustraciones y grabados
cuya función pedagógica, a la vez que fascinadora, se tornaba
fundamental. Thupten tardó menos de un segundo en sentirse atraído
por aquella pintura que ocupaba todo el ancho de la pared y en la
que, pese a su magnificencia, no se había renunciado a plasmar con
esmero hasta los detalles más nimios e insignificantes. El contenido
de la pintura suponía un galimatías para Thupten, pero los seres que
la componían —desde hombres y animales hasta dioses, seres
demoníacos y otros de más difícil categorización— parecían tener
vida propia.

—Lo que ves es la representación de la rueda de las
existencias —se animó a explicarle Lobsang—. El *samsara* al que
todos estamos sujetos.

—¿Y por qué esos animales del centro?

—Encarnan a los tres venenos: el cerdo representa la
ignorancia; el gallo, el deseo; y la serpiente, la ira y el odio. Los tres
venenos son los motores internos que hacen girar la rueda y

aprisionan al hombre en el *samsara*. Para combatirlos, tendrás que adquirir las dos principales cualidades de un monje: la sabiduría y la compasión.

Dibujados en torno a una gran circunferencia concéntrica aparecían representados los diferentes mundos, más o menos dolorosos, en que los seres podían volver a nacer en función de su karma. Thupten señaló, casi temeroso, a un monstruo aterrador que parecía morder la rueda con fiereza.

—Se trata de Yama, el dios de la muerte —esclareció Lobsang—. Sujeta la rueda con sus colmillos y también con sus garras, al tiempo que gobierna de forma despiadada sobre todos los seres del *samsara*.

—¿Y cómo se sale de la rueda? —preguntó Thupten.

—Cuando alcances la Iluminación, como hizo el propio Buda.

Thupten se recreaba en las explicaciones de Lobsang y en su voz templada pero poderosa. Para variar, sentaba bien recibir cálidas palabras en lugar de palizas.

—¿Te gustaría ver el templo por dentro? —le ofreció a continuación.

Thupten asintió con ganas; no necesitaba que se lo dijera dos veces.

En ese momento apareció en escena Dorjee, que a una señal de Lobsang se dirigió hacia ellos muy intrigado por la presencia de aquel niño. El joven monje no ocultó su sorpresa cuando escuchó de boca de Lobsang que lo había tomado como su discípulo.

—¡Ojalá yo hubiera tenido esa suerte! —bromeó con cariño.

—No exageres —repuso Lobsang—, aunque te agradezco el cumplido. No lo habrás hecho tan mal cuando estás a punto de alcanzar el grado de lama. Muy pronto te convertirás por derecho propio en el lama más joven del monasterio de Batang.

Después Lobsang le cuchicheó algo al oído, tras lo cual Dorjee partió hacia algún sitio, no sin antes echarle un rápido vistazo a Thupten.

Al atravesar las puertas del templo, los ojos de Thupten necesitaron adaptarse a la oscuridad reinante en sus entrañas, que contrastaba con la ardiente luminosidad del exterior. Después de ese breve lapso de tiempo, el tejido penumbroso urdido por las lámparas de manteca de yak le permitió vislumbrar una explosión de formas y colores que le cogió completamente desprevenido.

La estancia estaba repleta de frescos, estatuas y ornamentos distribuidos por las paredes y el altar, sin que quedase a la vista un solo hueco libre. Los tibetanos, condenados a poblar las áridas tierras del techo del mundo y acostumbrados a llevar una existencia ruda y exigente, se resarcían a cambio volcando sobre sus moradas divinas toda la exuberancia y el lujo que eludían en su anodina cotidianidad. A Thupten se le erizó el vello de los brazos. El lugar rezumaba paz, pero también encerraba una misteriosa corriente, cargada de una energía tan fuerte, que podía sentirse con tan solo deslizar las manos por delante de la cara.

Thupten clavó la vista en unos cuantos monjes que, acomodados sobre cojines, oraban concentrados mientras mecían sus manos de forma coordinada, componiendo gestos variados en rápidas secuencias. La estampa le recordó de inmediato a la de aquel extraño budista que se había enfrentado en solitario a una noche en el cementerio. Inconscientemente, las manos de Thupten, como si gozasen de voluntad propia, trataron de imitar tan complejos movimientos.

—A los gestos que realizan con las manos les llamamos *mudras* —le instruyó Lobsang—, y cada uno de ellos tiene un significado diferente. En este caso reproducen ofrendas. Por ejemplo, cuando juntan las dos manos formando una copa, configuran una ofrenda de agua. Pero si superponen los dedos evocando espirales de humo que se elevan, entonces la ofrenda es de incienso. Y normalmente, entre un *mudra* y otro ejecutan una grácil circunvalación.

Thupten avanzó unos pasos y barrió el lugar con la mirada. No atisbó un solo rincón sin pintar. Las paredes donde los fieles apoyaban sus espaldas los días de grandes concentraciones se hallaban pintadas de color granate hasta la altura de las caderas, mientras que el resto, toda la parte superior, se había cubierto por completo de frescos que representaban a las grandes divinidades, como Avalokiteshvara, Tera o Manyushri. Del techo, azul en alusión al cielo, colgaban banderolas cilíndricas compuestas por hileras de pequeñas cintas terminadas en rombo. Algunas esquinas de la cubierta, no obstante, exhibían unas manchas grisáceas que afeaban el conjunto, provocadas por el perenne humo de las múltiples y mantecosas velas.

El trono que dominaba la sala llamó la atención de Thupten, quien, excitado y sin considerar el carácter sagrado del lugar donde se hallaba, recorrió el trecho que le separaba del mismo cruzando entre los monjes y regalando algún que otro pisotón en su impetuosa galopada. Lobsang se aprestó entonces a apaciguarles invocando a su comprensión y a su paciencia. El trono, recubierto de brocados y rematado por un imponente respaldo, estaba situado de cara al público y se reservaba para el representante de mayor jerarquía. Habitualmente ese honor recaía sobre Lobsang, salvo cuando se encontraba de viaje, en cuyo caso el lama Dechen ocupaba su puesto.

—¿Puedo sentarme? —rogó Thupten.

A Lobsang le sorprendió el increíble desparpajo del chico, pues a ningún otro novicio se le hubiese pasado por la cabeza pedir semejante cosa, a todas luces impropia y fuera de lugar. Sin embargo, no puso objeción. Lobsang había decidido que el primer día de Thupten en el monasterio fuese como ningún otro que hubiese tenido en mucho tiempo.

—Vale. Pero solo por esta vez —concedió.

Thupten se aupó al trono como si lo hubiese hecho durante toda la vida, y desde allí contempló el escenario prendado de una gran sonrisa y un brillo en la mirada que Lobsang no olvidaría jamás.

—Tienes que bajarte ya —le apremió.

Thupten obedeció y a continuación encaminó sus pasos hacia el altar, sin perder ni un ápice de interés en todo cuanto veía.

El altar lo conformaba un gran estante compartimentado en varios niveles, cuyo lugar de honor se reservaba, como no podía ser de otra manera, para la estatua de Buda. En el mundo occidental la presencia del altar guarda una relación directa con la noción de sacrificio, mientras que en la tradición budista, por el contrario, se asocia con el de ofrenda. La estatua, dorada como el fuego, poseía un tamaño desproporcionado en comparación con el resto de objetos que reposaban en el altar.

Lobsang efectuó tres postraciones que Thupten observó con curiosidad. Entonces el niño, sin necesidad de ser alentado o sin que mediase ninguna indicación, realizó por su cuenta la inclinación imitando a su maestro, con más torpeza que otra cosa, pero con un empeño que para sí hubiesen querido otros novicios más formados que él. Lobsang juzgó positiva la innegable espontaneidad de Thupten, si bien no le cupo duda de que le iba a costar trabajo compatibilizarla con la encorsetada vida monástica.

Thupten se rascó la cabeza ante la presencia de una serie de cuencos perfectamente alineados y separados uno de otro por un dedo de distancia.

—Son los cuencos de ofrendas —manifestó Lobsang—. Imprescindibles en todo altar que se precie.

—¿Y esto otro? —inquirió Thupten, señalando unas figurillas extrañas de forma cónica, a las que no pudo encontrar un parecido con nada que le resultase familiar.

—Son *tormas* —expuso—, otro tipo de ofrendas hechas de manteca y harina, destinadas tanto a atraer la bendición de las divinidades como a aplacar las fuerzas adversas. ¡Pero que ni tan siquiera se te pase por la cabeza la idea de comerlas! —le previno Lobsang, ya advertido de los repentinos arrebatos de su pupilo.

Thupten torció el gesto de forma exagerada, en tono de broma, como si Lobsang le hubiese partido el corazón. En ese instante alguien abrió las puertas del templo y una lámina de luz natural se extendió por el recinto. Se trataba de Dorjee, que volvía de cumplir el encargo que le había encomendado Lobsang unos minutos atrás. El joven monje cerró la puerta tras de sí y se dirigió hacia donde se hallaban.

—Gracias —dijo Lobsang, tomando de manos de Dorjee las cosas que le había traído.

Thupten trató de descubrir la naturaleza de los objetos entregados como un perro que olisqueara por encima de la mesa. No tardó en averiguarlo. Las cosas eran para él.

—Toma —le tendió Lobsang—. Ya va siendo hora de que te deshagas de lo que llevas puesto y luzcas una vestimenta digna de un monje budista.

Thupten admiró la túnica sin poder creerlo. Estaba limpia, olía bien, y lo que era más importante todavía, podía llevarla sin miedo a ser acusado de farsante.

—Y aquí tienes tu cuenco de limosnas —dijo Lobsang—. Cuídalo bien y, pase lo que pase, nunca lo pierdas de vista.

Thupten se aferró al cuenco como si temiese que los monjes budistas se arrepintiesen en el último momento de haberle acogido en su seno.

—Y ahora te mostraré la que será tu residencia —le anunció Lobsang.

—¿Tiene techo?

Lobsang y Dorjee se miraron, y fueron incapaces de contener las risas pese a las miradas de reproche que se ganaron del resto de los monjes que estaban presentes y a los que habían entorpecido en su meditación.

—Tiene techo y hasta una cama —ratificó Lobsang—. Vamos, saldremos del templo y la podrás ver con tus propios ojos.

Thupten les siguió, sintiéndose por vez primera en mucho tiempo bendecido por la dicha.

No llevaba ni dos semanas en el monasterio y Thupten ya iba a tomar parte en uno de los rituales más importantes del budismo *theravada*. Se trataba del habitual acto de *uposatha*, exclusivo para monjes y lamas, pero a la que una vez al año, con el fin de reforzar el espíritu de unidad de toda la comunidad monástica de Batang, Lobsang permitía asistir tanto a los novicios como a las monjas *bhikkhuni*. Incluso planeaba admitir en el futuro la presencia de fieles laicos, con el propósito de renovar el compromiso por parte de todos los colectivos implicados, de velar por el bienestar espiritual del conjunto de la sociedad y mantener vivas las enseñanzas de Buda.

Hasta ese momento, los primeros días de Thupten en el monasterio no podían haber sido mejores. En la escuela de novicios estaba aprendiendo a leer y a escribir, si bien le estaba costando horrores familiarizarse con aquel batiburrillo de garabatos al que llamaban alfabeto y del que hasta entonces nunca había oído hablar. También le instruían en las enseñanzas de Buda, cuya filosofía abordaban de un modo sencillo para que hasta los más pequeños pudieran entenderla. Y por último, había comenzado a memorizar su primer *sutra*, que muy pronto tendría que recitar frente a toda la clase.

Además, a Thupten ya le habían encomendado su primera tarea —la cual siempre asignaban a los más benjamines—, consistente en repartir el clásico té con mantequilla entre los monjes que celebraban una ceremonia de larga duración. Thupten recorría entonces las filas en las que de forma ordenada se disponían los religiosos, cargado con una humeante vasija de metal, cuyo considerable peso cuando estaba llena le arrastraba a un lado y casi le hacía perder el equilibrio.

Thupten revivía por las noches sus crudos días junto al proscrito a través de toda clase de siniestras pesadillas; por eso agradecía compartir habitación con otros novicios, cuya sola presencia aliviaba en buena medida su temor a conciliar el sueño. Sin ir más lejos, y por el mismo motivo, cuando peor lo pasaba Thupten era en las ocasiones en que debía desplazarse a la ciudad para pedir alimento entre los fieles. Allí, fuera del recinto del monasterio, se sentía vulnerable de nuevo e imaginaba los ojos de Wangchuk clavados en su nuca, acechándole en silencio, a la espera de una oportunidad para arrancarle de manos de los monjes budistas.

El tiempo que pasó bajo la tutela del proscrito había trastocado su personalidad y a nivel psicológico le había dejado ciertas secuelas. Thupten mantenía un trato abierto con el resto de la chiquillería que moraba en el monasterio, pero no así con los adultos, a quienes no podía evitar mirar con algo de recelo por culpa de la traumática experiencia vivida con Wangchuk. Desde luego, sabía que los monjes no podían desearle ningún mal, pero la semilla de la desconfianza se le había plantado tan adentro, que solo cabía esperar que sus efectos se fuesen atenuando con el tiempo. El único que escapaba al ojo crítico de Thupten —y no le faltaban motivos, pues además de ser su preceptor le había salvado la vida— no podía ser otro que Lobsang, delante del cual se mostraba sociable y abierto, como el charlatán que siempre había sido.

No obstante, había un monje que, manías de Thupten aparte, sí que le miraba con franco desprecio, como si su pertenencia a la comunidad constituyese un descrédito o le supusiera un ultraje personal. Por ello, siempre que podía, Thupten trataba de evitar al lama Dechen, aunque había veces, como cuando debía servirle el té, en que le resultaba imposible huir de su mirada acusadora y cargada de reproche.

Para Dechen, la admisión del crío en la orden suponía la gota que había colmado el vaso. La caprichosa decisión de Lobsang implicaba no solo disculpar los comportamientos delictivos, sino además, y de paso, desautorizarle frente a Tenzin, la cual una vez más había vuelto a salirse con la suya. Dechen no había parado de darle vueltas al asunto durante los últimos días, y era tanto el rencor que acumulaba, que había resuelto tomar cartas en el asunto de la forma más drástica posible: una vez finalizado el acto de *uposatha*, el viejo lama se desplazaría a la ciudad y denunciaría a Thupten por usurpador —un crimen especialmente repudiado tanto por la sociedad como por la orden budista— y al propio Lobsang como encubridor de tan execrable delito. Los hechos eran indiscutibles, amén de que Dechen contaba con varios testigos, sus propios discípulos, que darían fe de la veracidad de su acusación y de todo cuanto haría constar en su denuncia. El destino del chico le traía sin cuidado, pero no así lo que se hiciese de Lobsang, a quien, tras el fenomenal escándalo que se organizaría, las autoridades oficiales no dudarían en hacer caer sobre él todo el peso de la ley y condenarle en consecuencia. De resultas de todo ello, Lobsang perdería su condición de monje, y por lo tanto de abad, cargo que Dechen se apresuraría a ocupar rápidamente, no tanto por el bien suyo sino por el de toda la comunidad, que en un momento tan difícil necesitaría de un líder firme y experimentado como él.

La mañana de la ceremonia, el gablete de oro que coronaba el techo del templo hacía restallar penetrantes destellos de fuego, arrebatados a un sol de justicia que, con el transcurso de las horas, se iría escondiendo tímidamente detrás de las montañas que daban cobijo al monasterio.

Las *bhikkhuni* llegaron todas juntas en perfecta armonía, haciendo girar sus molinillos de oraciones, ayudándose de sus *maras* para rezar y anidando en su interior un especial gozo que no les cabía en el pecho. No era para menos. La oportunidad que les brindaba Lobsang de compartir un acto de *uposatha* junto a la orden masculina suponía para las monjas una forma de legitimación y un sincero apoyo en el seno de una sociedad profundamente machista. El evento también contenía una especial significación para los novicios, por cuanto representaba una ocasión única para ir familiarizándose con un ritual del que participarían de forma muy activa cuando fuesen ordenados monjes.

Para evitar problemas de espacio, el acto se llevaría a cabo en el exterior, tomando el jardín como escenario y el buen clima como compañero de viaje. Todos se situaron de pie, en filas superpuestas, los monjes a un lado y las *bhikkhuni* y los novicios enfrente, como dos ejércitos encarados en el campo de batalla, separados ambos bandos por un altar improvisado en el que habían dispuesto las habituales ofrendas budistas.

Poco antes de que diese comienzo el acto, Tenzin departió brevemente con Lobsang en un ambiente distendido. Además de los saludos de cortesía, a Lobsang tan solo le alcanzó el tiempo para mostrar su interés por los avances en la construcción del convento de Litang, y a Tenzin para agradecerle su invitación al acto, que tanto valor encerraba para las *bhikkhuni*. Después, la rectora del convento de monjas se dirigió hacia el lugar que tenía asignado, dedicándole una cálida sonrisa a Thupten, al que divisó felizmente ubicado a escasa distancia suya, agolpado entre los novicios de menor edad.

Thupten no se sentía nervioso, sino más bien intrigado. Tanto Lobsang como sus profesores de la escuela le habían aleccionado acerca de la importancia de aquella ceremonia, extremo que le había sido confirmado incluso por los novicios más veteranos. Thupten nunca había visto juntos en un mismo espacio a todos los integrantes, entre monjes y novicios, que habitaban el monasterio, y tan solo esa visión bastó para dejarle impresionado. También se complació al contemplar a las *bhikkhuni*, y no vaciló en corresponder con su mejor sonrisa a la monja que le defendió cuando nadie más lo hizo, hasta que se produjo la milagrosa aparición de Lobsang.

La conducción del acto, de acuerdo al protocolo, debería haberla efectuado Lobsang o, en su lugar, alguno de los otros lamas afincados en el monasterio. Sin embargo, el abad se permitió el lujo de hacer una excepción a esta regla, cediéndole el cometido a Dorjee, que aunque formalmente no había sido nombrado lama todavía, en realidad ya había superado todos los exámenes pertinentes, con excelentes notas, incluido el ritual del *Chod* que había llevado a cabo la pasada primavera. Dorjee agradeció el ofrecimiento de Lobsang, y pese a la responsabilidad que implicaba, ni se le cruzó por la mente rechazar un honor semejante.

Mientras tanto, Dechen observaba asqueado el esperpento al que había quedado reducido aquel acto, aunque solo fuese por una vez al año, con la injustificable presencia de las *bhikkhuni*, los novicios y, para terminar de rematar la faena, oficiado ahora por un monje que ni siquiera había alcanzado el grado de lama. Esta última no era sino una excentricidad más de un Lobsang que, cuando le convenía, pasaba de puntillas por encima de las normas que no le interesaban. Al menos todo aquello le valió para ratificarse en la decisión que había tomado, y efectuaría la denuncia tan pronto finalizase el acto. Las horas de Lobsang como abad, se dijo Dechen, estaban contadas.

Por fin todos ocuparon sus posiciones. El vocerío se transformó en murmullo y el murmullo, en silencio. Dorjee aspiró una bocanada de aire y se dirigió a los asistentes para iniciar la ceremonia con el enunciado habitual:

—Que la comunidad me escuche, venerables, hoy es el día de *uposatha*, el decimoquinto de la quincena. Que comience el ritual.

De entrada, el grupo de monjes músicos comenzó a hacer sonar sus instrumentos, a cuya melodía se unieron los monjes cantores entonando un mantra de bienvenida en perfecta sincronización. La sinfonía de sonidos que brotó de repente se extendió por el lugar como la marea que devora la playa, propagándose por la atmósfera y haciendo vibrar como ninguna otra cosa el alma de Thupten, que hasta entonces no había tenido ocasión de ser testigo de las artes polifónicas de los monjes especializados en la música.

Los platillos dirigían la partitura con su cimbreante chasquido, seguidos un instante después por el cadencioso latido de los tambores, golpeados con energía por jóvenes monjes que sometían su maza a una circunvalación antes de cada tañido. Las trompas, de tamaño telescópico, superiores a los dos metros de longitud, se tocaban a pares produciendo un poderoso bramido que Thupten asoció con el bostezo de las profundidades de la tierra. La orquesta se completaba con el *kangling*, una suerte de flauta tallada en hueso a partir de un fémur humano, la cual gestaba un prolongado eco que se detenía en seco a voluntad del intérprete, y con el largo lamento de la caracola, cuyo timbre se diluía en mitad del concierto igual que la llamada a retirada de una tropa afectada por la derrota.

Las graves voces de los monjes, en consonancia con la música, también resultaban excepcionales, pues a partir de sonidos guturales alcanzaban frecuencias imposibles, siendo capaces de emitir a un tiempo una nota tonal e irreprochablemente armónica.

La música cesó, dejando tras de sí el rastro de su mágica resonancia en las partículas del aire. A renglón seguido, Dorjee tomó la palabra de nuevo e inició un mantra al que todos se le unieron, que tenía por finalidad transmutar las ofrendas que habían depositado en el altar en sus correspondientes alegorías espirituales.

A continuación, abordó la parte que constituía el eje central del acto.

—Quien haya cometido una falta, que la declare. Quien no la haya cometido, que calle. De vuestro silencio, venerables, deduciré que sois puros.

Dorjee fue recitando, divididas en grupos, las diferentes reglas del código disciplinario relativas a la indumentaria, la alimentación, el peculio y varios aspectos más, a cuya finalización algunos monjes —y también monjas— se iban poniendo en pie para admitir su falta, recibiendo una penitencia si correspondía, cuando no la directa absolución. Todo se desarrolló dentro de los cauces habituales.

Dorjee, para finalizar, acometió la lectura del último grupo de reglas, las faltas de categoría *parajika*, cuya desobediencia se castigaba con la inmediata expulsión. No se esperaba, por supuesto, que nadie saliese a la palestra, pues los casos en que tal cosa sucedía eran verdaderamente excepcionales, y en el último decenio, por ejemplo, se podían contar con los dedos de una mano. No obstante, Dorjee aguardó el tiempo estipulado, que, como no podía ser de otra manera, se llenó de un silencio sepulcral.

Hasta que, para sorpresa de todos, se vio bruscamente interrumpido por el llanto de una joven monja.

Todos los presentes clavaron sus ojos en la *bhikkhuni*, pasmados ante su insólita reacción. Dorjee deseó de corazón no tener que verse obligado en su primer acto como oficiante a formalizar una inhabilitación, y mucho menos si era la de una monja. En todo caso, no podía tomar una decisión sin antes escuchar lo que tuviera que decir, algo que todos aguardaban expectantes.

Pero como el tiempo transcurría sin que la protagonista mostrase indicios de acallar sus sollozos o recuperar el control sobre sí misma, Tenzin acudió en su auxilio para prestarle su consuelo en tan delicada situación. El abrazo de la rectora fue surtiendo efecto y poco a poco la monja fue recobrando la compostura. Sin embargo, ante su incapacidad manifiesta para hablar en público, se decantó por compartir con Tenzin, susurrándole al oído, aquellos pensamientos que tanto la afligían.

El rostro de Tenzin adoptó una pose hierática pocas veces vista, y dio un paso al frente con tal contundencia que más de uno comenzó a tragar saliva. Dorjee le concedió la palabra para ver si así salían todos de dudas.

—Os ruego que disculpéis a Bhasundara. Su nerviosismo hace que ni siquiera le salga la voz, de modo que yo os trasladaré la confidencia que me ha revelado, y de la cual hasta ahora ninguna de nosotras tenía conocimiento. —La mirada de Tenzin rabiaba de indignación al tiempo que reflejaba un profundo desencanto—. Dice que hace unos días, cuando se bañaba en el río que se encuentra a espaldas de nuestro convento, atisbó a un hombre que espiaba oculto entre la maleza. Un individuo que, por sus vestiduras, identificó inequívocamente como un monje budista.

La declaración cayó sobre los monjes como un jarro de agua fría, o más bien envenenada.

—Y eso no es todo —anunció Tenzin, dispuesta a no omitir detalle alguno, por escabroso que este fuera—. El sujeto en cuestión, al parecer, no se conformaba con mirar, sino que además, aprovechaba también para aliviar su instinto sexual sucumbiendo a los placeres del onanismo.

Entre los monjes, prudentes por naturaleza, estalló de repente un sinfín de habladurías, haciéndose evidente a primera vista que muy pocos otorgaban excesiva credibilidad a aquella pintoresca historia. Cuando se miraban a sí mismos, todos ellos se sabían inocentes, y les costaba admitir que uno de los suyos pudiera haberse comportado de una manera tan pueril. Mientras tanto, Dechen miraba hacia otro lado como si con él no fuese la cosa.

El asunto había cobrado tal importancia que Lobsang, quien hasta el momento se había mantenido al margen, decidió asumir el liderazgo que por rango le correspondía.

—Silencio, por favor —rogó extendiendo los brazos. Y después, alzando la voz, repuso—: Tenzin, la acusación vertida por Bhasundara es extremadamente grave, pero sin precisar la imputación de poco o nada vale, salvo para soliviantar a la congregación en su conjunto. Sería de gran ayuda, por tanto, que Bhasundara reconociese entre los presentes al monje infractor.

Tenzin asintió e intercambió seguidamente algunas palabras con Bhasundara, que continuaba sollozando arropada por algunas compañeras. La rectora entonces volvió a trasladar al auditorio lo que la monja le había contestado en un plano más íntimo.

—Bhasundara esperaba de corazón que el monje hubiese confesado su falta por voluntad propia; por eso rompió a llorar sin consuelo al comprobar que no lo hacía. Y aunque podría señalar al culpable sin dificultad, la aterra tener que hacerlo y ruega que no le pongas en un aprieto semejante.

—Entiendo… —convino Lobsang.

—A nivel personal, me gustaría aclarar —añadió Tenzin— que si Bhasundara cuenta algo así es porque realmente ha sucedido. Y yo pongo la mano en el fuego por ella.

Las palabras de Tenzin, lejos de apaciguar los ánimos, avivaron aún más las llamas de la indignación, pues hasta que no llegasen al fondo del asunto, la sombra de la duda seguiría planeando sobre todos y cada uno de los monjes sin distinción.

Lobsang se vio obligado a solicitar calma de nuevo, y su voz se escuchó hasta en el último rincón del monasterio.

—Yo garantizo al infractor que si confiesa ahora su falta, le daré una nueva oportunidad que no se merece. Pero si calla y se oculta, entonces me tendrá enfrente, porque peor que la presunta falta que se le atribuye, lo es más una mentira, pues esta, además de a uno mismo, perjudica a toda la comunidad.

Un silencio denso, tupido como una cortina de incienso, volvió a adueñarse del recinto. Lobsang deslizó su mirada entre los monjes por los que tanto había hecho, pero ninguno de ellos se aprestó a devolverle un gesto que señalara al culpable. A priori, todos los rostros parecían reflejar, sin excepción, la tensión del momento. Lobsang quería evitar presionar a la monja en la medida de lo posible, pero si nadie confesaba, se vería obligado a hacerlo.

En ese instante, Lobsang sintió que le tiraban de la manga. Se giró de lado y miró hacia abajo. Allí estaba ni más ni menos que Thupten, que había rodeado el jardín por detrás de monjes y novicios y se había plantado a su lado sin que le hubiese visto venir.

—Ahora no, Thupten —le recriminó—. Por favor, vuelve a tu sitio.

Pero en vez de eso, Thupten señaló a Dechen y en voz alta proclamó:

—Fue él. Yo también le vi.

Un clamor ahogado le siguió a la revelación de Thupten, y después unos segundos de tensión insoportable. Dechen fingió sorpresa, pero no perdió los nervios o la compostura. Si se ponía hecho una furia, no conseguiría otra cosa que darle crédito a las palabras del chico y ponerse a su altura, de modo que pergeñó una réplica en la que mostrarse a un tiempo tanto firme en el contenido como elegante en las formas. El viejo lama sabía sobradamente qué papel interpretar.

—Lobsang, deberías controlar más a tu pupilo, que probablemente piensa que todo esto es un juego del que quiere formar parte. Pero más allá de tus carencias como preceptor, las cuales se han puesto hoy en evidencia, son aún peores las que posees como abad, por cuanto, merced a tus brillantes iniciativas cargadas de originalidad y buenas intenciones, has logrado convertir uno de los actos más solemnes de nuestro monacato en un drama digno del mejor teatro de la ciudad. Nada de esto es serio, Lobsang. Para empezar, porque ni los novicios ni las *bhikkhuni* deberían estar presentes en el acto de *uposatha*.

La puesta en escena de Dechen había sido perfecta. Apenas se había molestado en rebatir la acusación vertida sobre él, y, en cambio, había cargado las tintas en Lobsang y sus decisiones menos ortodoxas para desviar así la atención sobre el verdadero problema.

Lobsang, lejos de dejarse engañar por la oratoria de Dechen y su aparente sosiego, se agachó y le pidió a Thupten que le explicase por qué había efectuado semejante afirmación. Por espacio de varios minutos conversaron en voz baja, ante la inquieta mirada de los presentes, que observaban la escena a la espera de acontecimientos. Thupten le narró con pelos y señales el episodio del proscrito en el río, y fueron tantos los detalles que le proporcionó, que Lobsang excluyó de plano la posibilidad de una ingeniosa mentira, y más aún sabiendo como sabía que la sinceridad con mayúsculas formaba parte indisoluble del espíritu de Thupten.

Lobsang se incorporó y se dirigió a Dechen, retomando el conflicto en el punto en que lo habían dejado.

—Yo creo que el chico dice la verdad —dictaminó—. No me cabe la menor duda de ello. Es más. Thupten te vio en primavera, por lo que deduzco que esta no ha debido de ser tu primera vez.

Dechen apretó los dientes, incapaz de disimular los colores que le ascendían por las mejillas. Su fachada impertérrita comenzaba a agrietarse con cada revés que recibía.

—Es inaudito que deposites más credibilidad en un crío que en un lama. Pero viniendo de ti, a estas alturas ya nada me sorprende.

Dechen aguantaba el tipo y seguía jugando sus cartas con la habilidad de un tahúr.

—¡El novicio no miente! —exclamó de repente Bhasundara. La monja, por fin, espoleada por la valentía de aquel niño, se armó del valor suficiente como para acusar públicamente a un lama cuya influencia y poder habían bastado para intimidarla sin necesidad de pronunciar una sola palabra—. Siento no haberlo dicho desde un principio, pero efectivamente, quien me espiaba era el lama Dechen.

La confesión de Bhasundara provocó un fenomenal revuelo. Los monjes se removían inquietos en el sitio, se daban codazos unos a otros y murmuraban comentarios de estupor. Las tornas habían cambiado y el conflicto había dado un inesperado vuelco. Dechen, superado por los hechos, acabó por explotar.

—¡Esto es ultrajante! —aulló—. Una conspiración urdida por Tenzin y Lobsang para desacreditar mi buen nombre. Pero la acusación no se sostiene. Es mi palabra contra la de un niño y una mujer. ¡No pienso tolerarlo!

Lobsang acalló cuanto antes los disparates que Dechen podía llegar a escupir en semejante estado de enojo y desesperación, pese a que cada aseveración que salía de su boca, lejos de arreglar las cosas, era una piedra más que se tiraba sobre su propio tejado. Tocaba, de una vez por todas, ponerle punto y final al asunto.

—Dechen, has cometido una infracción de la categoría *parajika*, y me atrevería a decir, sin temor a equivocarme, que además lo has hecho de forma reiterada. Debes, por tanto, abandonar la comunidad.

A la sentencia de Lobsang le siguió un profundo silencio. Muy pocos de los presentes habían sido testigos de una expulsión, y mucho menos en circunstancias tan insólitas.

Dechen se cruzó de brazos y miró a Lobsang con entereza desafiando abiertamente su veredicto. No pensaba moverse de allí.

Lobsang negó con la cabeza. Resultaba evidente que el viejo lama estaba dispuesto a darle guerra hasta el último momento. Y lo más irónico de todo era que no podía obligarle a acatar su decisión. El sistema de jurisprudencia del budismo monástico *theravada* establecía que la comunidad no podía juzgar a un monje que se negase a reconocer sus faltas. Todo se reducía, en última instancia, a una cuestión de honestidad y respeto entre el monje y el código disciplinario.

La situación parecía haberse estancado en punto muerto. ¿Qué debía hacer Lobsang a continuación? ¿Proseguir con el acto y abordar el asunto de la expulsión a la finalización de la ceremonia? ¿No estaría Dechen saliéndose entonces con la suya frente a toda la comunidad? Lobsang discurría a toda prisa, pero por más vueltas que le daba a la cabeza, no se le ocurría una salida al conflicto. Fue Dorjee, cuya participación como conductor del acto parecía haberse olvidado, quien dio el primer paso para desatascar la situación.

El joven lama se situó frente a Dechen, y sin molestarse siquiera en despegar los labios, se giró sobre sus pies dándole la espalda.

El desconcierto en el rostro del viejo lama se hizo patente. ¿A qué venía semejante sandez? El resto de los asistentes, de entrada, tampoco comprendió el gesto, pero no así Tenzin que enseguida interpretó las intenciones de Dorjee como si le hubiese leído la mente. La rectora le imitó, y al punto, lo hicieron todas las *bhikkhuni*. El bloque al completo de las monjas budistas le volvió la espalda a Dechen en perfecta armonía, como un escuadrón realizando una maniobra. Entonces comenzó a vislumbrarse el cuadro cuya primera pincelada había perfilado un Dorjee asombrosamente inspirado. Al lama Dechen le estaban aplicando, ni más ni menos, que el *patta nikujjana kamma*, el castigo reservado para los fieles laicos que se alejaban seriamente de las enseñanzas de Buda.

—¡Pero qué hacéis! —bramó Dechen—. ¡Esto es ridículo!

Y sin embargo, muchos otros monjes, también partidarios de la medida, siguieron el ejemplo de Dorjee y las *bhikkhuni* en un incesante goteo sin visos de detenerse pese a las protestas de Dechen. No eran pocos los religiosos que estaban hartos de las salidas de tono del viejo lama y de sus comportamientos erráticos. Los novicios también se giraron, cansados ya del desprecio que habitualmente les solía dispensar. Incluso sus propios discípulos, que se resistieron durante un tiempo impelidos por un noble sentimiento de lealtad, también acabaron sumándose a la improvisada rebelión. Dechen estaba fuera de sí, gritaba indignado y no cesaba de gesticular, mientras contemplaba impotente cómo se iba quedando cada vez más aislado.

—¡Basta! ¡Ya basta os digo!

En su estado de alteración, Dechen agarraba a algunos monjes y trataba en vano de obligarles a que se diesen la vuelta.

—¡No podéis hacer esto! ¡Va contra las normas!

Cierto, no podían, pero se lo habían hecho, y ahora, no importaba donde mirase, tan solo veía espaldas que expresaban un rechazo unánime y rotundo. Aunque a Dechen le rodeaban en aquel instante más de tres centenares de personas, nunca en su vida se había encontrado tan solo.

Dechen, acorralado, fue poco a poco viniéndose abajo. Cesaron los gritos y los gestos histriónicos. Le había costado trabajo, pero parecía que al fin estaba aceptando su derrota. Más aún, su culpa.

Cuando alzó la vista, descubrió que tan solo había una persona que no le había dado la espalda. Lobsang se acercó a él con lentitud, le posó una mano en el hombro y le miró fijamente a los ojos. Dechen parecía otro, ya desprendido de la coraza de la que se había valido para traicionarse a sí mismo y a los principios budistas que tanto había llegado a querer. Sin embargo, ya era demasiado tarde para lamentaciones o disculpas.

Dechen agachó la cabeza y acató su destino. Aun así, enfiló el camino de salida sin darle el gusto a Lobsang de admitir la autoría de la falta *parajika* que le había valido la expulsión, si bien la aceptación del castigo constituía, por sí misma, suficiente admisión de su culpa.

Durante varios días no se habló de otra cosa en el monasterio de Batang. Acontecimientos de aquella índole no sucedían a diario. Algunos se jactaban ahora de que el declive espiritual de Dechen se veía venir desde hacía bastantes años, pero pocos imaginaban que pudiera haberse desviado tanto del camino de pureza. Aquello suponía una advertencia en toda regla para los monjes en su totalidad, por cuanto si un lama se había dejado arrastrar hasta tal extremo por las pasiones humanas, podía sucederle a cualquiera que no se esforzase lo suficiente. Al final Lobsang, tal como se propuso en su momento, había solventado el problema que le había obligado a permanecer en Batang durante la primavera, pese a lo cual se sentía enormemente apenado por que su resolución se hubiese producido de una manera tan cruel.

Pero Dechen ya formaba parte del pasado, y ahora Lobsang volcaba gran parte de sus energías en el pequeño Thupten. El abad, después de todo, había encontrado fascinante su nuevo papel como preceptor y, al igual que en todo lo que hacía, se estaba empleando a fondo para obtener los mejores resultados. Su actual tarea consistía en tratar de averiguar, como era norma habitual con cada nuevo novicio que ingresaba en el monasterio, si Thupten gozaba de algún talento natural o habilidad en la que destacase por encima de la media y, de ser así, orientarle en aquella dirección.

Las especialidades eran enormemente variadas, tanto en lo intelectual como en lo artístico, y si a pesar de todo no sobresalía en ninguna de ellas, como a veces ocurría, siempre podría dedicarse a tareas más mundanas, aunque no por ello menos importantes, relacionadas con la limpieza o el mantenimiento del recinto monacal.

Sin embargo, para decepción de Lobsang, tras una semana sometiendo a Thupten a diferentes pruebas, no parecía que su discípulo poseyera ninguna capacidad especial.

En primer lugar habló con los monjes que enseñaban en la escuela de novicios. Pero cuando les preguntó si Thupten mostraba dotes para los estudios, en cuyo caso podía haber iniciado una carrera con el fin de alcanzar el grado de lama como en su día hubiese hecho Dorjee, le dijeron que, muy al contrario, el crío no parecía poseer una mente excesivamente brillante.

—¿Manifiesta quizás facultades para la meditación? —preguntó entonces Lobsang. En ese caso, en el futuro podría recibir una formación especial en centros de retiro alejados del monasterio, donde el propio Thupten podría averiguar si tenía o no vocación de asceta, como en algunos casos ocurría.

—¿Bromeas? —le replicaron—. Este crío es hiperactivo; con suerte logramos que se concentre en un solo punto durante más de un minuto seguido.

En el arte pictórico, pensó Lobsang, muy desarrollado en la tradición monástica tibetana, tal vez Thupten encontrara su destino. De modo que una tarde le dejó junto a los monjes pintores para que le diesen una oportunidad y examinasen su talento. Los artistas se empleaban en aquel momento en la confección de un *tanka*, una pintura realizada sobre una tela de algodón que después se podía enrollar y transportar a cualquier sitio. A Thupten le proporcionaron su propio lienzo de tamaño reducido, así como los pigmentos naturales con los que poder dibujar y aplicar los colores.

—Se lo ha pasado en grande —le contaron después a Lobsang—. De eso no cabe duda. Pero, honestamente, no intuimos que posea grandes dotes de artista.

A lo mejor, se dijo entonces Lobsang, su atolondrado discípulo destacaba como artesano. Un grupo de monjes utilizaba la arcilla con gran oficio para la fabricación de estatuas y otros ornamentos decorativos. Aquel material en particular se adaptaba muy bien al clima de la altiplanicie, hasta el punto de que las obras ni siquiera necesitaban ser cocidas, pues la propia pureza y sequedad del aire bastaba para garantizar su buena conservación. Por desgracia, Thupten tampoco demostró en el arte escultórico excesiva destreza, por decirlo amablemente.

La música constituía la última baza de Lobsang, así que aquella misma tarde el *umze*, como se denominaba al responsable de aquella disciplina, se hizo cargo de Thupten para escrutar su habilidad con los instrumentos y hacerle también una prueba de canto.

Cuando Lobsang regresó, Thupten le saludó agitando la mano y continuó aporreando un tambor con una amplia sonrisa bordada en los labios. El *umze* se alejó unos pasos para informar a Lobsang del resultado de los ensayos, aunque por la expresión de su mirada, el abad una vez más se preparó para lo peor.

—¿Tiene buena voz? —inquirió Lobsang sin demasiada convicción.

—No te ofendas, Lobsang —replicó el *umze* sin andarse con rodeos—, pero si quieres que te diga la verdad, algunas cabras del campo entonarían mejor que el bueno de Thupten. Y que conste que el crío es un encanto. Aunque eso sí, lleva ya más de media hora atizándole al tambor y ya me tiene un poco harto.

—Hasta a mí me empieza a doler la cabeza —admitió Lobsang.

—Su sentido musical es completamente nulo —prosiguió el *umze*—. Ha probado el *kangling*, la trompa, el tambor y hasta los platillos. Y aunque le pone voluntad, no es capaz de mantener el ritmo, ni tampoco de arrancarle a los instrumentos un sonido mínimamente decente.

—¿Quizás más adelante...? —aventuró.

El *umze* ni siquiera le contestó, y se limitó a encogerse de hombros. Al margen de ello, ya fuera más o menos talentoso, o más o menos listo, eran otras las cualidades, como su compasión y honestidad, las que hacían sentirse a Lobsang tremendamente orgulloso de su pupilo.

En ese momento, Thupten se acercó hasta ellos sosteniendo algo entre las manos que le había llamado poderosamente la atención.

—Este instrumento no lo he probado —dijo—. ¿Puedo?

—Es una caracola —reveló el *umze*—. De todos los instrumentos, es el más complicado de hacer sonar, pues para ello hay que dominar la técnica del soplo continuo, que permite tocar y respirar al mismo tiempo, para poder interpretar así largos fragmentos sin ninguna interrupción.

Tras la explicación, le despidió con una palmada en la cabeza y le dio permiso para probarlo, pues al fin y al cabo tampoco hacía ningún mal.

—Yo tardé años en aprender a tocar la caracola —le confesó a Lobsang—. Requiere de muchísima práctica, aunque pocos instrumentos resultan tan gratificantes una vez que llegas a dominarlo.

No terminó de realizar el comentario, cuando una dulce y armoniosa melodía se deslizó en los oídos de ambos casi de forma misteriosa. El *umze* y el abad se dieron la vuelta para contemplar una estampa que de ninguna manera podía ser real. Y sin embargo, lo era. Thupten tocaba la caracola con una pericia y una maestría tales, que para sí hubiesen querido los músicos más expertos.

Al *umze* casi se le desencajó la mandíbula varios centímetros de golpe.

—No había visto semejante prodigio en toda mi vida —atinó a murmurar.

Lobsang tampoco, si bien para él no significó sino un motivo más del que sentirse orgulloso de Thupten.

* * *

El verano se deslizó sin hacer ruido entre las montañas, y el acostumbrado aire cortante que barría cada mañana el exterior de la cueva se transformó en una cálida brisa. Una explosión de colores rojizos bañaba los valles y los macizos rocosos, mientras que el agua de los caudalosos ríos se teñía de verde esmeralda. Las cumbres más altas eran las únicas que perpetuaban en el horizonte su perenne estampa blanca.

La vida en la montaña ya se había convertido en rutina para Chögyam. Desde luego, llevaban una vida contemplativa, pero que a la vez exigía un gran esfuerzo, dado que se reducía a la mera meditación y a repetir hasta la saciedad los mismos mantras y oraciones. Y seguramente casi ningún otro niño, a excepción de Chögyam, por su particular carácter flemático, hubiese sido capaz de soportarla. Por fortuna, las enseñanzas del maestro aliviaban el tedio y aumentaban el interés de Chögyam por el camino del *dharma*. Por no mencionar que, de cuando en cuando, también gozaba de sus momentos de distracción, para lo cual el asceta le había tallado otra figura de madera que emulaba a un guerrero tibetano de antaño.

Chögyam tampoco entendía la gran disciplina mental a la que el lama ermitaño le sometía con tanta insistencia.

—Mi deber es prepararte para un momento crucial —se limitaba a darle por toda respuesta.

Y poco más le podía sonsacar, aunque Chögyam sospechaba que se debía a que ni siquiera el propio asceta conocía los detalles.

Sin embargo, durante el transcurso de la estación estival Chögyam fue notando que las rutinas sufrían alteraciones que se salían de lo acostumbrado. El asceta había disminuido el tiempo que empleaba para instruirle y también había dejado de tallar. Por el contrario, había incrementado de forma notable sus largas sesiones de meditación, en las cuales se sumía en letargos cada vez más profundos.

Aquella extraña actitud del asceta obedecía a un motivo que se antojaba trascendental, del cual, hasta el momento, no había querido hacer partícipe a su discípulo. Y es que la chispa del anciano languidecía dentro de su ser, se apagaba y anunciaba su desaparición. El asceta había percibido su pronta partida y se preparaba para la muerte.

Finalmente llegó el día señalado. Chögyam se despertó una mañana y enseguida reparó en el estado agonizante del asceta. El lama ermitaño permanecía sentado en la postura de meditación, pero se veía obligado a apoyar la espalda contra la pared de la cueva. Su respiración era imperceptible y sus ojos habían perdido definitivamente cualquier atisbo de color.

Chögyam se inclinó sobre él con el rostro demudado por la preocupación.

—Maestro, ¿os encontráis bien?

—Es mi hora, Chögyam. —Su voz era apenas un hilo de aliento desprovisto de consistencia.

—No puede ser —suplicó en vano. Chögyam entonces le tomó de la mano, una garra encogida de uñas largas y retorcidas y gélida como el hielo.

A Chögyam se le humedecieron los ojos y, durante unos segundos, a través del velo de lágrimas que se le había formado en las retinas, contempló fascinado que el asceta llevaba sobre su cabeza un sombrero negro como una vez le hubiera dicho. La visión del sombrero, que a él más bien le pareció una corona, desapareció tras el primer parpadeo, pero no las palabras de su maestro referidas a que si alguna vez lo veía, él pasaría entonces a ser su portador.

—Maestro, ¿qué haré sin vuestra ayuda?

—Dispones de un refugio, y también sabes dónde obtener agua y comida. Sigue meditando y no olvides todo lo que te he enseñado.

—Pero durante el invierno las condiciones son muy diferentes. Ni siquiera podré soportar el frío.

—No te preocupes —replicó el asceta—. Antes de que llegue el invierno ya te habrán encontrado.

Chögyam pugnaba por contener el llanto. Se le había formado un nudo en el estómago y nunca había sentido la cueva tan pequeña como en aquel preciso momento.

—Préstame atención, Chögyam. Ahora entraré en el *tukdam*, la última meditación. Un estado de abstracción profunda que hará de puente hacia mi muerte —explicó el asceta—. Pues bien, si durante ese proceso logro el nivel más alto de realización espiritual y alcanzo el Despertar, mi cuerpo material será absorbido por la esencia de sus elementos constitutivos y se transformará en luz, dejando tras de sí únicamente las uñas y el cabello.

Chögyam asintió, tratando de asimilar las palabras del maestro.

—Este prodigio, notorio entre los yoguis y los sabios budistas tibetanos, se conoce como «cuerpo de arco iris», porque viene acompañado de manifestaciones espontáneas de luces en el cielo.

El lama ermitaño tuvo que efectuar una pausa para tomar aire antes de continuar. Chögyam le escuchaba con los oídos bien abiertos.

—Esperarás tres días a partir de mañana. Y al cuarto observarás el estado de mi cuerpo. Si aún se encuentra presente, lo arrastrarás hasta el saliente de la cara norte de la montaña, nuestro habitual lugar de meditación, y lo dejarás ahí hasta que los ángeles del cielo, las *dakini*, se lo hayan llevado. ¿Lo has entendido?

—Sí maestro, a la perfección —convino Chögyam—. Pero andaba yo pensando… ¿Y si nos ahorramos todo este trance y retrasáis el momento de vuestra muerte para otra ocasión, a ser posible lo más alejada posible en el tiempo?

El asceta esbozó una sonrisa, pero negó con la cabeza.

—Me temo que tal cosa no está a mi alcance —admitió.

Chögyam se resignó y apretó la mano de su maestro en un sincero intento por demostrarle su cariño.

Poco después el asceta se despidió haciendo uso del último resquicio de su voz, y a continuación cerró los ojos para iniciar un viaje del que ya no regresaría jamás.

Chögyam quiso aferrarse a su rutina diaria para pasar el resto de la jornada, pero en realidad se dedicó a hacerle compañía al asceta durante casi todo el tiempo, pese a que el anciano ya ni se movía y su resuello se había reducido a la mínima expresión. Fue un día que rememoraría siempre con mucha vaguedad, como si una bruma opaca le hubiese nublado la mente para protegerle del recuerdo.

A la mañana siguiente, Chögyam comprobó que el asceta había dejado de respirar y que ya no daba señales de vida. Entonces comenzó a llevar la cuenta de los tres días que se había comprometido a esperar para ver qué se hacía del cuerpo del anciano. Chögyam tuvo tiempo de sobra para llorar a su maestro, y después para sentir un intenso miedo ante la soledad que le aguardaba por tiempo indefinido.

La mañana del segundo día, Chögyam observó un extraño cambio en el cuerpo del asceta: habría jurado que este había encogido ligeramente de tamaño. Al día siguiente, sin embargo, se despejaron todas sus dudas, pues la reducción de sus hechuras se hacía evidente a simple vista. Las sorpresas no dejaron de sucederse. Todavía más llamativo resultó constatar que el cuerpo no solo no se corrompía, sino que además despedía un olor agradable.

Chögyam compartió una noche más con el cadáver del asceta, y en la mañana del cuarto día pudo contemplar el desenlace de la espera. El cuerpo no había desaparecido, pero sí que había encogido medio metro hasta alcanzar el tamaño del de un niño de unos siete u ocho años. Lo sucedido era buena prueba del elevado grado de realización espiritual que había alcanzado el lama ermitaño, aunque no se hubiese consumado el «cuerpo de arco iris».

Tocaba, por tanto, trasladar el cuerpo hasta el lugar indicado por el anciano para cumplir su última voluntad. Chögyam lo agarró por los pies y fue tirando de él a lo largo del perímetro que rodeaba la montaña. El peso no supuso un problema, pues un saco de plumas le hubiera puesto en un aprieto mayor. Lo realmente duro fue sentir cómo la piel del asceta se iba haciendo jirones conforme lo arrastraba por el abrupto terreno salpicado de peñascos y guijarros puntiagudos.

Cuando llegaron a la lámina de tierra que se extendía sobre el vacío, Chögyam caminó por ella y depositó el cuerpo al borde del abismo. Atrás habían quedado los días en los que a Chögyam le invadían sudores fríos y el vértigo le atenazaba las rodillas. Miró hacia arriba. El sol resplandecía con autoridad desde su pináculo en el cielo. Chögyam se alejó del cuerpo y retrocedió unos pasos hasta situarse a una distancia de diez metros. Se sentó y esperó acontecimientos.

No pasó mucho tiempo hasta que el primer buitre hizo su acto de presencia, sirviendo rápidamente de reclamo para todos los demás. Entre empujones y aleteos, una numerosa bandada se congregó en torno al cuerpo del asceta para sumarse al inesperado banquete. Los carroñeros usaron sus picos curvos para rasgar la piel y los tendones, así como para extraer el tuétano de los huesos. Algunos buitres miraron a Chögyam de reojo y otros más directamente, pero el niño les sostuvo la mirada y ninguno de ellos hizo siquiera ademán de acercarse.

Los buitres dieron buena cuenta de los restos mortales del asceta, empleándose con tal ansia que no dejaron ni el menor rastro de su ser. Chögyam observó a los ángeles remontar el vuelo de nuevo y perderse en la lontananza. Entonces, un gigantesco arco iris se apareció en el horizonte, su paleta de colores luciendo en simetría. Y cuando los ángeles lo franquearon a su paso, Chögyam se preguntó si después de todo el lama ermitaño no habría llegado a alcanzar el Despertar y a entrar por la puerta grande en el Nirvana, como siempre había soñado.

Una vez finalizado el enterramiento celeste, Chögyam regresó a la cueva y se preparó para su vida en solitario. El otoño aguardaba a la vuelta de la esquina.

* * *

El tiempo no daba tregua, y las fechas se sucedían en el calendario sin que en el monasterio de Tsurpu se hubiese producido novedad alguna digna de mención.

Con el niño de Shigatse habían quemado el último cartucho de que disponían, y desde que se produjera aquel sonoro fracaso no había surgido el menor indicio que les pusiese sobre la pista de un nuevo candidato. Eran tantos los errores acumulados, que ya ni los astrólogos se atrevían a realizar cálculos ni predicciones, ni los gurús y grandes lamas osaban hacer gala de sus dotes de clarividencia.

La situación no podía ser más tensa, pues a la frustración que sentían los propios responsables de la escuela Kagyu ante su incapacidad para hallar al *tulku*, se añadía la presión que ejercía sobre ellos la intención expresada por el emperador Kublai Kan de conocer al Karmapa como requisito previo e indispensable para convertirse al budismo. Al menos al emperador no se le esperaba antes de un año, pues sus compromisos de gobierno le impedían por el momento embarcarse en un viaje al Tíbet, como tampoco había llegado todavía el anunciado representante mongol que se suponía habían enviado con la misión de supervisarles.

Kyentse, sin embargo, andaba revolucionado porque durante la última semana se le venía repitiendo el mismo sueño una noche tras otra. Un sueño en el que su antiguo maestro, el difunto Karmapa, trataba de comunicarse con él y proporcionarle algún dato. A Kyentse no le cabía la menor duda de que aquella era la señal que tanto habían estado esperando, y que su sueño encerraba la clave que les pondría sobre la pista del auténtico *tulku*, si bien, hasta el momento, tenía que admitir que no había logrado desentrañar ningún significado con efectos eminentemente prácticos.

Pero Kyentse no desesperó, y tras reconocer que por sí solo no sacaría nada en claro, se decidió a compartirlo con Tsultrim para conocer su opinión.

El abad se sintió halagado y prestó toda su atención al relato de Kyentse. En su sueño, el monje aparecía en medio de una luz cegadora que empapaba todo cuanto había a su alrededor. Kyentse entonces echaba a andar, hasta que a los pocos pasos oía resonar la palabra «Karmapa», reverberante y amplificada, como si el sonido procediese del eco de una montaña. La voz no le resultaba familiar, de modo que Kyentse continuaba avanzando a través del resplandor, reparando en que el contorno de luz se rebajaba de forma gradual a cada paso que daba, hasta que la situación se invertía y terminaba por envolver su marco de referencia en la más completa oscuridad. En el nuevo escenario la voz cesaba, y tras un breve silencio, era sustituida, esta vez sí, por la de su querido maestro, que se dedicaba a recitar una y otra vez su mantra de carácter predilecto. «Om mani padme hum».

—¿Y después? —inquirió Tsultrim.

—Después nada. Eso es todo cuanto alcanzo a recordar.

El abad se rascó el cráneo mientras cavilaba ante la atenta mirada de Kyentse.

—Sin duda el sueño oculta un significado que no somos capaces de ver a simple vista —constató.

—Opino exactamente igual.

El abad se devanaba los sesos por interpretar el sueño bajo una perspectiva diferente a la convencional.

—Me intriga la metamorfosis de la luz en oscuridad. —Tsultrim pensaba a toda velocidad y materializaba en voz alta las ideas que le venían a la mente—. Y desde un punto de vista más prosaico, también me resulta llamativo que el Karmapa muriese declamando el mantra de tu sueño.

Kyentse rumió las palabras del abad, dejando que calasen en su interior. Entonces sintió que una chispa se le prendía en el corazón como hacía tiempo que no le sucedía. Era su inspiración, que espoleada por las observaciones de Tsultrim, por fin se había dignado a hacer acto de presencia.

—¡Eso es! —exclamó sujetando a Tsultrim por los hombros y zarandeándole suavemente—. La clave está en lo que acabas de decir.

—¿Puedes explicarte?

—El Karmapa no paró de recitar el mantra en su lecho de muerte; estamos de acuerdo en eso. Pero, ¿recuerdas que además, justo antes de exhalar su último aliento, agarró con la mano el *ghau* que reposaba en su pecho?

—Sí, es cierto.

—Tsultrim, ¿te consta si hubo alguien que llegara a examinar su contenido?

El abad se llevó la mano a la frente comprendiendo el terrible error que habían cometido desde un principio. En su día habían efectuado un registro rutinario entre las pertenencias del Karmapa con el fin de comprobar que no hubiese dejado una carta indicando el paradero del *tulku*, práctica de la que ya existía más de un precedente. Sin embargo, Tsultrim estaba seguro de que nadie había inspeccionado el *ghau*, pues no se tenía por costumbre abrir los amuletos de protección de las personas fallecidas.

Tsultrim negó.

—Si yo no lo hice y tú tampoco, dudo que ningún otro monje pudiera haberlo hecho.

—¡Comprobémoslo entonces! —instó Kyentse.

Ambos lamas, incapaces de contener las ansias, emprendieron una carrera por los pasillos del monasterio ante la atónita mirada del resto de compañeros, que nunca habían visto al abad y al Rinpoche de semejante guisa, apurados por las prisas y sujetándose los bajos del hábito monacal para desplazarse con mayor rapidez.

En cuanto llegaron a los aposentos privados del Karmapa, donde sus pertenencias se conservaban intactas, recuperaron el resuello y no tardaron en localizar el colgante de marras.

Kyentse sostuvo el *ghau* entre sus manos al tiempo que Tsultrim lo observaba con anhelo. Esperaban que la diminuta caja de oraciones adosada al metal contuviese un pedazo de papel doblado varias veces sobre sí mismo, en el que además de figurar escrito el mantra predilecto del Karmapa, incluyese también unas palabras de su puño y letra aludiendo al destino del *tulku*.

—¡Ábrelo de una vez! —apremió Tsultrim.

Kyentse levantó la tapa y un retazo de pergamino se deslizó entre sus dedos. Las manos le temblaban sin control. Lo desplegó. Por un lado, el consabido mantra, y al dorso, un mensaje dejado por el Karmapa antes de morir en el que indicaba las circunstancias de su renacimiento.

Los dos monjes se miraron como si no pudiesen dar crédito al hallazgo tras siete años de búsqueda infructuosa. Después les embargó una enorme alegría y se fundieron en un sentido abrazo.

Releyeron la carta tantas veces que no tardaron mucho en aprendérsela de memoria. El escrito dejado por el Karmapa decía así:

> *En tierras tibetanas, al este de aquí.*
> *En la región de los ríos celestiales.*
> *Abriendo el paisaje, el valle del Loto.*
> *Mi santuario, una cavidad tenebrosa.*
> *Sobre mí se derraman lágrimas dulces.*
> *Y debajo de mí, una legión de pilares.*

El contenido del mensaje resultaba tan críptico como cabía esperar, pero la ambigüedad, la imprecisión y el doble sentido de las palabras constituían la nota habitual en aquel tipo de escritos de tan singulares características. Ahora les tocaba a ellos escrutar cada frase, interpretar la literalidad de las palabras y saber leer entre líneas.

Los dos primeros versos dejaban muy a las claras que señalaban a la región de Kham. Dicha región estaba situada en el Tíbet oriental y por sus tierras discurrían algunos de los ríos más importantes de Asia. Hasta ahí no había dudas y todos los consultados mostraron su conformidad. Sin embargo, Kham abarcaba una vastísima extensión de terreno, de manera que se antojaba crucial delimitar aún más el área de búsqueda. La respuesta debía proporcionarla el tercer verso, pero en ese punto se habían topado con un problema que les tenía desconcertados, pues tras haber consultado a los sabios más eminentes, todos les habían manifestado que no existía en Kham —ni en todo el Tíbet— un valle bautizado con ese nombre. Y por lo que al resto de versos se refería, todos coincidían en que no cobrarían sentido hasta no haber esclarecido el anterior.

No obstante, los expertos admitieron la posibilidad de que existiese en alguna parte un valle tan pequeño que careciese de denominación, y al que quizás los lugareños de la zona se refiriesen al mismo, popularmente, con el apelativo de la carta. Con todo, encontrarlo no les iba a resultar tarea fácil.

—Tendríamos que desplazarnos a Kham e indagar nosotros mismos sobre el terreno —sugirió Kyentse.

—Ni hablar —replicó Tsultrim—. No conocemos la región y acabaríamos siendo un lastre para nuestros propios intereses. Deberíamos encargarle esta misión a alguien de nuestra confianza, y al que toda aquella zona le resulte familiar.

El rostro de Kyentse se iluminó pasados tan solo unos instantes.

—¡Ya tengo a nuestro hombre! —anunció—. El lama Lobsang Geshe, un querido y viejo compañero.

El abad apenas se demoró un segundo en considerar su propuesta.

—¡Por supuesto! —admitió Tsultrim—. Su formación es excelente, por no hablar de su determinación y meticulosidad. ¿Cuánto hace ya que dejó Tsurpu?

—Diez años. Los mismos que lleva dirigiendo el monasterio de Batang. Aunque me consta que se pasa la mayor parte del tiempo en los caminos, predicando las enseñanzas de Buda por cuantos pueblos y aldeas se va encontrando a su paso. Si no conoce el Valle del Loto, no me cabe la menor duda de que lo encontrará.

—No se hable más —zanjó Tsultrim—. ¿Le enviamos una misiva con los detalles de la misión?

—No. Le haremos llamar —determinó Kyentse—. La importancia del cometido merece que se lo expliquemos en persona. Además, deseo que él mismo lea la carta original del Karmapa, palpe su *ghau* y se pasee por sus aposentos hasta que se empape por completo de su energía y de su recuerdo.

La decisión estaba tomada. Aquel mismo día, un mensajero partió hacia Batang con un recado urgente para el lama Lobsang Geshe.

CAPÍTULO V

Otoño

«*Incluso un novicio que se dedica a la doctrina del sublime despierto ilumina este mundo como una luna que emerge de las nubes.*»

Dhammapada, 382

En el monasterio de Batang todo discurría conforme a la rutina habitual. Thupten se había acostumbrado a su vida como novicio y Lobsang planificaba recuperar su actividad misionera a través de la extensa región de Kham.

Sin embargo, la situación dio un vuelco inesperado con la llegada de un mensajero procedente de Gurum, el cual traía una carta firmada por los responsables del *gompa* de Tsurpu. La misiva urgía a Lobsang a acudir tan pronto como le fuera posible al lugar donde se había formado como monje budista. No explicaba los motivos, pero se intuían de una naturaleza verdaderamente excepcional. Lobsang no imaginaba de qué podría tratarse, ni tampoco adivinaba por qué su concurrencia se antojaba tan importante. No obstante, obedecería sin rechistar y se pondría a disposición de la plana mayor de sus compañeros de la escuela Kagyu.

Lobsang ultimó los preparativos de la travesía, que efectuaría junto a un par de monjes de Batang y una caravana de nómadas con la que compartirían viaje durante la mayor parte de la ruta. Thupten también se uniría a la expedición. Para el pequeño, la presencia de Lobsang aún seguía siendo esencial, de modo que insistió en acompañarle y prometió repetidas veces no ser un problema. Lobsang no puso objeción. El viaje no constituía en modo alguno un obstáculo en su labor como preceptor, de manera que lo aprovecharía para proseguir con el adiestramiento de su pupilo y profundizar en ciertas enseñanzas. A Thupten, eso sí, no le quedó más remedio que prescindir de la preciada caracola —instrumento que tocaba siempre que podía— porque el monasterio no disponía de más ejemplares y la necesitaban para los oficios y ceremonias.

En los primeros compases del camino, cuando atravesaron el puerto de montaña en dirección oeste, Thupten reconoció al instante el escenario que había sido testigo de la tragedia de su familia. Lobsang advirtió que el crío se estremecía y que un buen puñado de lágrimas se le agolpaba en los ojos y amenazaba con rodarle por las mejillas. La mueca de Thupten volvió a asemejarse entonces a la de aquel niño triste e indefenso que se encontró en una calle de Batang.

—No mires al precipicio —le instó mientras le consolaba con su abrazo—. Es mejor que cierres los ojos. Muy pronto dejaremos este lugar atrás.

—Yo estaba cayendo y mi hermano ya se había salvado, ¿sabe? Pero en el último instante una ráfaga de viento lo cambió todo. En realidad debería haber sido yo, y no Chögyam, el que tendría que haber caído en el fondo de este valle.

El trayecto resultó fatigoso, pero tal y como había prometido, Thupten no se quejó ni una sola vez. Los caminos se encontraban bastante concurridos durante aquella época del año. Se cruzaron con robustos mercaderes que transportaban sus efectos a la espalda en armazones de madera, y también con amplias familias de nómadas que, seguidas por sus rebaños de animales, se desplazaban hacia tierras menos inhóspitas donde instalarse para poder pasar el invierno. Lluvias ocasionales les obligaban a parar y a protegerse temporalmente de su furia cuando descendían por pendientes resbaladizas, para disfrutar al minuto siguiente de una fastuosa vista de la meseta tibetana, tan lisa y brillante como el tejado de cualquier templo budista.

Tres semanas más tarde avistaron Gurum, y muy poco después, el magnífico *gompa* de Tsurpu, circundado por una colorida telaraña conformada por un sinfín de banderas de plegarias. Thupten no daba crédito a lo que veía, como si sus ojos se obstinaran en mostrarle una realidad que no podía ser cierta. La impresionante ciudad monástica, con sus propias calles y edificios, ganaba con creces cualquier comparación con el monasterio de Batang, al que superaba en cuatro veces su tamaño. El acceso principal constituía una zona de tránsito en la que cientos de monjes entraban y salían, cada cual con su propia misión y un deber minuciosamente asignado. Thupten, aunque abrumado, se sintió de inmediato cómodo en aquel sitio.

Lobsang visitó Tsurpu por última vez con ocasión del funeral del Karmapa, y de eso hacía ya siete años. El lugar le inspiraba un profundo sentimiento de añoranza, y por supuesto, de cariño. Después de todo, la mayor parte de su vida había transcurrido tras aquellos muros, desde que su familia, ante la imposibilidad de poder alimentarle, le hubiese entregado a los monjes budistas siendo un niño no mucho mayor que Thupten. El *gompa* no había cambiado en nada desde que lo abandonara una década atrás, y a Lobsang no le cabía la menor duda de que, pasara lo que pasase, siempre podría considerar aquel rincón del Tíbet como un segundo hogar, al que quizás regresaría en el futuro para saborear su vejez, al igual que lo hiciera tanto con su infancia como con su juventud.

Lobsang anunció su llegada, y en tan solo un par de minutos su viejo colega Kyentse Rinpoche acudió a recibirle exhibiendo una franca sonrisa que expresaba muy a las claras la inmensa alegría que sentía de verle por fin allí. Ambos lamas se inclinaron juntando las palmas de sus manos cumpliendo con el saludo de rigor, para fundirse a continuación en un sentido abrazo que condensaba por sí solo el afecto que se profesaban tras muchos años de compartir estudios y experiencias. Aunque la vida les hubiese llevado por sendas diferentes, el fuerte vínculo que entre ambos existía no se quebraría jamás.

Sorprendentemente, Thupten, quizás imitando a su maestro, también se abalanzó lleno de entusiasmo sobre Kyentse, que apenas logró auparlo y sostenerle entre sus brazos, pues a su edad el crío ya pesaba lo suyo.

—No sabía que los niños se te dieran tan bien —bromeó Lobsang.

—Ni yo tampoco. Por lo menos hasta ahora —replicó Kyentse depositando a Thupten en el suelo—. ¿Habéis tenido un buen viaje?

—Pesado, como todos. Pero lo importante es que ya estamos aquí.

Kyentse asintió complacido.

—Lobsang, disculpa las prisas, pero el asunto por el que te hemos hecho llamar no puede esperar. Debes acompañarme inmediatamente a ver al abad para que podamos explicarte el motivo de nuestra misiva.

—Por supuesto —aceptó.

—Mientras tanto, los monjes y el novicio que han venido contigo son libres de pasear por el *gompa* con total libertad.

Lobsang se percató enseguida de que Kyentse le conducía hacia los aposentos del difunto Karmapa, lo cual le extrañó, pues la tradición mandaba que no se alterase nada hasta la localización de su sucesor.

—¿Qué ocurre? ¿Acaso habéis hallado al *tulku*?

—Todavía no —repuso Kyentse—. Y precisamente ese es el problema.

Llegaron a su destino, donde Tsultrim Trungpa ya les aguardaba tan ansioso como en él solía ser habitual. El abad de Tsurpu, al menos, alivió algo la tensión de su semblante en cuanto Lobsang apareció por la puerta seguido de Kyentse.

—Te agradezco que hayas atendido a nuestra petición con tanta prontitud —dijo.

—Estoy a vuestra disposición —contestó Lobsang.

Tsultrim fue directo al grano y le explicó con detalle el proceso que les había llevado al punto actual. Desde el principio, la búsqueda del *tulku* había supuesto un fracaso sin precedentes. Los candidatos se fueron sucediendo uno tras otro, pero ninguno de ellos logró superar siquiera la prueba preliminar. Ni los astrólogos estuvieron acertados en sus predicciones, ni el comité de monjes sabios hizo gala de sus afamadas dotes de clarividencia. Hasta que por fin, en fechas muy recientes, y a través de un sueño que se le había repetido a Kyentse hasta la saciedad, hallaron una carta dejada por el propio Karmapa en la que indicaba las claves para localizar a su futura reencarnación.

—El Karmapa había escondido la carta en el interior de su *ghau* —terció Kyentse—. Por eso se nos pasó por alto en un principio.

—Quizás el deseo del Karmapa fuera que no la descubrieseis antes de tiempo —apuntó Lobsang—. Y solo cuando llegó el momento adecuado te lo hizo saber a través del sueño que tantas veces se te manifestó.

Tsultrim y Kyentse se miraron de reojo. También ellos habían barajado aquella posibilidad, que en boca de Lobsang les pareció más plausible si cabía.

—Pero… ¿qué papel juego yo en todo esto? —inquirió Lobsang.

Tsultrim se limitó a hacerle entrega del pedacito de pergamino que contenía el mensaje dejado por el Karmapa. Lobsang lo leyó en silencio, sin denotar cambio alguno en la expresión de su rostro.

—Comprendo… —murmuró—. Es evidente que el *tulku* se encuentra en la región de Kham, aunque lamento deciros que nunca he oído hablar del Valle del Loto.

Tsultrim y Kyentse no pudieron ocultar su decepción, si bien tampoco les causó gran extrañeza.

—De todas maneras —señaló Kyentse—. Estamos convencidos de que eres la persona idónea para llevar a cabo esta misión.

Lobsang meditó la propuesta durante unos instantes.

—Es una responsabilidad enorme, como también lo es la confianza que habéis depositado en mí —manifestó—. Pero si ese valle existe, os aseguro que lo encontraré y daré también con el *tulku*.

Lobsang releyó la carta nuevamente, contempló el *ghau* del Karmapa y a continuación examinó el resto de sus pertenencias personales. Tsultrim y Kyentse le dejaron hacer en silencio hasta que Lobsang pareció darse por satisfecho. Después le facilitaron algunos datos más que le pudieran servir de utilidad, referidos a los augurios que rodearon al fallecimiento del Karmapa y las últimas palabras que pronunciara en su lecho de muerte. Lobsang pareció absorber toda aquella información con la misma facilidad que siempre había tenido para los estudios y que le había permitido alcanzar el grado de *Geshe* a una edad tan temprana.

—Pero hay más —anunció entonces Tsultrim—. Otro asunto, directamente relacionado, del que debemos ponerte al corriente.

Lobsang frunció el ceño. Tenía el presentimiento de que aquella otra parte no le iba a gustar nada.

—Drogön Chögyal Phagpa, el líder de la escuela Sakya, se encuentra en la corte de Kublai Kan transmitiéndole las enseñanzas de Buda, por las cuales el emperador ha mostrado un interés más que significativo. Así pues, es más que probable que Kublai Kan se convierta al budismo. —Tsultrim efectuó una pausa dramática antes de continuar—. Sin embargo, el emperador mongol no tomará una decisión definitiva sin antes haber conocido al Karmapa…

—… Algo que hoy en día es imposible —puntualizó Lobsang.

—Exacto —confirmó Tsultrim—. Pero es que además el emperador desconfía del proceso de sucesión, de modo que ha enviado a un representante mongol con el fin de garantizar que no adulteramos los cauces reglamentarios establecidos.

—Es ridículo —observó Lobsang—. Nosotros más que nadie somos los principales interesados en no errar en la elección del *tulku*, y desde luego nunca manipularíamos su nombramiento atendiendo a intereses espurios o de cualquier otra índole.

—Desde luego, pero quien manda es el emperador —aseveró Tsultrim—. Y no tenemos alternativa. El representante mongol te acompañará en tu búsqueda y supervisará que no haya fraude y que todo se realiza de manera ejemplar.

Tras aquella revelación, Lobsang fue consciente de que el peso de su responsabilidad pasaba a ser doble y la presión que ya sentía se vio inmediatamente multiplicada por dos. A pesar de todo, no se arredró lo más mínimo y aceptó con determinación la trascendental tarea que habían puesto en sus manos.

A continuación guiaron a Lobsang hacia las dependencias reservadas para los invitados ilustres, lugar donde se hospedaba el representante mongol, llamado Kunnu, al que habían acogido con todos los honores.

—Es un hombre extremadamente reservado —le explicó Kyentse—. Nunca sale del recinto y los monjes procuran evitarle a toda costa.

Cuando estuvo en presencia del mongol, a Lobsang le llamó la atención el contraste entre sus buenos modales y la tosquedad de su apariencia. Kunnu era de estatura baja y rozaba la cincuentena, pero conservaba un poderoso físico al que muy pocos se hubiesen atrevido a plantar cara. Su indumentaria estaba compuesta por un gorro de piel con orejeras, casaca y unas pesadas botas de cuero. Lobsang habría jurado que se trataba de un uniforme militar, especialmente por el elemento que remataba su estampa, un sable de doble curvatura que, más que ninguna otra cosa, le hizo desconfiar de entrada del misterioso enviado de la corte imperial.

Lobsang y Kunnu se midieron con la mirada durante unos segundos que se hicieron eternos. No se conocían de nada y pertenecían a culturas diametralmente opuestas, pero a ninguno de los dos se le escapaba que a partir de aquel momento sería mucho el tiempo que compartirían juntos tras la pista del *tulku*.

—Partiremos mañana mismo —se limitó a decir Lobsang.

Habida cuenta de la forzosa compañía que arrastraría de forma permanente, personificada en el enigmático mongol, Lobsang no juzgó prudente llevarse consigo a Thupten en el viaje de vuelta. Decidió que sería mejor en su lugar dejarle en el monasterio de Tsurpu, donde no le faltaría de nada y estaría perfectamente cuidado, y lo recogería de nuevo cuando hubiese regresado de su incierta misión. El problema estribaba ahora en cómo se lo tomaría Thupten, que hasta el momento nunca se había separado de su vera desde que le rescatase de las calles de Batang.

Como no podía ser de otra manera, encontró a su pupilo en la sala de instrumentos musicales, pidiendo permiso al *umze* de Tsurpu para tocar la caracola. Lobsang le explicó entonces sus planes, poniendo en cada palabra el mayor tacto posible para que Thupten comprendiese el motivo de su decisión y que en ningún caso pensase que le estaba abandonando. Sin embargo, para sorpresa de Lobsang, Thupten no pareció tomarse nada mal la noticia, y tan solo puso como condición que fuese el lama que les había recibido en la puerta quien hiciese durante su ausencia las veces de preceptor.

Kyentse no dudó en aceptar aquella petición que Lobsang le formuló como un favor personal, y se comprometió no solo a velar por el bienestar del crío, sino también a continuar con su formación en el mismo punto en que la hubiesen dejado. Asimismo, a Thupten le aseguraron que podría tocar la caracola siempre que quisiera, pues en Tsurpu había ejemplares de sobra para todos los aprendices de música y a buen seguro que su extraordinario talento inspiraría además al resto de los novicios.

La mañana de la partida las temperaturas descendieron de manera significativa. El sol no era más que un borrón dorado y timorato, obstruido por un cúmulo de nubes negras, cuyo resplandor apenas alcanzaba a alumbrar como es debido las estupas distribuidas por los cuatro puntos cardinales del monasterio. Thupten rodeó con sus brazos la cintura de Lobsang y apretó la cara contra su barriga.

—Sé bueno y obedece siempre a Kyentse —señaló Lobsang mientras le devolvía el sentido abrazo.

Thupten asintió. No podía hablar porque sentía un nudo en la garganta. Que se encontrara feliz en Tsurpu no implicaba que no se entristeciese por la marcha de su maestro.

Sin más, Lobsang se dirigió hacia la salida, donde Kunnu, a lomos de un caballo salvaje mongol, le aguardaba sin que su rostro hierático dejase traslucir sentimiento alguno, ya fuese de simpatía o animadversión.

* * *

Camino de Batang, el representante mongol trataba de mantener a toda costa las distancias con los monjes budistas.

Lobsang encabezaba la marcha junto a los dos monjes que le acompañaban, mientras que Kunnu la cerraba unos metros más atrás, estableciendo una barrera de silencio entre ambos bandos que tan solo se astillaba cuando debían decidir cuestiones de tipo práctico sobre los avatares del viaje. Lobsang, sin embargo, se resistió con tesón a la ley del silencio impuesta por el mongol, y procuró por todos los medios arrimarse a él para darle conversación e intentar conocerle mejor, con el fin de crear un mínimo lazo de confianza que se le antojaba tan chocante como necesario.

Kunnu se mostró un hueso verdaderamente duro de roer y Lobsang tuvo que emplearse a fondo para arrancarle alguna palabra de su boca que arrojase un poco de luz acerca de su pasado. Pese a todo, al final logró averiguar que el mongol era un general retirado que ahora servía al Gran Kan en misiones de corte diplomático y otras de naturaleza similar. Sus peores sospechas, por tanto, se vieron tristemente confirmadas. Lobsang conformaba ahora tándem con alguien que había hecho de la violencia su oficio, y que había dedicado gran parte de su vida a aniquilar a otros seres humanos en guerras injustas perpetradas bajo el auspicio de los poderosos. Justo el polo opuesto a la filosofía pacifista que predicaban los monjes budistas, en virtud de la cual el regalo de la vida constituía el bien más preciado, más allá de las diferencias por raza, religión o bandera.

Lobsang aprovechó también el largo recorrido para diseñar su plan de actuación. Iniciaría las pesquisas en Batang, y si no obtenía resultados, se iría desplazando hacia el este deteniéndose en cada provincia hasta barrer palmo a palmo toda la región de Kham. La búsqueda le llevaría meses, de eso no le cabía duda, pues además de la enorme extensión de terreno que tendría que cubrir, se había propuesto seguir cualquier pista, por insignificante que esta fuese. Lobsang era plenamente consciente de que dependería de los lugareños de cada provincia para que le diesen razón del misterioso valle que buscaba, que no figuraba en mapa alguno del Tíbet. Muchos se verían obligados a abandonar sus quehaceres para ayudarle a encontrarlo, con el perjuicio que ello les supondría. Por tanto, con el fin de estimular su cooperación, y también para sufragar los gastos del viaje, los responsables del monasterio de Tsurpu les habían provisto con una espléndida cantidad de dinero que Kunnu se ocupaba de custodiar con un celo rayano en la obsesión.

Tan pronto llegaron a Batang, Lobsang le confió a Dorjee, que ya había sido ordenado lama, todos los detalles de la misión que le había sido encomendada, y después contactó con las autoridades locales para que hiciesen correr la voz entre la población de que los monjes budistas precisaban la ayuda de nómadas, comerciantes o campesinos, en definitiva, de todos aquellos que se considerasen expertos conocedores de la comarca, y que su colaboración sería generosamente recompensada.

Al día siguiente, atraídos por la tentadora gratificación, la afluencia de candidatos no cesó en toda la mañana, llegando a superar las mejores expectativas de Lobsang. Para recibirles habían acondicionado una sala del monasterio en la que el propio Lobsang, con Dorjee a un lado y Kunnu al otro, aguardaban sentados en el suelo, como si conformasen un tribunal que, en lugar de juzgar, tan solo pretendía obtener información. La dificultad de la tarea se puso enseguida de manifiesto tras comprobar que, después de pasar todo un día entrevistando lugareños, a cada cual más entendido, ninguno de ellos supo darles cuenta acerca de un valle que se hiciese llamar del Loto, o proporcionarles tan siquiera la menor orientación.

Lobsang escucharía a los voluntarios que acudiesen al monasterio durante un par de días más, pero si en ese tiempo nadie les proporcionaba una sola pista, descartaría Batang de su lista y se desplazaría a continuación a la siguiente provincia donde proseguir con su búsqueda, la cual en realidad no había hecho más que comenzar. No obstante, a última hora de la tarde se presentó un candidato cuya intervención no iba a resultar tan estéril como la del resto.

El hombre que tenían delante evitaba mirarles directamente a los ojos; su aspecto era sucio pese a que trataba de disimularlo, y ocultaba una de sus manos detrás de la espalda.

—Es un proscrito —advirtió Dorjee al oído de Lobsang.

—Seré breve —susurró el abad—. No perdemos nada por interrogarle.

Wangchuk permanecía en pie con cara de pocos amigos, mientras observaba susurrar a los lamas. Lobsang desconfió enseguida de aquel tipo, pero por falta de datos específicos, en ningún momento lo asoció con el desalmado que tanto daño le había causado a Thupten.

—¿Cómo se llama? —le preguntó al desconocido.

Wangchuk les dio un nombre falso. Odiaba haber tenido que acudir a aquel lugar después de haber jurado no volver a pisar el monasterio en toda su vida, y mucho menos teniendo en cuenta el riesgo que corría si Thupten le sorprendía allí y finalmente se decidía a denunciarle por los crímenes que había cometido contra su persona. Sin embargo, su desesperada situación, que había empeorado notablemente desde la marcha del crío, tampoco le había dejado otra alternativa. La llamada del dinero había sido una tentación más poderosa que su encendido odio contra los budistas o el miedo que podía sentir a ser objeto de un nuevo castigo. Con todo, si había respondido al anuncio era porque verdaderamente cumplía con el perfil, pues a lo largo de sus numerosos años ejerciendo como pastor había llegado a adquirir un pormenorizado conocimiento de Batang y de sus tierras fronterizas.

—¿Conoces o has escuchado alguna vez hablar del Valle del Loto?

—No… —replicó Wangchuk tras bucear en su memoria—. Por lo menos aquí en Batang. De eso estoy seguro.

—Es lo que nos temíamos —declaró Lobsang—. Todos los candidatos anteriores han coincidido en la misma respuesta.

El sentimiento de decepción se cebó en ambas partes. Los monjes comenzaban a frustrarse ante la interminable retahíla de negativas recibidas, mientras que Wangchuk se maldecía por la oportunidad perdida de haber ganado una sustanciosa cantidad de dinero.

—Aunque... —Un recuerdo olvidado cruzó entonces por su mente.

Lobsang se inclinó hacia delante y le invitó a continuar. El gesto del proscrito, como si algo le hubiese venido a la cabeza de repente, parecía completamente genuino y no una artimaña para captar su atención.

—Sé de un valle muy estrecho que ni siquiera tiene nombre. En la cara de la montaña se aprecia una curiosa protuberancia que, observada bajo la perspectiva adecuada, permite entrever las trazas de una flor de loto esculpida en la roca.

Wangchuk, que no tenía mucha imaginación, había atinado a adivinar aquella forma en la roca muchos años atrás, favorecido por el embriagador efecto de la bebida —un detalle que prefirió omitir para no restarle credibilidad a su propia historia—.

Lobsang asintió. Desde luego, no era una gran pista, pero merecía la pena investigarla para ver hasta dónde les podía llevar. Además, había sido la única que habían podido recabar en todo el día.

—¿Nos podrías conducir hasta ese lugar? —preguntó.

Wangchuk se felicitó al descubrir el interés que había despertado en el lama. No se esperaba que le tomaran muy en serio, y mucho menos haber creado semejante expectación.

—¿Y... podría decirme a qué importe asciende la recompensa anunciada?

Dorjee y Lobsang se miraron e intercambiaron impresiones en voz baja.

—No me fío —insistió Dorjee.

—A mí tampoco me gusta, pero albergo el convencimiento de que dice la verdad.

Dicho esto, el general mongol extrajo un puñado de monedas de la bolsa de cuero que descansaba entre sus piernas. A Wangchuk le chispearon los ojos ante el brillo del metal.

—Te daremos la mitad si nos llevas hasta el sitio del que nos has hablado, y la otra mitad si allí encontramos lo que andamos buscando —explicó Kunnu en su primera intervención en la entrevista.

La cantidad que sostenía el mongol en su mano ya le pareció a Wangchuk bastante suculenta, pero imaginar la cuantía total que habría en la bolsa que guardaba el resto, como poco veinte veces más, casi le dejó sin respiración.

—Pero te lo advierto, si no es cierto lo que nos has contado acerca de esa extraña forma en la roca —señaló Lobsang—, entonces te irás con las manos vacías.

—Trato hecho —afirmó el proscrito.

—Bien, pronto comenzará a anochecer. Partiremos mañana por la mañana.

Wangchuk les condujo al puerto de montaña que precedía el acceso a Batang. Al proscrito tan solo le acompañaban Kunnu y Lobsang, pues Dorjee se había quedado en el monasterio para entrevistar a los voluntarios que se presentaran aquel día. El trío se desplazaba a pie porque Wangchuk les había asegurado que el lugar se encontraba muy cerca, aunque tras media hora atravesando el sendero que se perfilaba al borde del precipicio, embestidos por la gélida brisa temprana que bajaba desde las altas cumbres nevadas, la caminata comenzó a resultarles más cansada de lo previsto.

Lobsang observó a su alrededor y reconoció el punto aproximado donde Thupten le había confesado entre sollozos haber perdido a su familia por culpa de una terrible tormenta.

—Estaba por aquí —murmuró Wangchuk para sí mismo, mientras contemplaba cada pocos pasos la montaña situada al otro lado del abismo, que nacía al pie de una arboleda de cedros hundida en la cuenca del angosto valle.

Lobsang comenzó a dudar de la utilidad de aquel desplazamiento al ver las constantes muestras de inseguridad exhibidas por el proscrito, que más que otra cosa parecía estar dando palos de ciego. Wangchuk leía la desconfianza en los ojos del lama, lo cual no le ayudaba en nada, salvo para ponerle más nervioso y meterle más presión de la necesaria. El único que permanecía impasible era Kunnu, quien, sin dejar de prestar atención a todo cuanto acontecía a su alrededor, se mantenía replegado en su burbuja de silencio.

—¡Allí! ¡La veo! —El eco entre los riscos multiplicó por cuatro el entusiasmado grito de Wangchuk.

Lobsang avistó una joroba que sobresalía de la ladera de la montaña en su parte más alta, sin vislumbrar nada de particular.

Frunció el ceño y le dedicó al proscrito una significativa mirada de desaprobación.

—Tienes que situarte aquí y observarla desde esta perspectiva —le explicó Wangchuk.

Lobsang obedeció a regañadientes, cada vez más convencido de que el proscrito le estaba haciendo perder un tiempo precioso. Nada más lejos de la verdad. Desde el ángulo adecuado y la iluminación precisa, el juego de aristas y sombras creado por la roca le confería la sorprendente forma de una inmensa flor de loto que hubiese brotado de la montaña. No fue hasta que la tuvo ante sus ojos que Lobsang venció sus recelos iniciales y le atribuyó a aquella pista la importancia que realmente se merecía.

—Es cierto… —musitó.

—En efecto —convino Wangchuk—. Ya te lo había dicho. Y ahora, ¿puedo cobrar el primer pago de la recompensa?

—No hasta que nos guíes hasta la montaña —replicó Lobsang—. Y si allí encontramos lo que andamos buscando, no solo recibirás la mitad sino la totalidad del pago prometido.

—¿Pero qué es lo que buscáis?

Lobsang estimó no revelarle al proscrito toda la verdad, pero sí algo que le pudiese servir de referencia.

—Buscamos a una persona —aclaró.

El rostro de Wangchuk no ocultó un evidente gesto de incredulidad.

—¿Una persona? ¿Allí? Eso es imposible —dictaminó el proscrito—. ¿Qué motivo llevaría a nadie a adentrarse en aquel sitio? La montaña es un pedazo de roca de ascensión escarpada y naturaleza casi baldía, cuyo acceso al valle resulta tan complicado que durante el invierno la nieve y el hielo lo dejan incomunicado por completo. Por no servir, ni siquiera sirve para llevar a pastar el ganado.

El representante mongol tampoco creía posible que hubiese nadie en aquel valle, y mucho menos un niño de corta edad. Kunnu no exteriorizó lo que pensaba ni perdió un ápice de su compostura, pero estaba seguro de hallarse persiguiendo las sombras de una extraña religión en la que él no creía, conformada por meditadores de cabeza rapada que supeditaban la herencia de su estirpe a la creencia en una reencarnación milagrosa con escasos visos de ser cierta.

—Repito que no es posible —insistió el proscrito.

—Seguramente estás en lo cierto —admitió Lobsang—. Pero a veces hay motivos que escapan a nuestro entendimiento, normalmente aquellos que están más cercanos a la fe que a la razón. De modo que… ¿cómo llegamos hasta allí?

Wangchuk se mordió la lengua. Le gustara o no, el budista estaba al mando; si quería recibir su puñado de monedas no le quedaba más remedio que acatar sus instrucciones.

—De acuerdo —sentenció de mala gana.

Lobsang y Kunnu siguieron al proscrito a lo largo del paso de montaña durante otra media hora, a través de la vereda que dejaba atrás la cordillera y se adentraba en la altiplanicie dominada por las grises llanuras. Pero antes de abandonar del todo el sendero que bordeaba el macizo, Wangchuk les hizo detenerse y señaló un abrupto collado que emergía junto al sendero en el lugar donde el precipicio alcanzaba su punto más bajo.

Lobsang expresó su contrariedad exhalando un largo suspiro.

—Es el único punto de acceso al valle —le advirtió Wangchuk encogiéndose de hombros.

—Pues que así sea.

La bajada del collado poseía una gran pendiente, y en algunos tramos tuvieron que usar las manos para no perder el equilibrio y sujetarse al terreno regado de guijarros y de resbaladizos esquistos. Wangchuk se apañó como pudo, algo más impedido que los demás como consecuencia del muñón que remataba su brazo izquierdo.

Culminado el descenso se internaron en la arboleda de cedros gigantes. Aún les aguardaba un buen trecho hasta alcanzar la cara de la montaña que Lobsang se había propuesto explorar, y en cuyas alturas se hallaba la curiosa protuberancia que les había llevado hasta allí.

Mientras caminaba y refunfuñaba por lo bajo, Wangchuk se dio cuenta de la magnífica oportunidad que el destino le había servido en bandeja. ¿Por qué conformarse con el pago que le habían prometido, que ahora tampoco le parecía gran cosa, si podía hacerse con todo el botín que el mongol llevaba consigo en su inseparable bolsa de cuero? El asesinato, hasta la fecha, no había formado parte del historial delictivo de Wangchuk, pero… ¿acaso no había siempre una primera vez para todo? Desde luego, por lo que a él se refería, la desaparición de aquel par de individuos de la faz de la tierra no le provocaría remordimiento alguno de conciencia. Si acaso al contrario, pues con el tiempo acabaría regodeándose en su gesta. El mongol era un invasor, un extranjero que años atrás había sembrado el terror en el Tíbet, y su muerte, por tanto, bien podría entenderse como un acto de justicia. Y por lo que respectaba al lama, no estaría haciendo otra cosa que consumar su tan ansiada venganza. La denuncia interpuesta por el abad tras el robo que había perpetrado en el templo provocó que le amputasen una mano y le arruinasen la vida.

Poco a poco y según avanzaban, la idea fue cobrando fuerza en la imaginación del proscrito. Los cadáveres de sus víctimas nunca serían encontrados en las profundidades de aquel estrecho valle, y si alguna vez lo hacían, para entonces él ya se encontraría muy lejos de allí. Quizás en Lhasa o en Shigatse, una ciudad grande donde poder pasar desapercibido y comenzar una nueva vida provisto de aquella inmensa cantidad de dinero. Podría montar un negocio relacionado con el comercio, o a lo mejor con el ganado… cualquier cosa que le permitiese despedirse para siempre de su miserable existencia. No se trataba de un plan premeditado, pero las circunstancias se habían aliado a su favor de tal manera, que desaprovechar aquella oportunidad sería una estupidez de la que se arrepentiría durante el resto de su vida. El riesgo era elevado, por supuesto, pero también lo sería la recompensa si salía victorioso del lance.

Wangchuk debía ahora improvisar un plan de actuación. Necesitaba situarse en una posición ligeramente ventajosa en relación a sus dos objetivos, para pillarles así desprevenidos y perpetrar los crímenes que había concebido en su mente. Sin pensárselo dos veces, Wangchuk fingió tropezar con una raíz y se arrojó al suelo de bruces.

Lobsang se inclinó sobre el proscrito preocupado por el tremendo golpe que acababa de sufrir.

—¿Estás bien?

Wangchuk se sujetó un pie y apretó los dientes con fuerza, como dando muestras de padecer un intenso dolor.

—No es grave —repuso Wangchuk—, pero hagamos una breve pausa. Ahora mismo no puedo seguir caminando.

—De acuerdo —convino Lobsang—. A todos nos vendrá bien un descanso.

Kunnu tomó asiento sobre una piedra, hastiado ya de aquella expedición a la que no le encontraba sentido alguno. Lobsang, por su parte, se arrellanó en el suelo y adoptó la postura de meditación. Tenía el presentimiento, un cosquilleo en la boca del estómago, de que se hallaba tras el genuino rastro del *tulku*. Costaba creer que pudiera haber tenido tanta suerte, pero, ¿y si después de todo se encontrase allí mismo, en las inmediaciones de Batang? Lobsang visualizó mentalmente la primera parte de la carta del Karmapa, que por descontado se sabía de memoria:

En tierras tibetanas, al este de aquí.
En la región de los ríos celestiales.
Abriendo el paisaje, el valle del loto.

Si estaba en lo cierto, a partir de aquel momento debía centrarse en buscar las correspondencias que se citaban en el resto del mensaje:

Mi santuario, una cavidad tenebrosa.
Sobre mí se derraman lágrimas dulces.
Y debajo de mí, una legión de pilares.

Mientras Lobsang especulaba acerca del significado que podían esconder aquellas palabras, el proscrito se levantó a duras penas, quejándose ostensiblemente del pie pero moviéndolo ya con cierta ligereza, tras lo cual se alejó para orinar. A su regreso, avisó, podrían reanudar la marcha de nuevo.

Kunnu le observó algo escamado cuando pasó cojeando por su lado sin apenas apoyar el pie que supuestamente se había torcido en la caída. Desde un principio, el proscrito no le había parecido un tipo de fiar, pero tampoco le tenía por un hombre peligroso del que tuviera que andarse con especial cuidado. Al fin y al cabo, no se trataba más que de un pobre desgraciado acostumbrado a los pequeños hurtos para ganarse la vida. El general mongol, sin embargo, cometió un grave error al menospreciar la amenaza que podía representar Wangchuk.

El proscrito se puso a orinar de verdad, porque con los nervios le habían entrado ganas. La jugada le había salido bien.

Tenía a sus dos objetivos justo donde los quería. Había llegado el momento de pasar a la acción.

Wangchuk se giró y efectuó un rápido análisis de la situación. El mongol le daba la espalda, lo cual era perfecto. A continuación se acercaría sigilosamente a él, y haciendo uso de su viejo cuchillo romo, le degollaría como a un animal que hubiese sido elegido para su sacrificio. Quitarse de en medio al mongol en primer lugar resultaba crucial, pues contaba con un temible sable y una fuerza que saltaba a la vista. Después se ocuparía del budista, que aunque para entonces ya se habría percatado de su plan y pese a su corpulencia, no debería suponerle un gran problema pues se hallaba totalmente desarmado. Si Lobsang le plantaba cara le rajaría a la menor oportunidad, y si trataba de huir le perseguiría hasta darle caza. En cualquiera de los dos casos, acabaría tan muerto como el mongol.

Wangchuk avanzó el primer metro procurando que sus pisadas no produjeran ruido alguno. El corazón comenzó a latirle desbocado. Concebir un plan en su cabeza era tarea fácil, pero llevarlo a la práctica era un asunto bien distinto. No obstante, la decisión estaba tomada y ya no daría marcha atrás. Wangchuk apretó el cuchillo con más fuerza para infundirse coraje. Tres metros le separaban del mongol: si en ese instante se hubiese dado la vuelta, le habría sorprendido in fraganti, sin excusa posible que alegar para salvar el pellejo. Para entonces ya estaba jugándoselo todo al doble o nada. Dio un nuevo paso. Una capa de sudor frío le cubrió la frente y la espalda. Wangchuk estaba seguro de que la suerte se había aliado con él, pues aunque el budista estaba de frente, se había entregado a la meditación y mantenía los ojos cerrados, de manera que ni siquiera le vería acercarse. En el ambiente flotaba el dispar sonido provocado por las aves e insectos, el murmullo de un río a lo lejos y el susurro del viento que ululaba entre las altas colinas. Ya solo un metro de distancia le separaba del mongol, que seguía sentado en la piedra, ajeno a la amenaza que se le venía encima. Wangchuk aguantó la respiración y se preparó para propinar el tajo definitivo. Blandió el cuchillo en el aire y un rayo de sol que se filtró a través de las hojas de los árboles centelleó en el metal.

Aunque Lobsang meditaba amparado en su propio refugio interior, había aprendido a mantener la mente alerta. Tanto es así que, cuando percibió un destello de luz cruzándole el rostro, abrió los ojos a tiempo para ver al proscrito abatirse sobre Kunnu como una araña se deslizaría sobre su presa. No alcanzó a gritar, pero no hizo falta siquiera. El general mongol advirtió la expresión de horror en el rostro de Lobsang y, ejecutando una rápida maniobra, se apartó de la trayectoria del cuchillo que se cernía sobre su garganta. Los movimientos de Kunnu superaban en velocidad a la propia vista de Lobsang, que reaccionaba siempre con un segundo de retraso: el mongol se giró rápidamente al tiempo que desenvainaba su espada, y al instante siguiente ya la había hundido en el estómago del proscrito, cuya incrédula mirada reflejaba la misma expresión de asombro que lucía el propio Lobsang, el cual se había limitado a ser un mero testigo del suceso.

Kunnu se empleó con tanta saña que el sable atravesó de lado a lado el cuerpo de Wangchuk, hasta el punto de que el extremo de la hoja le asomaba por la espalda goteando lágrimas de color carmesí. El mongol retiró la espada y contempló al proscrito sostenerse sobre sí mismo durante unos pocos segundos. Wangchuk dejó caer al suelo su patético cuchillo, sin terminar de creerse lo que acababa de ocurrir, y después hincó sus rodillas en tierra, como si realizase una genuflexión, tratando en vano de contener el manantial de sangre que le brotaba de la herida con la ayuda de una mano y el muñón de la otra. Las entrañas se le escapaban por el estómago, al igual que su vida. Luego sintió la boca llenársele de sangre, que enseguida comenzó a chorrearle por la comisura de los labios.

Wangchuk agonizó durante algunos minutos más antes de morir.

Lobsang había presenciado la escena absolutamente horrorizado. Kunnu había actuado con una increíble frialdad, aunque tampoco podía reprocharle nada, pues resultaba evidente que lo había hecho en defensa propia.

—¿Qué haremos con el cuerpo? —inquirió Lobsang cuando recuperó el habla.

—Lo dejaremos aquí para que sea pasto de las alimañas.

Lobsang asintió en silencio. Desde luego en aquel asunto no le llevaría la contraria al mongol.

Kunnu le planteó a Lobsang la posibilidad de regresar al monasterio, pero el abad se negó en redondo. Habían llegado demasiado lejos como para retroceder ahora hallándose tan cerca de su objetivo. Además, y pese a la fatalidad que acababa de acontecer, Lobsang seguía convencido de que iban en la buena dirección. Kunnu se avino a sus deseos y a partir de aquel momento asumió la cabeza de la marcha. El general mongol, sobrado de experiencia y formación, sabría manejarse sin dificultades a través del pequeño valle, aunque nunca lo hubiese inspeccionado con anterioridad.

—Te conduciré hasta donde quieres llegar —le aseguró.

—Gracias —repuso Lobsang, cuyo sentido de la orientación no era precisamente su fuerte.

Mientras atravesaban la arboleda, Lobsang lamentó la estupidez que había cometido el proscrito. La codicia había sido más fuerte que él, y no conforme con la recompensa que ya tenía asegurada por llevarles hasta allí, quiso apoderarse de la totalidad del dinero, mostrando un absoluto desprecio hacia la vida de dos de sus congéneres. Una vez más el deseo, el apego a los bienes materiales, uno de los tres venenos del alma, había hecho girar la rueda del *samsara* en un ciclo que había de repetirse hasta la saciedad.

Poco después abandonaron la arboleda y encararon la ascensión de la montaña. La ladera se despobló enseguida de vegetación, salvo por la presencia de algunos arbustos y cierta maleza marchita que todavía se agarraba con fuerza a la tierra reseca. Muy pronto la subida comenzó a hacer mella en Lobsang, que cada pocos pasos se veía obligado a efectuar una pausa para recuperar el resuello. No podía decirse que no estuviese acostumbrado a las caminatas, pero aquella pendiente le estaba resultando un suplicio. Las piernas le pesaban una tonelada y la fatiga le provocaba arcadas que le taponaban la garganta. Kunnu evitaba quejarse, pero su rostro sudoroso no ocultaba que él también sufría las penalidades del ascenso.

Veinte minutos más tarde habían completado aproximadamente una cuarta parte del recorrido y, con todo, cuando elevaban la vista, les parecía que la montaña les devolvía una mirada fría, como si les desafiase a continuar ascendiendo pese a que su cima se perdía entre las nubes del cielo.

Lobsang se derrumbó en el suelo exhausto por el esfuerzo. Respiraba afanosamente y no podía dar ni un solo paso más.

—¿Cuánto más necesita seguir subiendo? Aquí no hay nada ni nadie, por mucho que se empeñe —espetó el mongol—. ¿Acaso no se ha convencido todavía?

—Continuemos un poco más —replicó Lobsang en cuanto recobró un poco el aliento.

Kunnu se encogió de hombros y negó con la cabeza. Pese a no comprender algunas de las decisiones del monje budista, en el fondo admiraba su tenacidad.

Prosiguieron con su avance, lento pero constante, agradeciendo al menos que el sol se empleara aquella mañana con más tibieza que en los últimos días. La montaña no daba tregua y parecía querer impedir que merodeasen por su piel, pero el corazón de Lobsang demostró ser más fuerte y pronto alcanzaron una considerable altura.

Entonces ese aquello que Lobsang había estado buscando sin saber siquiera el qué, se le apareció de repente ante sus ojos como un oasis en mitad del desierto.

En la pared de la montaña se erigía una abertura negra y distante, semejante a la dentellada asestada por un dios.

Mi santuario, una cavidad tenebrosa.

Y por encima de la cueva, a muy escasa distancia, fluía un riachuelo cuyas aguas discurrían a través de un manso caudal.

Sobre mí se derraman lágrimas dulces.

Lobsang miró hacia abajo y contempló las copas de los árboles que conformaban el bosque de cedros gigantes que habían dejado atrás.

Y debajo de mí, una legión de pilares.

Ahora que había encajado todas las piezas del rompecabezas, el mensaje dejado por el Karmapa no podía estar más claro.

Lobsang zarandeó a Kunnu incapaz de contener la emoción.

—¡Es aquí! —exclamó—. Tiene que serlo.

El mongol le miró como si el budista hubiese perdido la cabeza a causa del enorme esfuerzo realizado.

—Entremos —le apremió Lobsang.

—De acuerdo, pero deberíamos andarnos con cuidado. La cueva podría ser la guarida de algún animal salvaje. —Y dicho esto, Kunnu desenvainó el sable, manchado aún con la sangre del proscrito, y lo blandió delante de él.

Los dos hombres agacharon la cabeza y se adentraron lentamente en la cueva, apenas iluminada en sus primeros metros por la claridad que penetraba a través de la abertura. Al principio no distinguieron nada, salvo un puñado de sombras atrapadas en la penumbra. No fue hasta que sus pupilas se aclimataron a la oscuridad cuando descubrieron el secreto que la gruta escondía con el celo de una madre primeriza.

Allí había un niño pequeño, semidesnudo, sentado en la posición del loto, y que sorprendentemente parecía meditar. El niño abrió los ojos, grandes y cautivadores, y les miró sin traslucir un ápice de temor o de sorpresa, como si llevara largo tiempo aguardando su llegada.

Lobsang se sentía maravillado y sobrecogido a partes iguales pero, más que ninguna otra cosa, tremendamente feliz y satisfecho. Fue Kunnu quien, pese a su habitual aplomo y a la larga experiencia que acumulaba a sus espaldas, se quedó boquiabierto ante aquella visión absolutamente inesperada y que casi juzgó como sobrenatural.

Chögyam observó a los dos hombres que habían interrumpido su meditación, sin extrañarse de su repentina llegada, por cuanto su maestro le había asegurado que antes del invierno vendrían a buscarle. El más alto de los hombres debía de ser un monje budista, pues su apariencia e indumentaria encajaban con las descritas por el lama ermitaño en tantas ocasiones durante su intenso periodo de formación. El que empuñaba una espada, en cambio, parecía más bien un bravo guerrero, de aspecto muy similar a las figuritas que el asceta le había tallado en madera para que llenase su tiempo de ocio.

—¿Quién eres? —inquirió Lobsang rompiendo el silencio.

Su voz retumbó en las paredes de la cueva causando un eco atronador.

—Me llamo Chögyam —replicó el niño en tono solemne—. Y soy el que busca refugio en el refugio.

175

Lobsang, que reconoció de inmediato aquellas últimas palabras, se echó al suelo cuan largo era y se postró sin dudarlo ante la auténtica reencarnación del Karmapa.

Siete años después de su muerte, por fin, el *tulku* había sido hallado.

Durante el camino de regreso al monasterio de Batang, Lobsang conversó con el pequeño para que le contase su historia. Cuando Chögyam le narró las trágicas circunstancias que le habían empujado a caer al fondo del valle, Lobsang no tardó en atar cabos: esa misma historia ya la había escuchado antes de labios de Thupten, que siempre creyó que su hermano menor había muerto en la caída. Por el momento, Lobsang estimó más prudente no hablarle a Chögyam acerca de su hermano hasta que no hubiese superado la prueba final a la que sería sometido en Tsurpu, y que definitivamente le coronaría como el nuevo Karmapa. A corto plazo estaría sujeto a una gran presión y no le convenía distraerse hasta pasados todos los actos.

Después Chögyam les explicó de qué manera había logrado sobrevivir en la montaña, uno de los aspectos que más intrigaba tanto a Lobsang como a Kunnu. Al parecer le debía la vida a un viejo lama ermitaño, recientemente fallecido, que le había encontrado y se había ocupado de él desde el mismo instante del accidente. A Lobsang no le extrañó en absoluto, pues últimamente los monjes budistas con vocación de asceta eran legión: ya se hallaban diseminados por todo el Tíbet, y no solo en la región de Ü-Tsang como hasta hacía bien poco se había tenido siempre por costumbre. En todo caso, lamentó no haber sabido antes de su existencia, especialmente cuando se encontraba tan cerca, pues pocas veces se tenía la oportunidad de conocer a un hombre santo.

A mitad del trayecto comenzó a llover a conciencia, como si el cielo no aprobase la llegada de Chögyam a la ciudad, que le impresionó por su grandeza y porque nunca había visto tantos edificios juntos. Lobsang observó atónito el desprendido gesto de Kunnu, a quien quizás había juzgado mal desde el principio, cuando se despojó de su propia casaca y la puso sobre los hombros de Chögyam para evitar que se empapase con el aguacero. Aunque tratase de disimularlo, resultaba evidente que, después de todo, al impertérrito mongol le había impresionado el increíble hallazgo de aquel niño.

La senda que conducía al monasterio ya se había sembrado de charcos que esquivaban con cautela, mientras que las banderas de plegarias que ornamentaban la travesía lucían remojadas y mustias, lo cual no impedía que las inscripciones que contenían impregnasen el aire con sus místicas bendiciones. Los monjes habían corrido a guarecerse de la lluvia, de modo que no se veía un alma en las inmediaciones del monasterio... o eso creyeron, hasta que en la misma puerta de acceso distinguieron una silueta echada en la tierra, que apenas se movía y que regurgitaba un profundo lamento.

Cuando llegaron a su altura comprobaron que se trataba de un hombre mayor, harapiento, cubierto hasta arriba de fango y de mugre, y que se encontraba prácticamente en los huesos. El anciano se arrojó a los pies de Lobsang y alzó su rostro demacrado. En semejante estado, casi le resultó imposible reconocer al lama Dechen.

Apenas se le escuchaba, en parte porque su voz sonaba rota, como si reflejase la culpa que durante los últimos meses le había corroído por dentro, y en parte también por el repiqueteo de la incisiva lluvia de otoño. Dechen, como si fuese un niño pequeño, se desgañitaba pidiendo perdón, ahogando sus palabras en un grotesco llanto que le deformaba su rostro surcado de arrugas.

Lobsang no pudo evitar compadecerse de su antiguo colega, pese a los muchos méritos que había acumulado para ganarse aquel aciago destino. Con todo, las normas eran las normas, y una vez expulsado ya no podía reintegrarle de nuevo a la disciplina monástica, ni personalmente estaba convencido de que aquello fuese lo correcto.

Con todo el dolor de su corazón, Lobsang se disponía a pasar de largo, cuando, en un gesto inesperado, Chögyam tomó la mano de Dechen y le ayudó a levantarse haciendo gala de una especial dulzura de la que muy pocas veces había sido testigo.

—Mi maestro de la montaña decía que la compasión es la cualidad que mejor y más claramente define al buen monje budista —señaló Chögyam.

Aquellas palabras, quizás por su sencillez, o quizás por la rotundidad de la verdad que por sí mismas encerraban, impactaron de tal manera en Lobsang que le hicieron replantearse su decisión.

Finalmente, primero observó al pequeño Chögyam, al cual le dedicó una sincera sonrisa llena de agradecimiento, y después se dirigió al viejo lama, que le miraba con desesperación.

—Dechen, permitiré que regreses al monasterio, pero tendrás que empezar de cero como si fueses un novicio, y podrás tomar refugio siempre y cuando demuestres estar preparado para lucir de nuevo tu hábito religioso con honor.

Dicho esto, Lobsang auxilió a Dechen, que apenas podía sostenerse en pie por sí solo, y le guio al interior del monasterio sujetándole por los hombros. Chögyam y Kunnu les acompañaron en silencio, siguiendo la estela de lluvia que se extendía a sus pies como una pasarela de cristal resplandeciente.

* * *

En el *gompa* de Tsurpu se respiraba otro ambiente desde que encargaron a Lobsang Geshe el cometido de localizar al *tulku*. El cerca del millar de monjes que allí se formaban y residían se habían conjurado para garantizar el éxito de la misión a través de sus *pujas* y oraciones. Kyentse Rinpoche y Tsultrim Trungpa, en particular, no albergaban duda alguna acerca de la feliz consecución de la encomienda. Aquella ola de optimismo, sin embargo, se vio de repente empañada a causa de una inesperada visita.

Una delegación de la escuela Sakya encabezada por el lama Migmar se presentó a las puertas del monasterio. A los monjes que la integraban se les ofreció acomodo y un plato de comida tras el largo viaje; no obstante, el lama Migmar pospuso la colación hasta después de haberse entrevistado con el abad. A todas luces las noticias que portaba no podían esperar, y a su vez debían ser lo suficientemente importantes como para haberle hecho desplazarse en persona en lugar de limitarse a enviar un mensajero.

El lama Migmar fue conducido a las dependencias del abad, donde Tsultrim ya le aguardaba con el corazón palpitante y el ceño fruncido. El rostro del lama Sakya, pese a la amable sonrisa que trató de dibujar, denotaba también una honda preocupación. Siguiendo la costumbre habitual con ocasión de ciertas visitas o encuentros de especial significación, el lama Migmar le hizo entrega a Tsultrim de un *khata* de dos metros de largo y del color de la nieve, y el abad lo tomó y lo dispuso alrededor de su cuello. El *khata* era una franja de tela, generalmente de seda, cuya longitud indicaba el deseo de una larga vida a quien se brindaba, mientras que su blancura testimoniaba la pureza en la intención del oferente.

En ese momento apareció Kyentse, a quien Tsultrim había hecho llamar para que estuviese presente durante la reunión. Kyentse Rinpoche se inclinó y saludó al lama Migmar juntando las palmas de las manos en señal de respeto. Se produjo a continuación el usual intercambio de impresiones de cortesía, hasta que por fin Migmar tomó la palabra para explicar el motivo de su visita.

—Como bien sabéis, debido a la delicada situación política que atraviesa el Tíbet a raíz de la invasión de los mongoles, y muy especialmente desde la designación de Kublai como emperador y su reciente interés por el budismo tibetano, desde la escuela Sakya seguimos muy de cerca vuestras vicisitudes, en particular el asunto relativo a la sucesión del Karmapa.

—Por supuesto —repuso Tsultrim—. Es el futuro de todos el que está en juego.

—¿Ha habido alguna novedad al respecto en las últimas fechas? ¿Ha aparecido algún nuevo candidato?

Tsultrim le puso enseguida al corriente de la situación. Le habló del descubrimiento de la carta y de la confianza depositada en Lobsang Geshe para dar con el *tulku*. Muy pronto, le aseguró, el nuevo Karmapa ocuparía su trono en el *gompa* de Tsurpu.

A pesar de las esperanzadoras palabras del abad, el lama Migmar resopló con resignación, muy en consonancia con la inquietud de su mirada.

—Para cuando tal cosa suceda, puede que ya sea demasiado tarde —confesó—. Nuestro maestro Drogön Chögyal Phagpa, que se encuentra en el palacio de Kublai Kan instruyéndole en el camino del *dharma*, nos ha hecho llegar un mensaje urgente. El emperador viajará al Tíbet dentro de quince días.

—¿Quince días? —repitió incrédulo Tsultrim—. Teníamos entendido que no lo haría por lo menos antes de un año.

—Las circunstancias han cambiado y le ha surgido una oportunidad —repuso Migmar—. Primero visitará nuestra sede, pero a continuación se desplazará hasta aquí para conocer al líder de la escuela Kagyu. Y no olvidéis que en el aire está el asunto de su posible conversión. Si esta llegase a materializarse, no solo nos garantizaría cierta independencia política, sino también la seguridad de que los mongoles no volverían a ejercer la violencia contra nuestro pueblo.

Tsultrim y Kyentse intercambiaron una mirada de desconcierto.

—¿Y no podría esperar un poco más? —inquirió el abad.

—Un emperador no espera —replicó Migmar—. Ordena y dispone. Y su voluntad se cumple a rajatabla.

»No es un secreto que Kublai Kan busca un nuevo credo para los suyos. Una religión que eleve el grado de espiritualidad de su pueblo y le dote de un código moral más acorde con los nuevos tiempos. Es por ello por lo que el emperador ha respetado la libertad de culto dentro de las fronteras de su imperio, el más extenso que el hombre haya conocido jamás. Sin embargo, lo más probable es que en cuanto Kublai abrace un nuevo credo, disponga que este se convierta en la religión oficial del imperio.

—Nos basta con que el budismo siga siendo la llama que ilumine el Tíbet —terció Kyentse.

—Eso es justo lo que está en peligro —señaló Migmar.

—¿Cómo? —exclamó Tsultrim alarmado.

—Así es —confirmó el lama Sakya—. Aprovechando la amplia libertad de culto existente, la religión de Occidente ha llegado hasta nuestras fronteras de manos de las órdenes franciscanas y dominicas, las cuales han logrado extender su labor misionera a lo largo de China y Asia Central. Y nos guste o no, lo cierto es que el cristianismo ha despertado también el interés del emperador.

—¿Ese interés es real?

—Drogön Chögyal Phagpa no lo sabe a ciencia cierta, pero esa es su impresión —aclaró Migmar—. Kublai cuenta ahora entre sus consejeros políticos con un occidental que ejerce cierta influencia sobre él.

Ese occidental no era otro que Marco Polo, a quien el soberano había tomado bajo su protección personal en cuanto lo conoció. La agudeza demostrada por el explorador y mercader veneciano, así como sus vívidos y detallados relatos habían fascinado a Kublai Kan, hastiado de los apáticos informes de sus funcionarios.

—El emperador es libre de convertirse al credo de Occidente si finalmente es su deseo —concluyó Migmar—, y nosotros lo respetaremos. Pero, ¿qué ocurrirá cuando declare el cristianismo como religión oficial del imperio? ¿Os imagináis las consecuencias?

—¿Crees que eventualmente podría significar el fin del budismo en el Tíbet? —inquirió Kyentse.

Migmar se encogió de hombros. Era una posibilidad que no podían descartar.

Un espeso silencio se adueñó de la estancia. Los lamas se esquivaban la mirada y las palabras rehusaban salir de sus bocas. A través de la ventana penetró el último haz de luz del atardecer, que tras desvanecerse en el horizonte, dejó la sala encallada en una penumbra mortecina.

—Para que tuviésemos una oportunidad —dictaminó Kyentse—, el lama Lobsang Geshe no solo tendría que haber hallado al *tulku*, sino que a estas alturas ya debería estar viniendo de camino.

—¿Y crees que eso es posible? —murmuró Migmar.

Kyentse negó con la cabeza.

—Ni aunque hubiese tenido toda la suerte del mundo.

CAPÍTULO VI

Solsticio

«*Un solo día de la vida de una persona que perciba la Sublime Verdad, vale más que cien años de la vida de una persona que no perciba la Sublime Verdad.*»

Dhammapada, 115

Desde su fundación en el siglo XI, el monasterio de Tsurpu no había conocido un periodo de tanta agitación como el que durante aquellos días estaba teniendo lugar en vísperas del solsticio de invierno. La rutina de los monjes y su paz habitual se habían desbaratado como el cristal de un recipiente quebrado en mil pedazos. El trastorno, no obstante, estaba más que justificado. El linaje Kagyu nunca había recibido a un visitante tan ilustre en toda su historia. Nada menos que Kublai Kan, el líder del todopoderoso Imperio mongol, se alojaba en sus aposentos.

Acompañando al Gran Kan había viajado un regimiento formado por un millar de soldados. El numeroso ejército había levantado un campamento a las afueras de Gurum, cuya población no podía evitar sentir cierto recelo pese a que las autoridades habían recalcado con insistencia que la visita no respondía a intereses de tipo militar.

Kublai se sentía exultante y prácticamente no cabía en sí de orgullo. Acababa de salir victorioso de un largo conflicto que le había enfrentado a la dinastía Song en la China meridional, tras el cual había logrado la ocupación total del país y la reunificación del gobierno de China bajo el único poder de los mongoles. Aquel punto marcaría el momento de máxima extensión del Imperio, nacido a principios del siglo XIII de la mano de Gengis Kan.

Junto a Kublai Kan se hospedaban en Tsurpu su séquito de consejeros, su guardia personal, y Drogön Chögyal Phagpa, el lama Sakya que tanto estaba haciendo por el pueblo tibetano. Por desgracia, la escuela Kagyu aún seguía descabezada, aunque aparentemente aquella situación estaba a punto de cambiar. El día anterior había llegado un mensajero procedente de Batang, que tras haber galopado día y noche al límite de sus fuerzas, les había hecho entrega de una misiva que anunciaba el hallazgo del *tulku* y su pronta comparecencia en el monasterio. La carta estaba firmada por

Lobsang Geshe, pero lo que resultó definitivo de cara al emperador mongol fue que también llevaba la rúbrica de Kunnu, su eficiente y leal servidor. La noticia bastó para que Kublai se convenciese de aguardar unos días más hasta la llegada del *tulku*, y de ese modo poder ser testigo de la prueba final y de la eventual coronación del nuevo Karmapa.

Había un consejero de Kublai, sin embargo, que no compartía aquel punto de vista y que defendía intereses completamente opuestos. El audaz Marco Polo protagonizaba su propia cruzada, encaminada a que fuese la religión cristiana y no la budista la que ocupase el corazón del emperador. Al consejero occidental no se le escapaba que la conversión de Kublai al credo de su elección podría significar la futura conversión de todo el Imperio. Y la tenacidad de Marco Polo también estaba dando sus frutos pues Kublai, que llevaba un tiempo jugando a dos bandas, había remitido en fechas muy recientes una carta al papa Gregorio X solicitándole el envío de cien misioneros para que le instruyesen en los secretos del cristianismo y evangelizasen asimismo a las masas idólatras del pueblo mongol.

Por lo que se refería a Thupten, resultaba innegable que tras varias semanas en el monasterio se sentía tremendamente dichoso. En Tsurpu había tal cantidad de novicios que ni siquiera había podido conocer a la mayoría, y de muchos enseguida olvidaba hasta sus nombres, porque era imposible aprendérselos todos. Sin embargo, el mero hecho de verse rodeado de tantos niños le había devuelto por sí solo al sendero de la alegría que ya hubiera conocido en Batang. Aquello representaba la mejor medicina, el bálsamo más efectivo para recuperar una infancia que le había sido arrebatada de cuajo y que podía dejarle secuelas de por vida si no se le sabía poner remedio a tiempo. Thupten también había saciado su afán explorador y ya había curioseado hasta en el último rincón del monasterio. Nada le hacía más feliz que aventurarse junto a un par de compañeros por las escaleras y pasillos de todos aquellos lugares cuyo acceso solían tener prohibido los novicios. Thupten se esforzaba por adaptarse a la disciplina monástica y normalmente lo conseguía, pero tampoco podía evitar ser protagonista de alguna que otra travesura como consecuencia de su naturaleza hiperactiva. ¿Qué más se le podía pedir al novicio de menor edad del monasterio?

Por su parte, Kyentse Rinpoche había cumplido su promesa y se había ocupado del bienestar de Thupten, así como de su instrucción y adiestramiento. La relación entre ambos era excelente, y no pasaba un solo día sin que el lama no le dedicase varias horas de su tiempo. Thupten se arrimaba a Kyentse siempre que podía, y únicamente la llegada del emperador evitó que durante los últimos días pudiesen reproducir su habitual rutina de encuentros.

Finalmente, Lobsang llegó al monasterio de Tsurpu junto a una delegación de monjes de Batang que había arropado al *tulku* a lo largo del trayecto. Kunnu tampoco se había separado un instante de Chögyam, y de haber sido necesario hubiese hecho cualquier cosa para protegerlo. El general mongol se sentía enormemente satisfecho tras haber completado con éxito la misión que le encomendara el emperador.

Ni Kyentse ni Tsultrim salieron a recibirles, puesto que bajo ninguna circunstancia podían dejarse ver por el *tulku* antes de la prueba final. Por tanto, de la bienvenida hubo de encargarse el lama Migmar de los Sakya, acompañado de varios lamas Kagyu.

Lobsang fue inmediatamente puesto al corriente de la situación. Todo se realizaría con gran celeridad, sin renunciar por ello al habitual rigor de los budistas. Aquella misma tarde se celebraría la coronación del Karmapa, una vez que Chögyam hubiese superado la prueba final, hecho que ya todos consideraban un mero trámite. Los preparativos estaban en marcha, y ni más ni menos que Kublai Kan y toda su corte serían testigos de excepción de semejante acontecimiento.

A Chögyam se lo llevarían y le mantendrían aislado hasta el momento de la ceremonia. Lobsang se inclinó sobre el pequeño y le susurró unas palabras de coraje:

—Ahora nos separaremos. Pero nos veremos después en el templo. ¿Estás nervioso?

Chögyam negó. Era verdad. El asceta le había preparado a conciencia.

—Unos monjes se ocuparán muy bien de ti —le explicó Lobsang—. Te raparán la cabeza, te asearán y te ataviarán como es debido.

—¿Y mi hermano? —murmuró Chögyam. Aquella parecía ser su única preocupación.

—Confía en mí. Enseguida me ocupo.

La conversación se dio por zanjada. No había tiempo que perder. Los lamas se llevaron al *tulku* y Lobsang lo observó perderse tras la esquina de un corredor del monasterio.

Tan pronto el emperador tuvo conocimiento de la llegada del *tulku*, Kunnu fue convocado rápidamente ante su presencia. Kublai deseaba escuchar de boca del general mongol el relato de los hechos y averiguar su parecer acerca de si toda aquella historia del *tulku* tenía visos de ser cierta.

Un ala al completo de las dependencias más lujosas del monasterio se había reservado para el emperador y su séquito. Kunnu pasó a la sala principal donde Kublai había mandado instalar un trono provisional, lugar en el que precisamente se hallaba acomodado. El emperador lucía una túnica de seda con bordados de oro, cuya holgura apenas lograba disimular el excesivo volumen de su cuerpo. Su mirada era serena, algo fría a primera vista, amparada tras una barba fina de chivo y un cuidado bigote al estilo oriental.

A Kublai le acompañaban un par de consejeros, pero se cuidó mucho de que no hubiese ningún monje budista en la sala.

Kunnu efectuó una reverencia y solicitó permiso para hablar.

—Desconozco si ese crío es o no la reencarnación de la que todos hablan con tanta certeza —declaró—. Pero sí que puedo aseguraros que su hallazgo ha sido completamente genuino.

Kunnu pasó entonces a contarle los pormenores de la aventura. El emperador, fascinado, no se perdió detalle de la narración.

—¿Ha sido el niño puesto sobre aviso acerca de la prueba a la que será sometido para certificar su identidad?

—Sabe que se le efectuará algún tipo de evaluación, pero como la mayoría de nosotros, desconoce en qué va a consistir.

Kublai Kan se inclinó ligeramente hacia delante en actitud confidencial.

—¿Cómo es ese niño? ¿Tiene de verdad algo de especial?

Kunnu entornó los ojos y reflexionó su respuesta.

—Bueno, aparte de las peculiares circunstancias que rodearon su hallazgo y de su juiciosa personalidad, por lo demás es un niño como otro cualquiera.

El emperador pareció darse por satisfecho y despachó a Kunnu con un gesto de la mano.

—Por cierto —le interpeló cuando se marchaba—. ¿Te gustaría asistir a la ceremonia?

—Lo haré con mucho gusto.

Al mismo tiempo que Kunnu atendía el llamamiento del emperador, Lobsang acudía al encuentro de Kyentse.

El Rinpoche se encontraba en la biblioteca entregado a la lectura, pero en cuanto atisbó a Lobsang, encaminó sus pasos hacia él y le felicitó en un estado de incontrolable excitación.

—¡Lo que has logrado es inaudito! —exclamó—. Nunca creímos posible que hallaras al *tulku* antes de la llegada de Kublai. —La sonrisa de Kyentse le ocupaba toda la cara y sus ojos le brillaban de emoción.

—No es para tanto. —Lobsang se sentía complacido, aunque también algo incómodo ante tantas muestras de halago—. La carta del Karmapa lo dejaba todo muy claro una vez que sabías por dónde empezar a buscar.

Kyentse tomó de un brazo a Lobsang y le condujo hasta un lugar más apartado. Su feliz semblante se le ensombreció de repente como si hubiesen corrido el telón en mitad de un aplauso. Kyentse debía poner a Lobsang al corriente de un asunto extremadamente delicado que tenía a todos sumidos en la preocupación.

—¿Sabes hasta qué punto la coronación del nuevo Karmapa es importante? Su trascendencia podría alcanzar una dimensión hasta hace bien poco muy difícil de imaginar.

Kyentse le reveló a Lobsang los escarceos de Kublai Kan con la religión cristiana, que ni tan siquiera todo el poder de persuasión de Drogön Chögyal Phagpa había sido capaz de contrarrestar.

—En función de la decisión final del emperador, habrá unas consecuencias u otras para el pueblo tibetano —constató Kyentse.

Lobsang asintió sin mostrarse preocupado, pese a ser perfectamente consciente de la gravedad de la situación.

—¿Cómo está Thupten? —inquirió Lobsang cambiando de tercio, deseoso de aparcar las intrigas políticas para mejor ocasión.

—Excelentemente bien —replicó—. La capacidad de concentración de tu discípulo no es precisamente su fuerte, pero su entrega y disposición están fuera de toda duda. Enseguida me ha tomado aprecio… y lo cierto es que yo también se lo he tomado a él.

—Gracias, Kyentse. Ese niño ha sufrido mucho y se merece todo nuestro esfuerzo. Quiero hacer de él un buen monje budista.

Kyentse le pidió a continuación a Lobsang que le explicase con detalle cómo había localizado al *tulku* a partir de los crípticos versos dejados por el Karmapa. El relato le causó al Rinpoche una gran impresión.

—Entonces Chögyam es huérfano, y tampoco cuenta con familiares a los que informar sobre su situación, ¿verdad?

—¿Sabes? De eso precisamente había venido a hablarte —le confesó Lobsang—. En realidad el *tulku* tiene un hermano.

—¿Sí? ¿Y dónde se encuentra? ¿Quién se está haciendo cargo de él?

—Bueno, pues… lo has hecho tú mismo durante las últimas semanas.

Kyentse frunció el ceño sin comprender en un principio, hasta que instantes después la respuesta se le hizo evidente.

—¿Thupten?

Lobsang asintió y a continuación le explicó la historia completa y la cadena de coincidencias provocadas por el destino.

—Lo cierto es que yo no pensaba hablarle a Chögyam acerca de su hermano hasta pasados los actos ceremoniales, pero durante el camino me preguntó de forma directa si yo sabía algo acerca del paradero de Thupten. —Lobsang extendió los brazos con las palmas de las manos abiertas—. No podía mentirle ni aunque fuera por su propio bien.

—Lo comprendo.

—La cuestión es que ahora Chögyam está ansioso por reencontrarse con su hermano. Deberíamos dejar que se viesen para que el *tulku* se sienta relajado durante la prueba de esta tarde. De lo contrario, no podrá quitárselo de la cabeza.

Kyentse lo meditó durante unos instantes.

—Tienes razón —admitió—. Pero el encuentro ha de ser breve. No más de cinco minutos.

—Serán más que suficientes.

Antes de que se marchase, Kyentse sujetó a Lobsang por el brazo. Su mirada reflejaba cierto nerviosismo.

—Chögyam superará la prueba, ¿verdad?

—Tranquilo, Kyentse. Para el *tulku* será coser y cantar.

Lobsang fue en busca de Thupten, al que encontró en un aula de la escuela de novicios.

—¡Lama Lobsang! —exclamó en cuanto le vio en el quicio de la puerta—. ¡Maestro!

Thupten corrió y se lanzó de un salto sobre su regazo. Lobsang le cogió al vuelo, aunque enseguida le depositó en el suelo con gran delicadeza.

—Me alegro mucho de verte, Thupten. Pero ya eres mayor para que te cojan en brazos.

Lobsang se disculpó ante el monje encargado de la clase y se llevó a Thupten afuera para poder hablar a solas.

—¿Has estado bien en el monasterio de Tsurpu?

Thupten asintió repetidamente con la cabeza.

—Creo que me gusta más que el suyo —dijo.

Lobsang pensó que el crío debía asociar Batang con el cúmulo de experiencias negativas que había vivido durante el último año. El monasterio de Tsurpu, por el contrario, se hallaba a un mundo de distancia de su pasado.

—Además me he enterado de que te llevas muy bien con Kyentse.

A Thupten se le iluminó el rostro de repente.

—¡Sí! Y también con Tsultrim.

—Ah, también con el abad. Va a ser que no eres tan tonto como pareces —bromeó Lobsang—. Si hasta te codeas con los mandamases del monasterio.

Thupten sonrió ampliamente y sus orejas de soplillo se movieron al compás.

—Aunque no se crea, que a usted también le he echado de menos —agregó, haciendo gala de su habitual despliegue de sinceridad.

—Y yo a ti, Thupten —admitió Lobsang—. Pero ahora escúchame bien. He venido a darte una maravillosa noticia.

Thupten le miró expectante, al tiempo que mil y una posibilidades se le pasaban por la cabeza.

—¡Ya sé! —terció—. ¿Me van a cambiar de habitación? Es que mi compañero es mucho mayor que yo y a veces ronca como si fuera un yak. Yo no me he quejado, ¿sabe? Pero a veces me cuesta pegar ojo.

Lobsang reprimió una carcajada.

—No, es mucho más importante que eso —repuso—. Se trata de tu hermano Chögyam.

La risueña expresión de Thupten se enturbió de súbito como si el sol se hubiese visto obstruido por un oscuro nubarrón. Lobsang se agachó hasta ponerse a la altura del niño.

—Tranquilo, Thupten. Ya te dije que era una buena noticia —precisó Lobsang con una voz preñada de sentimiento—. Tu hermano está vivo.

Thupten dio un paso atrás como si las palabras de Lobsang le hubiesen impactado en el rostro. Una mirada incrédula brotó de sus ojos, en cuyas cuencas algunas lágrimas ya habían hecho su acto de aparición.

—Pero maestro, eso no puede ser. Yo mismo le vi caer por el precipicio.

—Es cierto, Thupten. Como también lo es que sobrevivió a la caída.

—¿De verdad? —La ilusión se reflejó en la retina de sus ojos.

—Yo nunca te mentiría. Y mucho menos en un asunto como este.

La expresión de Thupten revelaba que aún no las tenía todas consigo.

—¿Quieres verle? Está aquí mismo. En el monasterio.

La boca de Thupten se abrió formando una circunferencia casi perfecta.

—¡Sí! ¡Por favor!

—Está bien —concedió Lobsang—. Pero solo podrás estar con él unos pocos minutos.

—¿Por qué?

—Chögyam es especial. Es un niño tremendamente importante.

—No lo entiendo. Chögyam es mi hermano. ¿Qué le hace tan especial?

Lobsang posó sus manos en los hombros de Thupten y se dirigió a él con total solemnidad.

—Es difícil de explicar. Pero hay algo que debes tener muy claro. En este momento, Chögyam es la esperanza del Tíbet.

A Chögyam le habían trasladado a una diminuta alcoba donde un monje se ocupaba de adecentarle de cara a la ceremonia. El lugar contaba con una iluminación tan escasa como la que acostumbraba a dominar casi todas las estancias del monasterio. Aquellos entornos envueltos en penumbra y luces vaporosas contribuían a la meditación e inducían a la plena relajación de las almas.

Lobsang pasó al interior y le pidió al monje que saliera un instante para que el *tulku* recibiese una visita de carácter excepcional.

—Será solo un momento —le aseguró.

El monje atendió a su ruego y Lobsang le indicó a Thupten que ya podía entrar en la habitación.

—Yo esperaré afuera.

Thupten estaba temblando. En su fuero interno aún no podía creerse que Chögyam estuviese vivo, y hasta que no lo comprobase con sus propios ojos, no lo creería de verdad. La puerta que le separaba de descubrirlo le pareció entonces una muralla infranqueable que no se veía capaz de atravesar. Un injustificado sentimiento de culpa por no haberle cuidado como se le presuponía por ser el mayor de los dos, le provocaba ahora un cierto temor a reencontrarse con su hermano. Lobsang le dio una palmada en la espalda, un amago de empujón, que le ayudó a recuperar el control sobre sí mismo. Thupten dio entonces el paso definitivo. Entró en la habitación y cerró la puerta tras de sí.

Cuando los dos hermanos se miraron, tardaron varios segundos en reaccionar. Se había cumplido un año desde su separación y ambos habían crecido, aunque los dos en la misma proporción, por lo que Thupten le continuaba sacando una cabeza a Chögyam. Por lo demás, apenas habían cambiado y sus rostros resultaban perfectamente reconocibles. Sus miradas seguían fijas la una en la del otro. A Thupten le tiritaba el labio inferior y en el fondo de sus ojos se le agolparon lágrimas de emoción que amenazaban con rodarle por sus mejillas. Muy dentro de él sintió recomponerse una parte de su ser que creía haber perdido para siempre, como si una luz prendiese de nuevo en aquel rincón del alma que se había quedado a oscuras. Chögyam, a su vez, trató de reprimir el llanto que le trepaba por la garganta y le formaba un nudo en torno a las cuerdas vocales. Su corazón palpitó, y se colmó de una dicha para la que no existían palabras, y que nunca más llegaría a experimentar con tanta intensidad en toda su vida. Cuando finalmente lograron salir de su parálisis, se lanzaron el uno sobre el otro y se fundieron en un abrazo que les devolvió en un instante el caudal de sentimientos perdidos desde la tormenta de infausto recuerdo.

—Cuando te precipitaste por el barranco después de papá y mamá, pensaba que los tres estabais muertos. —Thupten lloraba y reía a la vez. El solo hecho de mentar a sus padres sirvió para aumentar aún más la emotividad de aquel momento—. De haber sabido que te habías salvado, habría hecho cualquier cosa por encontrarte.

—No había manera de que pudieras saberlo —repuso Chögyam algo más entero—, así que no te preocupes por eso. Lo importante es que los dos estamos bien.

Thupten asintió con vehemencia, sin dejar de sujetar a Chögyam por los brazos, como si de pronto sintiese que le iba a perder otra vez.

—No dejé de pensar en ti todo el tiempo —aseveró Chögyam, que había logrado aplacar con mayor rapidez el torbellino de emociones que le bullía por dentro—. ¿Qué fue de ti? ¿Llegaste a Batang y los monjes budistas te acogieron en el monasterio?

Thupten confirmó aquel extremo, pese a no ser del todo cierto. Ya tendría oportunidad de narrarle su etapa junto al proscrito en otra ocasión.

—¿Y tú cómo lograste salvarte?

—Gracias a un asceta que vivía en la montaña. Él me rescató y se ocupó de mí hasta el día de su muerte. Fue un prodigioso lama que me enseñó todo cuanto sé sobre Buda y sus enseñanzas.

—Entonces, ¿tú también deseas ser un monje budista?

—Yo voy a ser el mejor de los lamas —aseguró Chögyam con absoluta convicción.

Thupten no se sorprendió. Su hermano siempre había dado grandes muestras de inteligencia.

—Para eso tendrás que estudiar mucho. Y necesitarás un buen maestro que te tome como discípulo —le advirtió Thupten—. ¡Mi maestro es Lobsang! —exclamó con orgullo.

—Me gusta Lobsang —señaló Chögyam—. Es sabio y justo. Y durante el largo camino hasta Gurum me transmitió algunas enseñanzas.

Thupten adoptó una pose pensativa.

—Lobsang no toma discípulos a título personal, ¿sabes? Yo soy una excepción. Aunque si hablara con él, a lo mejor podría convencerle. —Thupten no detuvo ahí su cadena de pensamientos—. O si no... ¡ya sé quién sería perfecto para ti! ¡Kyentse!

—No le conozco.

—¿No? Pues en muchos aspectos se parece mucho a Lobsang. Bueno, Kyentse no es tan corpulento como mi maestro, eso desde luego. En realidad me refiero a que los dos son muy comprensivos, pacientes, y unos expertos conocedores de las enseñanzas de Buda. Fíjate bien si lo ves, le reconocerás porque tiene bastante marcados los huesos de la cara y las cejas muy juntas. —Thupten había cogido carrerilla y ya no había quien le parase, emulando al parlanchín que siempre había sido—. —¿Y sabes quién más podría ser tu maestro? Tsultrim, el abad del monasterio. Está muy gordo —rio—. Y a veces se irrita y entonces parece que sus ojos de rana le van a salir disparados de la cara. —Chögyam se unió a las risas de Thupten—. Pero también es un excelente lama.

Se hizo un breve silencio en el que los dos hermanos se miraron sonrientes.

—¿Por qué dicen que eres especial? —inquirió Thupten con verdadero interés.

Chögyam ya se había hecho una idea bastante aproximada. Durante el viaje había escuchado hablar a los monjes que le acompañaban acerca del *tulku* y su peculiar significación. No obstante, prefirió callar porque tampoco hubiera sabido cómo abordar el tema.

—Eso dicen todos, pero yo no estoy muy seguro.

En ese instante Lobsang entró a la habitación. El tiempo se había agotado. La visita se les había hecho extremadamente corta.

Lobsang les apremió a despedirse y tomó a Thupten de la mano para llevárselo afuera.

—¡Yo quiero uno igual! —exclamó cuando ya cruzaba el umbral de la puerta.

Chögyam le miró sin comprender.

—¡Un sombrero negro como el que llevas puesto en la cabeza! —escuchó que decía Thupten justo cuando abandonaba la habitación, pese a que no había nada en su cráneo que lo cubriera.

Todo se hallaba dispuesto para llevar a cabo la ceremonia.

Primero tendría lugar la prueba final y, a renglón seguido, la coronación del nuevo Karmapa. Sin embargo, este procedimiento no era el habitual. En circunstancias normales la prueba se tendría que haber efectuado con anterioridad, para haber dejado establecida sin ningún género de dudas la autenticidad del candidato. En puridad, Chögyam seguía siendo un candidato hasta que no superase dicha prueba, pese a las firmes evidencias que ya le señalaban inequívocamente como la verdadera reencarnación del Karmapa. La presencia de Kublai, sin embargo, lo había trastocado todo, y ambos actos se celebrarían consecutivamente, sin pausa de ningún tipo.

El escenario para un acontecimiento de semejante magnitud no podía ser otro que el templo principal de Tsurpu.

Delante del altar se había dispuesto un espacio vacío próximo al trono del Karmapa, a cuyos pies se había extendido una gruesa alfombra de lana con motivos geométricos y florales que indicaba el lugar reservado para Chögyam. Al frente, y sentados sobre mullidos cojines, se hallaban en primera fila las figuras más ilustres del acto, a saber: Kublai Kan, escoltado por cuatro de sus consejeros más influyentes —entre los que se encontraba Marco Polo—, y Drogön Chögyal Phagpa, líder de la escuela Sakya y encargado de dirigir la ceremonia. Tras ellos, innumerables hileras de monjes budistas, en algún caso llegados desde Lhasa para la ocasión, abarrotaban el templo sin que quedase un solo hueco libre. Además, a un lado del trono, y ubicados en una situación de privilegio, asistía una nutrida representación de los lamas más selectos, entre los que destacaban Lobsang y el lama Migmar, y al otro lado, un amplio grupo de novicios escogidos entre los más sobresalientes del monasterio, si bien Lobsang había mediado para que incluyesen también al bueno de Thupten, que más que ningún otro merecía ser testigo de la histórica coronación de su hermano pequeño.

Un mantra iniciado por Drogön Chögyal Phagpa constituyó el pistoletazo de salida de la ceremonia. Todos los asistentes, salvo los mongoles y el único occidental presente, se unieron bajo una sola voz y colmaron la estancia de una sonoridad que penetraba en las paredes de la mente. Marco Polo no era muy optimista, pero todavía albergaba la esperanza de que algo no saliese según lo previsto, y que de algún modo se diese al traste con la ceremonia. De lo contrario, lo más probable sería que Kublai se acabara convirtiendo al budismo mucho antes de que llegasen los cien misioneros que le habían solicitado al Papa.

El líder Sakya cesó el cántico que había iniciado y el templo volvió a colmarse de aquel silencio espeso y vibrante tan característico de los santuarios budistas. A continuación efectuó una señal, y Chögyam, que aguardaba en una habitación contigua, apareció en escena guiado por un monje que le indicó el lugar donde debía ubicarse. Enseguida el monje dejó solo al niño frente a la multitud y se fue por donde había venido.

Chögyam, que ya lucía la cabeza rapada y un hábito de color azafrán, caminaba lentamente, observando con detenimiento todo cuanto acontecía a su alrededor. El altar se alzaba contra la pared atiborrado de las habituales ofrendas —como los cuencos llenos de agua, las *tormas* y unos textos sagrados envueltos en tela—, así como un imponente Buda situado en la balda central, sentado sobre un loto y tocado con una sutil sonrisa y los lóbulos de las orejas exageradamente largos. A la memoria de Chögyam acudió el recuerdo del modesto altar de la cueva, que no era otra cosa que un saliente en la roca sobre el que reposaba un sencillo cuenco y un Buda de madera tallado por el propio asceta. La esencia, se dijo, no dejaba de ser la misma.

Chögyam pasó junto al trono del Karmapa, que nadie había vuelto a ocupar desde la muerte de su antecesor, y, tal como le habían indicado que hiciera, se inclinó frente a las autoridades que tenía delante. Aquella era una de las pocas instrucciones precisas de las que había sido objeto. Por lo demás, únicamente le dijeron que se comportase con naturalidad, y que observase las pautas que el lama encargado de conducir la ceremonia le fuese señalando. Chögyam se sentó en la alfombra con las piernas cruzadas, haciendo hasta el momento gala de una extraordinaria serenidad.

Chögyam sentía muy cargada la atmósfera del lugar, nada extraño considerando la multitud presente en el templo. El grasiento olor de las lámparas de manteca de yak se mezclaba con el aroma de los inciensos, sin que ninguno de los dos efluvios lograra prevalecer sobre el otro. Frente a él sobresalía por encima del resto un hombre ataviado con finas vestiduras y una barba de chivo, que le escrutaba con ojos curiosos y una altanería que bien se le podía disculpar al gobernante más poderoso de la tierra. Aquel tenía que ser el Gran Kan, a quien debía profesar el máximo respeto, según le habían advertido. Pero incluso más que el propio emperador, a Chögyam le llamó la atención otro individuo de piel blanca y nariz prominente, y poseedor de otros muchos rasgos opuestos al consabido patrón asiático. Aquel extranjero, además, era el único que le observaba con cierto resquemor, a diferencia de los budistas, cuyas miradas no expresaban otra cosa que una veneración absoluta.

Chögyam giró la cabeza hacia su derecha, y enseguida distinguió a Lobsang acompañado por un puñado de lamas de edad muy superior a la suya. Su cercana presencia le reconfortó inmediatamente el corazón. Pero la alegría fue aún mayor cuando, a su izquierda, e incrustado en mitad de un grupo de novicios, Chögyam atisbó a Thupten sonriendo con orgullo y susurrando a cuantos tenía a su alrededor que aquel era su hermano.

Cientos de ojos tenían su mirada clavada en él, pero Chögyam no estaba nervioso. ¿Qué era aquello comparado con haber pasado mañanas enteras aprendiendo a meditar en el filo de un saliente enclavado en las alturas, sintiendo la brisa helada que se deslizaba entre los picos de la cordillera? Su maestro, el lama ermitaño, le había preparado bien.

Drogön Chögyal Phagpa entabló entonces una amable conversación con Chögyam, realizándole sencillas preguntas acerca de su persona, tales como su nombre, su edad o el lugar donde había nacido. Mientras respondía las cuestiones, unos cuantos monjes desfilaron por detrás de Chögyam y aguardaron en silencio pegados al altar, situado a espaldas del crío. El líder Sakya se embarcó a continuación en la declamación de un solemne discurso que enumeraba las virtudes del Karmapa y alababa su incomparable labor en beneficio de todos los seres sintientes. Hasta que, sin más demora, reveló por fin lo que para Chögyam ya era un secreto a voces y el motivo por el cual los budistas le consideraban un niño tan especial.

—Eres el *tulku*, el Karmapa reencarnado, y como tal te ocuparás siempre de mantener viva la antorcha del *dharma* de Buda. Y para que conste y se disipe cualquier atisbo de duda acerca de tu identidad, te someterás a las pruebas que ahora te diré. —Drogön Chögyal Phagpa señaló entonces a los monjes que acababan de entrar—. Date la vuelta y saluda con alegría a Kyentse, tu discípulo más querido, y a Tsultrim, el pertinaz abad del monasterio, a quienes hasta ahora habíamos ocultado de tu presencia.

Chögyam se giró y contempló a siete monjes que se habían desplegado detrás de él sin que se diese cuenta. Todos llevaban idéntico hábito y ningún signo exterior en sus vestiduras que les diferenciara uno de otro. Sus rostros, además, se mostraban serios e inexpresivos, con el claro fin de evitar cualquier gesto delator. Chögyam efectuó un veloz barrido con la mirada. Desde luego no conocía a ninguno. Y lo que era aún peor, tampoco los *reconocía*, como se suponía que de algún modo tenía que suceder.

Chögyam miró atrás y vio los ojos del emperador mongol clavados en los suyos, siguiendo con gran atención las evoluciones de la prueba. A aquellas alturas no hacía falta que nadie le dijera que no podía fallar, pues de su fracaso se derivarían importantes consecuencias. Chögyam no perdió la calma y puso enseguida su ingenio a trabajar. La suerte, al menos, estaba de su parte. Apenas unas horas antes Thupten le había descrito brevemente a los dos lamas que debía identificar.

La identificación de Tsultrim no le supondría un problema. Solo uno de los siete monjes estaba obeso, y por si aquel dato no fuera suficiente, podía confirmar sus sospechas atendiendo a sus tremendos ojos saltones. Chögyam tomó la mano del abad entre las suyas y pronunció su nombre en voz alta y clara, de modo que los que se hallaran en las primeras filas le pudiesen escuchar. Tsultrim relajó la tensión de su rostro, se postró inmediatamente ante el *tulku* y se dirigió a continuación hacia el grupo de lamas situados en el costado derecho, entre Lobsang y Migmar.

Averiguar la identidad de Kyentse, sin embargo, iba a constituir un reto bastante más difícil. Cuatro de los seis monjes restantes poseían facciones angulosas. Y de esos cuatro, hasta tres hacían gala de unas cejas lo suficientemente pronunciadas y anejas como para confundir a Chögyam. En resumidas cuentas, tenía una posibilidad entre tres de acertar.

Marco Polo enseguida se dio cuenta de que el niño dudaba en su elección, y una perversa sonrisa le asomó a la comisura de los labios. A lo mejor, después de todo, la prueba no le iba a resultar al *tulku* un paseo, como siempre había pensado. Los budistas, extrañamente, actuaban con el máximo rigor, sin temor a que su exceso de celo se les pudiera volver en contra.

Chögyam no podía demorarse por más tiempo, de modo que finalmente señaló a uno de los lamas, fingiendo al menos hacerlo con la más absoluta convicción.

Kyentse, henchido de satisfacción, esbozó una enorme sonrisa que le ocupó toda la cara.

—Maestro, me alegro de volver a verle —confesó inmensamente feliz.

Chögyam asintió y dejó escapar un suspiro de alivio. Lo había escogido a él porque de los tres era al que más le había brillado la mirada.

Mientras tanto, una creciente preocupación comenzó a apoderarse de Lobsang. Después de haber observado la escena con detenimiento, su ojo crítico le decía que algo no marchaba bien, pese a que del resultado podía inducirse justamente lo contrario. Kyentse y Tsultrim estaban demasiado implicados e inmersos en la ceremonia como para pensar con claridad, pero desde el punto de vista de Lobsang, el *tulku* no había actuado del modo en que habría cabido esperar. Chögyam tendría que haberles reconocido de una manera mucho más natural, y no de la forma analítica, e incluso fría, en que lo había hecho.

Drogön Chögyal Phagpa volvió a tomar la palabra y le indicó a Chögyam que se acomodase de nuevo en la alfombra. Acto seguido le pidió que no se moviese del sitio, mientras él y otros lamas se ausentaban unos minutos con el fin de ultimar una serie de preparativos de suma importancia.

La prueba final no había terminado todavía, y de hecho, se iba a complicar muchísimo más.

El líder Sakya y el emperador mongol dirigieron sus pasos a una sala cercana en la que se almacenaban los objetos rituales y otros utensilios de naturaleza similar. Kyentse y Tsultrim se unieron a ellos y se perdieron tras la puerta. Para amenizar la espera, los monjes músicos ubicados en la parte posterior del templo comenzaron a tocar una sinfonía, y un coro de voces cavernosas se sumó enseguida a la briosa partitura. Chögyam había perdido parte de su sosiego. No podía evitar sentir el cosquilleo de los nervios recorriéndole la piel como una comitiva de arañas que se le deslizara por las pantorrillas.

Lobsang se debatía entre inmiscuirse o no más de la cuenta, debido a las sospechas que habían brotado en su interior. Seguramente estaba haciendo una montaña de un grano de arena, pero más le valía cerciorarse, no fuese que alguna pieza del rompecabezas no estuviese bien colocada en su sitio. Lobsang se encaminó a la sala donde se habían reunido los demás y accedió a ella pese a que su presencia no estaba prevista.

Tan pronto entró en el lugar, advirtió que no solo no le amonestaron por su osadía, sino que además fue recibido con agrado. El descubridor del *tulku* bien que podía ser testigo de los preparativos de la prueba.

Lobsang observó que Drogön Chögyal Phagpa y Tsultrim Trungpa depositaban con gran cuidado una serie de objetos encima de una bandeja. Estiró la cabeza. Los objetos en cuestión no eran otra cosa que *ghaus*.

—¿Qué sucederá a continuación? —inquirió Kublai Kan francamente intrigado.

—Solo uno de estos colgantes sagrados perteneció al difunto Karmapa —explicó Drogön Chögyal Phagpa—. Ahora Chögyam deberá escoger uno de ellos siguiendo los dictados de su espíritu. Si es de verdad el *tulku* como todos creemos, no errará en su elección.

Seguidamente cogieron otra bandeja de mayor tamaño, encima de la cual comenzaron a colocar una selecta variedad de instrumentos musicales. Lobsang distinguió un *kangling*, unos platillos y una caracola.

—En este caso —aclaró el líder Sakya—, Chögyam deberá señalar el que fuese el instrumento favorito del Karmapa.

Lobsang, albergando un terrible presentimiento, se inclinó sobre Kyentse.

—¿Cuál era su instrumento preferido? —le preguntó al oído.

—La caracola, por supuesto —le replicó Kyentse en igual tono de voz—. El Karmapa la aprendió a tocar en la última etapa de su vida y llegó a convertirse en un auténtico virtuoso. Es un instrumento muy complicado de hacer sonar, ¿lo sabías? Para ello hay que dominar la técnica del soplo continuo.

Lobsang palideció de repente y por un instante sintió que le faltaba el aire. ¿Cómo podía haber estado tan ciego pese a haberlo tenido todo el tiempo justo delante? Ahora se daba cuenta, muy a su pesar, de que había cometido un error garrafal que podía acarrear consecuencias catastróficas.

Evidentemente... el *tulku* era Thupten... y no Chögyam, como siempre había creído.

Las señales habían estado ahí para todo aquel que las hubiese sabido interpretar, pero él ni siquiera las había tenido en cuenta. Ahora, con todas las cartas sobre la mesa, por fin tenía una visión completa de la realidad.

La clave de la caracola le había abierto los ojos y le había servido para comprender, pero había otras muchas cosas que no supo ver a tiempo.

Lobsang recordó la reacción de Thupten la primera vez que vio a Kyentse: el modo en que se echó en sus brazos espontáneamente, lleno de entusiasmo, pese al inicial recelo que solía sentir hacia los adultos como consecuencia del tiempo que había pasado junto al proscrito.

Lobsang recordó también la primera visita de Thupten al templo de Batang. Y muy especialmente, por encima del exacerbado interés que había mostrado por todo cuanto allí había, la naturalidad con que se había subido al trono, como si lo llevara haciendo durante toda la vida.

Y sobre todo recordó las palabras que había pronunciado cuando cruzaron el puerto de montaña que se había cobrado la vida de su familia:

«Yo estaba cayendo y mi hermano ya se había salvado, ¿sabe? Pero en el último instante una ráfaga de viento lo cambió todo. En realidad debería haber sido yo, y no Chögyam, el que tendría que haber caído en el fondo de este valle.»

Lobsang, ahora sí, sabía que no se equivocaba, y que una caprichosa corriente de aire se había interpuesto en el camino que el destino le tenía reservado a Thupten. El problema, sin embargo, radicaba en que su descubrimiento había llegado demasiado tarde.

Los pensamientos se agolpaban en la cabeza de Lobsang. Sabía todo lo que estaba en juego, pero bajo ningún concepto podía compartir con los presentes aquella desestabilizadora revelación. Al menos no en aquel momento, ni en mitad de la ceremonia. ¿Cómo decirles ahora que en realidad el *tulku* no era Chögyam, sino otro niño? Les sumiría en el más absoluto descrédito. Sembraría la semilla de la desconfianza en el emperador, que dudaría de la solemnidad de aquel acto y del rigor de la escuela Kagyu, y por extensión, del budismo en su conjunto.

Lobsang se dio cuenta enseguida de que en realidad no importaba lo que hiciera. En cuanto Chögyam fallara la prueba, el efecto que provocaría en Kublai sería exactamente el mismo: el recelo hacia la religión budista anidaría inmediatamente en el corazón del Gran Kan, y todos los esfuerzos realizados por Drogön Chögyal Phagpa habrían caído en saco roto.

Aún cabía la posibilidad, no obstante, de que Chögyam superase la prueba por sí solo si la suerte le seguía acompañando. De hecho, aquella se revelaba como la única manera de poder salir indemnes del enredo en el que se habían metido sin faltar a sus principios ni defraudar al emperador.

Lobsang no se hacía falsas ilusiones. Chögyam tendría que elegir entre tres *ghaus*, y si acertaba, se repetiría el mismo procedimiento, pero con los instrumentos musicales. Sus probabilidades de éxito eran escasas, pero tampoco remotas. De algún modo, ya fuese apelando a la fortuna o a la intuición, Chögyam ya había atinado con las identidades de Kyentse y Tsultrim, aunque quizás precisamente por ello, pensó Lobsang, el crío ya había agotado su cupo de suerte por aquel día.

Lobsang decidió que si el azar permitía que Chögyam saliese airoso de la prueba, esperaría a la definitiva partida del emperador para deshacer el entuerto. Entonces les explicaría a los demás el motivo de la confusión, y en cuanto se probara que Thupten era el auténtico *tulku*, rectificarían para poner de nuevo cada cosa en su sitio.

En ese momento Marco Polo entró en la estancia y Lobsang dejó a un lado sus elucubraciones para retornar a la realidad. El consejero del emperador no había sido invitado, ganándose de inmediato la mirada hostil de los cuatro lamas presentes. Kublai, sin embargo, le reclamó con un gesto de la mano y Drogön Chögyal Phagpa, que estaba a punto de manifestar su oposición, tuvo que morderse la lengua.

La impresión que Lobsang se había formado de Marco Polo no era demasiado buena. Su actitud altiva y su mirada suspicaz durante la ceremonia daban a entender a las claras que el credo budista no merecía su respeto. Por otra parte, Lobsang comprendía la posición del veneciano. Adoctrinado en el cristianismo y criado en un marco cultural y social diametralmente opuesto al suyo, era lógico que defendiese los intereses del mundo occidental. Lobsang no podía culparle por ello. Probablemente él hubiera hecho lo mismo de haber estado en su lugar.

Kublai departió con Marco Polo y le explicó los vericuetos de la segunda parte de la prueba. El consejero frunció el ceño mientras observaba los objetos dispuestos sobre las bandejas. Acto seguido alzó las cejas y cuchicheó algo al oído del emperador. Kublai entrecerró los ojos, adoptó una en pose meditativa, y después asintió como dándole la razón a su asesor.

—¿Tres objetos no son pocos? —inquirió. Por supuesto, era una pregunta retórica. Pocas veces se le podía llevar la contraria al emperador.

—Es la tradición —terció el líder Sakya con su mejor talante.

—Sí, pero si fueran por ejemplo siete, entonces podríamos descartar el factor azar casi por completo.

Los lamas se miraron desconcertados sin saber muy bien cómo reaccionar.

—No será un problema —manifestó finalmente Tsultrim—. El auténtico *tulku* podría identificar sin dificultad sus objetos personales entre otros cien si hiciera falta.

—Desde luego —añadió Kyentse—, el *tulku* conserva en la esencia de su espíritu el recuerdo de su vida anterior.

—Excelente —aplaudió el emperador—. Entonces que sean siete los colgantes que se depositen sobre la bandeja.

Marco Polo, colmado de satisfacción, se relamió los labios con deleite. El niño ya había titubeado durante la primera parte de la prueba, de manera que cuanto más difícil le pusieran las cosas, tanto mejor. Con suerte los nervios le acabarían traicionando.

Lobsang, que no había abierto la boca, sintió que un sudor frío se le extendía por la espalda y las manos. Su última esperanza se había desvanecido en el aire por expreso deseo del emperador.

Poco después todos retornaron a la sala general del templo y volvieron a ocupar el lugar que le correspondía a cada uno. El propio Kyentse, convencido ya de tratar con su antiguo maestro, se encargó de depositar la bandeja a los pies de Chögyam con una devoción casi infinita. Un piadoso silencio se instaló de nuevo en la estancia, y sin mayores demoras, Drogön Chögyal Phagpa se apresuró a reanudar la ceremonia.

El líder Sakya se dirigió a Chögyam con palabras suaves, pidiéndole que escogiese uno de entre los siete colgantes que descansaban sobre la bandeja. No le especificó nada más, ni se esperaba que lo hiciera. Chögyam sabía que elegir era fácil, la dificultad residía en *acertar*, y aquel y no otro el verdadero secreto de la prueba. El problema radicaba en que, pese a que cada uno de los colgantes contaba con sus propias características, a ojos de Chögyam todos le parecían iguales, y a efectos prácticos ninguno de los *ghaus* le llamaba especialmente la atención por encima de los demás.

Los minutos transcurrían y Chögyam no se decidía por más vueltas que le daba a la cabeza. El *tulku* ya no transmitía seguridad y muchos de los monjes budistas comenzaron a removerse en el sitio, inquietos ante el incierto devenir de la ceremonia. A Chögyam le temblaban las manos y el pulso se le había acelerado considerablemente. El futuro de una nación descansaba sobre los hombros de un niño de seis años de edad, que a aquellas alturas ya era plenamente consciente de que lo que se esperaba de él y lo que él podía ofrecer eran dos realidades bien distintas. Chögyam, incapaz de soportar la presión por más tiempo, estaba a punto de derrumbarse.

Lobsang había bajado la cabeza y no se atrevía ni a levantar la mirada. El crío estaba sufriendo porque quería superar la prueba, aunque a todas luces se veía que no estaba a su alcance. Lobsang a su vez se martirizaba por dentro. Suya había sido la responsabilidad de hallar al *tulku*, y suyo había sido el error. Tan solo deseaba que aquella pesadilla tocara a su fin cuanto antes. Ya habría tiempo después para analizar lo sucedido y afrontar las consecuencias.

Desde donde se encontraba, Thupten no gozaba de una buena perspectiva de los colgantes dispuestos sobre la bandeja, y pese a todo, él no habría dudado un instante acerca de cuál debería elegir. Era extraño, porque aunque era la primera vez que veía aquel hermoso *ghau*, desde lo más hondo de su ser tuvo la impresión de haberlo *reconocido*, como si ya hubiese tenido la ocasión de contemplarlo con anterioridad. Para colmo, aquella inexplicable sensación, lejos de desvanecerse, se intensificó con el transcurso de los minutos, hasta el punto de que Thupten llegó a convencerse de que el *ghau* era suyo y le había pertenecido desde siempre.

Thupten se sintió frustrado ante la imposibilidad de ayudar a su hermano sin evitar ser descubierto. En mitad de aquel silencio sepulcral, aunque se hubiese limitado a susurrar, su voz habría resonado en todas y cada una de las paredes del templo. Y si optaba por gesticular, no habría pasado un segundo sin que cien ojos le hubiesen sorprendido señalando donde no debía. Muy a su pesar, y salvo ocurrencia de última hora, todo apuntaba a que Chögyam se las habría de arreglar de nuevo por sí solo.

Chögyam alzó la vista para descubrir que los monjes le miraban ahora con el alma encogida, habiéndose evaporado de sus ojos cualquier atisbo de veneración. Su inseguridad a la hora de elegir el *ghau*, así como su ostensible nerviosismo, claramente visible por todos, le había restado buena parte de su crédito. A Chögyam no le quedaba otra salida que escoger un colgante al azar, pero no estaba dispuesto a admitir que fuesen los nervios, en lugar de la serenidad, la emoción principal que le guiase en su decisión definitiva. A buen seguro que el asceta, su querido maestro de la montaña, le habría dado la razón.

Para empezar, Chögyam cerró los ojos. A continuación cruzó las piernas y colocó cada uno de sus pies encima del muslo opuesto y sus manos huecas sobre las rodillas. Después inició un leve murmullo que dejaba muy a las claras que estaba recitando un mantra.

Una ola de desconcierto recorrió el templo de punta a punta. Nunca antes se había visto nada igual.

—¿Qué está haciendo? —susurró Marco Polo.

—Ha adoptado la posición del loto y se ha puesto a meditar —le explicó el propio Kublai, tan perplejo como el que más.

Marco Polo pensaba que Chögyam estaba acorralado, pero no se esperaba en absoluto aquel giro de los acontecimientos y le hizo recelar. El crío era listo como el hambre y si estaba tramando algo, aparte de ganar un poco de tiempo, no se le ocurría de qué podía tratarse.

Chögyam fijó la atención en un solo punto situado en el interior de su cabeza. Aisló cada una de sus emociones, especialmente las que le mantenían atenazado, y aquietó su mente guiado por el propio sonido de su voz.

El proceso se prolongó durante más de cinco minutos, que la audiencia aguardó en vilo, conteniendo pertinazmente la respiración.

Para cuando Chögyam abrió los ojos de nuevo, ya había logrado recuperar la calma. Los temblores cesaron y los latidos de su corazón recobraron su ritmo habitual. Chögyam alzó la vista y contempló al emperador, que ya mostraba signos de comenzarse a impacientar. Giró la cabeza hacia el costado derecho, donde los rostros de Kyentse y Tsultrim ya no reflejaban el júbilo que les había embargado hasta bien entrado el último tramo de la ceremonia. Lobsang, por su parte, le dedicó un esbozo de sonrisa, que parecía darle a entender que no debía preocuparse aunque no superase la prueba. Finalmente, Chögyam torció el cuello hacia la izquierda, donde sus grandes ojos se encontraron con los de Thupten. Para su sorpresa, era ahora su hermano quien lucía en la cabeza la corona negra que nadie más podía ver y que, sin darse cuenta, él mismo había traído consigo procedente del corazón de la montaña. El sombrero, una vez más, había vuelto a cambiar de portador.

Durante unos instantes, ambos mantuvieron la mirada fija en el otro, hasta que Thupten parpadeó.

Aquello les bastó para entenderse.

A Chögyam el parpadeo no le había parecido natural, e inmediatamente pensó, sofocando una sonrisa, que después de un año su hermano mayor aún no había aprendido a guiñar un solo ojo. Chögyam había recibido el mensaje, y aunque ignoraba qué podía saber Thupten para ofrecerse a resolver la prueba, el detalle de la corona negra le hizo confiar plenamente en él.

Thupten no estaba seguro de si Chögyam había captado la indirecta, pero enseguida comprobó que su hermano no había olvidado la estratagema urdida entre ambos para acertar siempre en qué mano escondía su madre el trozo de pastel. La mecánica no cambiaría en este caso, y la única diferencia estribaría en que la víctima del engaño ya no sería su madre, sino el soberano del Imperio más poderoso del planeta.

Una sola mirada les bastó para concebir el plan. Ahora tocaba ejecutarlo. Chögyam llevó sus manos hasta el primer *ghau* y las situó a muy escasos centímetros del mismo, como si estuviese percibiendo la energía del objeto. Acto seguido Chögyam miró de reojo a Thupten, que se mantuvo absolutamente impertérrito. El primer colgante quedaba descartado.

La operación se repitió dos veces más hasta llegar al cuarto *ghau* dispuesto sobre la bandeja. En esta ocasión, por el contrario, Thupten efectuó un contundente parpadeo que no dejaba lugar para la duda. Chögyam no se lo pensó dos veces. Tomó aquel *ghau* y se lo colgó alrededor del cuello, atento a la reacción de la audiencia para saber si había acertado.

Drogön Chögyal Phagpa suspiró aliviado y sintió que volvía a retomar el pulso de la ceremonia. Lobsang se quedó boquiabierto, incapaz de explicarse la increíble racha de suerte que había protagonizado Chögyam en un periodo tan corto de tiempo. Kyentse y Tsultrim volvieron a recuperar la fe en el *tulku* que a punto habían estado de perder tras los últimos minutos, que habían sido de infarto. El emperador Kublai dio claras muestras de asombro, y Marco Polo se llevó las manos a la cabeza, frustrado ante el rotundo éxito de Chögyam.

La prueba siguió adelante según lo previsto, y la historia volvió a repetirse cuando Chögyam tuvo que elegir entre los diferentes instrumentos musicales dispuestos sobre una bandeja más grande. El *tulku* fue confirmado y se procedió a su solemne coronación ante la ferviente mirada de todos los presentes, incluido el propio emperador, cuyo corazón viró aquel día de manera significativa hacia el lado del credo budista. A la finalización de la ceremonia, Chögyam ocupó el trono del Karmapa, el cual había permanecido vacío durante los últimos siete años.

La fugaz condición de Chögyam como nueva cabeza de la escuela Kagyu no alcanzó ni las cuarenta y ocho horas.

Tan pronto concluyó la ceremonia y Lobsang tuvo ocasión de hablar con los dos hermanos a solas, estos le confesaron lo sucedido sin escatimar en detalles. Lobsang no se sorprendió tanto por la narración de lo sucedido como por la audacia demostrada por los dos niños en un momento tan crítico. Lobsang les pidió entonces que guardaran el secreto, y no fue hasta que el emperador se hubo encontrado lo suficientemente lejos cuando Lobsang desveló la verdadera identidad del *tulku* a la plana mayor de los lamas Kagyu.

Todo se aclaró en cuanto Lobsang expuso los acontecimientos sin dejarse el menor dato en el tintero. La sorpresa fue mayúscula por la excepcionalidad de lo ocurrido, pero todos aceptaron la evidencia dictada por los hechos. Lobsang fue felicitado por su ingenio y por haber sido capaz de gestionar la crisis de manera tan eficiente como ejemplar. Thupten, por supuesto, fue sometido a una nueva prueba que superó sin ningún tipo de dificultad, demostrando más allá de toda duda su condición de Karmapa reencarnado.

Después se procedió a su coronación, que esta vez sí, acabó siendo la definitiva.

EPÍLOGO

Thupten resultó ser uno de los más destacados Karmapas de su tiempo.

Instruido por el propio Kyentse Rinpoche, recibió la completa transmisión de la tradición Kagyu, la cual fue capaz de asimilar en tiempo récord. Ya desde muy joven tendió puentes con el resto de escuelas budistas para unificar doctrinas y corrientes de pensamiento. También fue un gran viajero que predicó sin descanso a lo largo del Tíbet, China y Mongolia. Concienzudo y multidisciplinar, a edad más adulta se convirtió en un erudito, y de su mano salieron algunos de los textos más notables que habrían de regir el futuro del budismo tibetano. Antes de morir, y siguiendo el ejemplo de su antecesor, Thupten dejaría una carta con instrucciones precisas para hallar al sucesor de su propio linaje.

Chögyam también se instruyó en el monasterio de Tsurpu y se convirtió en lama cumpliendo el deseo de su niñez. También alcanzó, siguiendo los pasos de Lobsang, el grado de *Geshe* a una edad muy temprana. Chögyam nunca se separó de su hermano y se erigió en su discípulo más fiel. Le acompañó en sus viajes, coordinó la celebración de sus multitudinarias ceremonias, y hasta colaboró codo con codo en la elaboración de los afamados textos de naturaleza monacal. Chögyam culminaría su carrera de la mejor manera posible, asumiendo con orgullo el cargo de abad del *gompa* de Tsurpu.

Lobsang regresó a Batang a los pocos días del nombramiento de Thupten como Karmapa, pese a lo mucho que le apenaba tener que separarse de los niños. Pero Lobsang seguía firmemente comprometido con su querido monasterio, su labor misionera y su apoyo incondicional a las *bhikkhuni*. Solo cuando alcanzó la ancianidad dejó atrás la región de Kham para siempre y cumplió su viejo sueño de retornar al monasterio de Tsurpu, donde pasó los últimos años de su vida entregado a la meditación. Poco antes de su muerte, Lobsang penetró en el *tukdam*, la luz cristalina de la última meditación, donde permaneció hasta que exhaló su último aliento. Su cuerpo fue envuelto en una tela y velado en una pequeña habitación por monjes y lamas durante tres días seguidos. Al cuarto día, sin embargo, cuando acudieron a llevarse el cuerpo para las exequias, al retirar la tela no encontraron más que las uñas y el cabello. Además, durante aquel lapso de tiempo, no fueron pocos los monjes que reportaron haber presenciado extraños fenómenos lumínicos en torno al monasterio.

El Karmapa no lo dudó un instante y mandó construir una *estupa* en honor a Lobsang, el más fiel de los budistas, que sin habérselo propuesto había sido capaz de alcanzar la Iluminación.

NOTA DEL AUTOR

Marco Polo sirvió a Kublai Kan durante diecisiete años, en los cuales llegaría a formar parte de su cuerpo diplomático e incluso gobernaría durante tres años la ciudad china de Yangzhou. Tras pasar un cuarto de siglo en tierras lejanas, Marco Polo regresó a Venecia en 1295; su familia no lo reconoció al principio, ya que lo habían dado por muerto largo tiempo atrás.

El papa Gregorio X, en lo que se considera uno de los errores estratégicos más sonados de la Iglesia, no se tomó con la suficiente seriedad la petición del emperador mongol, pues aparte de una carta y algunos presentes, en lugar de a cien misioneros envió tan solo a dos frailes dominicos que decidieron volverse a mitad de camino atemorizados por los innumerables peligros que entrañaba el viaje.

Kublai Kan fue el primer emperador mongol en convertirse al budismo. Aquello supuso para el Tíbet un evento crucial, que tuvo como principal consecuencia la cesión del poder mongol a un tibetano. El elegido no fue otro que Drogön Chögyal Phagpa, el mentor espiritual de Kublai Kan, que asumió la regencia de país y la autoridad sobre su propio pueblo.

El linaje Sakya rigió los designios del Tíbet hasta mediados del siglo XIV. Después, diferentes dinastías seculares se sucedieron en el poder, hasta que en el siglo XVI la escuela Gelug, liderada por el linaje de los Dalai Lama, asumió el gobierno del pueblo tibetano.

El gobernador mongol Altan Kan, nieto de Kublai, también se convirtió al budismo tibetano, declarándolo además religión oficial del Imperio, hecho que favoreció su expansión por todos los territorios que se encontraban bajo su mando.

En la actualidad, el budismo es la cuarta religión del mundo por número de seguidores, y el Dalai Lama continúa siendo el dirigente del gobierno tibetano en el exilio tras la invasión del país en el año 1950 por el ejército chino.

La figura del Karmapa ha perdurado hasta el presente, manteniéndose como uno de los líderes espirituales más venerados del budismo tibetano. A día de hoy, la decimoséptima reencarnación del Karmapa continúa entregado a la meditación, a vivir con plenitud los principios budistas de la sabiduría y la compasión, y a difundir las enseñanzas de Buda a lo largo de todo el globo.

El Karmapa es conocido por ser el portador de la Corona Negra.

Cuenta la leyenda que cien mil *dakinis* tejieron dicha corona a partir de sus propios cabellos y que se la ofrecieron al Karmapa debido a su alto grado de realización. Se dice además que la verdadera corona, no la réplica que se utiliza habitualmente en las ceremonias, no posee una realidad física, sino espiritual, y que todos los Karmapas de la historia la han portado siempre a todas horas, aunque nadie puede verla, salvo aquellos cuyo corazón se encuentra impregnado de pureza.

AGRADECIMIENTOS

A mi familia y amigos.

En especial a mi madre, por estar siempre ahí. A Pya, por su apoyo incondicional. Y a Juanlu, amigo insustituible, por su total implicación en el proyecto.

No me olvido tampoco de todos aquellos que, de un modo u otro, han contribuido al buen fin de la novela: Domingo, Gloria, Flora, Mónica, Marisa e Inés.

Otras obras del autor:

EL LLANTO DE LA ISLA DE PASCUA

*"Sumérgete en una apasionante intriga
con trazos históricos y atrévete a descubrir
el secreto mejor guardado de la isla"*

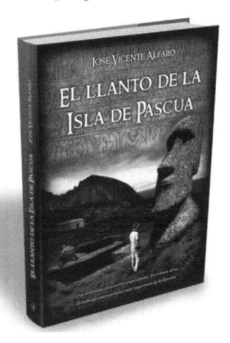

Otras obras del autor:

EL ÚLTIMO ANASAZI

"Vive una extraordinaria aventura e imprégnate del sabio legado que los antiguos nativos americanos dejaron tras de sí"

— Monasterios de Sera = palmada de mono
— Drepung el + grande 7000 monjes
— Ganden = 40 km de Lhasa ↗

dalai lama = acerno de sabidoria
mueren 49 dias reencarnar en
un niño

dharma = enseñanzas budistas

- Monasterio de DREPUNG es el monasterio
+ grande

- Biones son molinillos de oracion
hay de todos tamaños, adentro tienen
enroscado un largo papel con mantras escritos al hacerlo girar es como
estar rezando o repitiendo ese mantra

- El budismo tibetano esta basado en
un budismo tántrico q' surgio de la
India

- El budismo tibetano abarca al tibet
a Nepal, butan, sikkim, mongolia
y china.

- hay 3 monasterios en el tibet en la
zona de Bathor, el templo Jokhan
y DREPUNG = son ciudades luchando
por conservar todo el
espiritu y la magia del
tibet contra la modernidad y el
empuje de la cultura china